三七

上

重慶出版集團 重慶出版社

图书在版编目（CIP）数据

三七 / 朗朗著. -- 重庆：重庆出版社，2025.3.
ISBN 978-7-229-19176-4

Ⅰ．Ⅰ247.5

中国国家版本馆CIP数据核字第2024UT6580号

三七
SANQI
朗朗　著

选题策划：李　子
责任编辑：秦　琥　刘星宇
责任校对：刘小燕
版式设计：侯　建
封面设计：鹤鸟设计

重庆出版集团
重庆出版社　出版

重庆市南岸区南滨路162号1幢　邮政编码：400061　http://www.cqph.com
重庆大正印务有限公司印刷
重庆出版集团图书发行有限公司发行
全国新华书店经销

开本：890mm×1240mm　1/32　印张：12.875　字数：450千
2025年3月第1版　2025年3月第1次印刷
ISBN 978-7-229-19176-4
定价：69.80元

如有印装质量问题，请向本集团图书发行有限公司调换：023-61520678

版权所有　侵权必究

目 录

第一章　老板跑路了　/1

第二章　男人至死是少年　/17

第三章　这是我的底线　/40

第四章　建筑是幸福的容器　/81

第五章　追气球的女人　/99

第六章 这话题，到此为止！ /113

第七章 拿铁变冷萃 /130

第八章 像仙女一样漂亮 /159

第九章 又蠢又理直气壮 /177

第十章 成立技术部吧！ /190

第一章

老板跑路了

一个人如果还愤怒,说明她年轻。

下属忌惮路佳暴躁。客户觉得她江湖。而老板靳陆仪则总说她"虎"。

路佳,八六年生人,公司绰号"路虎"。

她美艳、漂亮、身材出众,人堆里熠熠生辉。

但就是别开口。暴躁性格+直来直去的话术+虎里虎气的人设,劝退一众垂涎者。

靳陆仪作为老板,这些年在公司都没少受她的气,何况其他人。

她认定的项目,说怎么做,就怎么做。

做不到,她也要硬做,不把自己的能量耗光,是不可能妥协的。

所以,精益建设流传一句话——

吃得苦中苦,方能开"路虎"。

大有深意。

此刻。

路佳正在南北高架上,拍着方向盘,一脚又一脚地踩油门,上演"路怒症"。

"乱插什么队?!赶着投胎?"

"你搁这爬行呢?!"

"超什么超!懂不懂交规?"

其实平时的路佳还是挺"上道"的,驾照一年都扣不到一分。

她虽然"虎",却又是个遇事肯先讲道理,关键时刻能够稳住情绪的人。

但此刻她真忍不了。

是个人都忍不了。

跟了十年的老板,一夜之间"提桶跑路"了!

换谁谁不蒙。

精益建设遍地哀号，无一人幸免。

她竭力克制着自己。

收到靳陆仪机票图片的那一刻，路佳还用本性的善良揣测他是不是有什么苦衷。直到打电话去航空公司，说这张票半个月前就预订了。也就是说，靳陆仪一早就想好要把所有人抛下。

狗！

她用力拍方向盘发泄，想骂脏话都骂不出来，一口气憋着的感觉，唯一的知觉是手很疼。

此刻路佳才顿悟，这些年，其实她一点都不了解自己的老板。

十年前，靳陆仪将自己的婚房抵押，创办了精益建设。同年，杨叶从市建筑设计院跳槽过来，并带来了师妹路佳。靳陆仪怕杨叶一家独大，威胁自己的权威，于是这一路走来一直扶持路佳，算是她的贵人。这些年，靳陆仪管战略，杨叶管营销和施工，路佳管设计和项目。

铁三角具有稳定性，精益也日渐做大做强。

前年地产股板块上市，股价一路飘红。

"吱——！"

路佳一个回旋，停车场将车停好，穿着米色风衣，拎起副驾驶位上的托特包就往国外出发！

包很重，里面有一只施工锤，是前几天在工地顺路带上的。

她好想锤死，靳——陆——仪。敲爆他脑袋！

等电梯的时候，路佳的手机猛烈振动！

微信从来没这么热闹过，528条未读信息。

她点开微信，虽是意料之中，但还是震惊不已，一个早上她被拉进了十几个新群。

最牛的是，他们总办一共6个人，建了7个小群。

"老靳套现了三十个亿跑了，是不是真的？"

"精益被神武吞了，真假？"

"大家有啥新的消息，群里同步下啊。"

"接下来怎么办，原来的期权分配还算数吗？"

"期权分配应该是算数的，反正也没多少。但是股权分配就不一定了，尤其是原始股（斜嘴笑）。"

"所以倒霉的还是跟他打天下的老人咯。"

"老靳太不地道了，这干的叫人事？"

"你们骂也没用，老靳早跑了。"

"问问路佳和杨叶呗！他们穿一条裤子的，能不知道？@路总@杨总。"

"马上公司股价就跳水。"

"各位，下家找好了吗？欲走从速啊。"

精益大有树倒猢狲散，乱山为王的架势。

平时那些客客气气在群里只会回复"收到""好的"的五好员工，此时在群里说话的口气也越来越不客气。

路佳合上手机。

精益的实际情况，比群里还恶劣。

她听说，一早已经有员工去数码店做横幅了。任何事情都有答案，就看你相信哪一个。

路佳抱着最后残存的幻想，想最后听一听靳陆仪怎么说。

毕竟精益是他的心血，自己生出来的孩子，不可能没有感情。

在上个月公司十周年的庆典上，他还慷慨激昂地发表了"十年饮冰，难凉热血"的致辞，虔诚地拜托各位员工好好努力，继续把公司做成世界五百强。

靳陆仪已经托运完，一身白色的休闲装，戴着一顶白色的高尔夫球帽，踩着一双白色椰子鞋，拿着糖果弓着腰正逗弄自己坐在婴儿车上的小儿子。

他的"90后"老婆，一身名牌，妆容精致，坐在一旁玩手机。一片岁月静好。

要是不说是"跑路"，这看起来完全就是即将去幸福度假的一家三口。

靳陆仪侧目，瞥见路佳，而后是凝视。

路佳想起，十年前，靳陆仪第一次看到自己，正在浇花，也差不多是这样的眼神和姿势。

物是人非，判若两人。

"来了？"

靳陆仪把糖果交给儿子，转身朝气得身体微微发抖的路佳走了过来。

"你就没什么要交代的吗？"

路佳齿缝里迸出寒气，语气冰冷至极。

一夜之间，撇下跟自己一起打天下的兄弟，瞒得天衣无缝，自己拿钱跑了，路佳也接受不了眼前的老靳。

靳陆仪愣了愣，而后极其平和地微笑："跟谁交代？我出来混的跟谁交代？"

他还有心情开玩笑？！

想想自己的车贷房贷，路佳想掐死他。

老板确实没有感情。

路佳的手有点想伸进包里，施工锤的分量还在。

敲脑袋，血溅当场，脑浆迸裂，一塌糊涂的画面充斥着她的脑海。

她替所有人不值。包括她自己。大家都是拿最好的青春，赌了十年。

"老靳，你这么走了，公司怎么办？大家怎么办？走，退票跟我回去。"

都这时候了，路佳还天真地想拉回老靳。

"他们有期权，有'N+1'，谁都饿不死。再说精益是重组，不是倒闭。"

"就算公司重组，他们能拿走期权和分到'N+1'，但那又怎样？中高层元老撑死几百万，小年轻十几万，便打发了。在魔都，这仨瓜俩枣根本不算多。他们跟着你打天下，付出的是一去不复返的时间和所剩无几的理想！老靳，你不能这么狠。"

"适者生存吧！"老靳淡定得很。

他肯定不可能被路佳带节奏，最后在机场跟她吵起来。

"那我们这些人的十年奋斗，算什么？！"

见老靳不为所动，彻底绝望的路佳，几乎是用力噙着泪，歇斯底里地发出最后的质问。

"算社会实践吧！"老靳泰然自若地说。

老板当年画的饼，如今终是碎了一地的屑。

路佳气得瑟瑟发抖。

"不给我一个拥抱吗？下次再见就不知道是什么时候了。"

靳陆仪则淡定地站起身，坦然对路佳张开手臂。

路佳捏包柄的手更用力了！

她现在对老靳的情感就是歌词唱的：爱恨交错人消瘦，怕只怕这些苦没来由。

4

没有老靳，就没有精益；没有精益，也没有她路佳的现在。

37岁的年纪，能够在一家上市企业位列副总，放眼四周，绝对是气运之子的存在。

老靳便是开启她气运的金手指，但他缔造了这一切，又亲手毁了这一切。

遇上这样的老板，到底是她的福，还是她的孽？

在一团乱麻的脑海里，路佳几度天人交战！

最终，她还是恶狠狠地将手伸向包里，咬牙切齿地匆匆上前！

丁零、哐啷！！

锤子和包重重地掉落在大理石地面！

周围人纷纷被巨响惊得抬头。

路佳横眉怒目，死咬嘴唇。她用尽吃奶的力气，双臂狠狠勒住靳陆仪的肩膀！这个拥抱，他应该永生难忘！

路佳故意勒得他喘不过气来。

本来是要敲脑袋的，但最后一秒，路佳还是放弃了，撂下一切，拥抱住老靳。

只因为冲上去的那一瞬，她脑海里将这十年放电影般倒带，画面最终定格在了精益初创那年。

准确地说，是一个初创项目。

她作为建筑师，拿着通宵熬出来的方案，在一次招标务虚会上，卖力游说，舌战群儒。

她那当时看起来激进前卫的方案，让众人都难以接受。

也是老靳，跷脚在旁边看。

当时他还欠着银行巨债，冒着被执行的风险，力挺路佳，扛住资方压力，说不用路佳的方案大不了退标，大不了破产。

路佳更绝，天天抱着项目书，蹲点去给资方介绍自己的设计理念，光是被保安当神经病给轰出来，就不止一回两回。

当时的杨叶还不是后来的杨叶，应酬喝酒喝出胃溃疡，嚼了达喜继续喝。

在三个人的共同努力下，后来那个项目落成，包豪斯设计风格在工程中的应用成功，让精益一战成名！

靳陆仪是她的老板，一路走来，他们更像是战友、盟友。

到现在路佳都坚信，靳陆仪是房地产老板中为数不多的对建筑空间尚存

5

精神追求的神级存在。

若无今日的跑路，他绝对算得上是殿堂级的伯乐。

"祝你——"

路佳咬牙切齿，尾音拉得老长。

不敲脑袋可以，但祝福的话，她实在是一个字也迸不出来。

她最多做到这最后见面的十分钟里，不恨靳陆仪。

靳陆仪似乎对这样的后果早有准备，他轻轻拍了拍路佳冰凉僵直的背，而后又推开她，平视她的眼睛，用最真诚的口吻，说出了临别赠言："路佳，祝你未来前程似锦。何以解忧，唯有暴富。"

路佳原地爆炸！

老靳这话不就是折断了她和公司所有人的翅膀，再祝他们展翅翱翔？

还有比这更无耻的么？

想要成功，就得无耻，路佳受教了。

但出于善良和这些年对老靳提携之恩的感激，路佳还是克制住最后的"虎"性，礼节性地回了句："谢谢。"

而后，她环顾空无熟人的四周，问老靳："机票只发我了？"

"只有你会来送我。"

老靳真是把周围人都算得死死的。

路佳，看着虎，硬杠她，永远死路一条；但裹挟她，只需要理想、情怀、合理的待遇再加一点江湖义气。

他冷眼旁观，她跳梁小丑。

老靳过去和路佳的所有交往，在这一刻都成了浮云。

告别拥抱过后，路佳蹲地拎起包含泪转身就走。

此刻就是把老靳的头盖骨敲成杂粮粉，一切也无法回到过去。

老板一跑路，合同解约、审计介入、裁员危机、项目被撬，自己人黑吃黑等，马上通通都会来。

精益封存在平静下的痼疾，一夜之间全都浮出水面展露端倪。

杨叶第一个待时而动。

多年积怨，他从不掩饰有机会就解决掉路佳这只"拦路虎"的想法。

既然旧的平衡被打破，那路佳就得回去重新建立精益新的平衡，也是建立她自己的平衡。

没有时间可以浪费。

路佳第一次发现活着竟然这么地需要争分夺秒。

逝者已矣,她就权当老靳死了。

"路佳!"

老靳最后赶上来叫住她。

路佳本不想再驻足,但被老靳强行拽住袖口。

路佳最后还是没压住怒气,装不了大度,她反手就给了老靳漂亮的一巴掌!

清脆响亮!

他自己找上来的。

路佳心安理得!

老靳捂着脸,而后,却立刻意味深长地低头笑了。

他往路佳的风衣口袋里,轻轻塞进去一个小盒子,十年来,这是他唯一一次面露无奈:"收好!保重。"

靳陆仪能一路走到今天,坐稳上市公司总裁的位置,心机深沉,早已任何时候都面不改色。

他转身的一瞬间,鼻翼边擦过的是眼泪吗?

路佳不得而知,不同情也不共情。

路佳还未将东西掏出细看,靳陆仪就已一路小跑追上了正在过安检的家人。

对比他的背影,路佳摊开掌心,是一个三七盒。

靳陆仪无限精力,但这些年,他确实也有服用三七、玛咖、西洋参片的习惯。

他自嘲这叫商海吊命。

这随手的三七,她真不知道有什么深意。

坐回车里,路佳的气愤久久无法平息。

将三七随手扔在仪表盘上面的挡板上,她胸脯一起一伏。

百度三七的功效:散瘀止血、消肿定痛。

路佳笑了!

在自己车里,她突然放肆地笑出声!

笑出热泪!

7

太好笑了！

散瘀止血、消肿定痛？

老靳你真是绝了！

这届老板是懂阴阳人的。

插刀再止血，添堵就消肿，伤害再镇痛。

他赢没赢，路佳不知道，但将别人玩弄于股掌之上的人，肯定没有输。

机场回公司的路上，路佳边开车边眼泪止不住地流。她几度视线模糊，雨刮器完全帮不上忙。她怎么也想不通，昨天下午还在总裁办公室里和靳陆仪热烈地讨论项目，今天怎么就风卷残云人去楼空了？

老靳最看重SPACE项目，得罪了路佳几次，把她的方案推翻了又推翻。更扬言，SPACE项目就是他的"老来子"，50岁时他要靠这个项目荣退。怎么？现在直接掐死逆子，顺便还把自己结扎啦？路佳团队为了SPACE熬的几十个大夜，也一起付诸东流。

路佳现在的心情大概就叫眼底有雨，心底有霜。她整个人冰冷冰冷的，每根血管都是僵硬的。而且，老靳上个月才刚请大家去他新买的大别墅暖过房，还在草坪上露营了，于公于私，他都没理由跑这么快。

但，揣着正确答案逆推过程，似乎一切又是那么地有迹可循。

是了，路佳突然想起：最近老靳办公室的纸箱子确实多了些；而且那天她为了SPACE项目声量抬高的时候，老靳只是站起来轻轻拍了拍她的肩膀，出去了。

一副事不关己的样子。

路佳还以为，这是老靳的策略，又想激起她和杨叶的内斗。

捧一个踩一个，打一下给个枣儿，老套路了。

现在想起来，老靳最后那个肩膀拍得真是意味深长。

是鼓励，是算了，是嘲笑路佳瞎子点灯——白费蜡。

她很想伏在方向盘上大哭一场，但她深吸几口气后，从头顶抽餐巾纸擦干净眼泪，继续撑着上路。

老靳离过两次婚，刚机场见到的，是他的第三任太太，第二个孩子。

路佳听说，老靳到现在还在给第一任没孩子的前妻生活费，都已经20年没见过面了，照给。

按理说，他不应该是一个不负责任、只计较钱的男人。

但 30 亿当前谁又说得准呢？

30 万都能泯灭良知，更何况 30 亿。

老靳也是人。

路佳轻微叹息，发了个语音，让自己的助理小胡和下属小李到公司地库电梯口接自己。小胡和小李乐意为之，毕竟现在谁越靠近核心层，谁就能打探到更多的内幕消息。

"路总，您可算到公司了！楼上都乱了套了。"

小胡一见路佳就迫不及待地接过她手里的包，眼神殷殷期待。

身为小助理，在公司她和路佳的关系算是最近的。小姑娘一肚子的话想问，都被路佳疲惫的眼神劝退。几度鼓起勇气，几度欲言又止。

小李是男生，建院刚毕业的建筑师。

等电梯的空隙，路佳从包里掏出施工锤，在小胡和小李眼前比画了一下，似笑非笑地问了他俩一个问题："要是我也和靳总一样走了，你俩会不会拿这只锤子敲我脑袋？"

"姐！都什么时候了？！您还开这种玩笑？"小助理急了。

一个人的突然急眼，往往是被说中了心事，全部的，部分的。

小李却坦然承认，一副"95 后"整顿职场的姿态："路总，您也用不着试探我。咱出来上班不就图个一日三餐，三餐四季，五险一金？你们管理层的事，应该公司自己妥善解决，而不是让我们下面的人背锅。敲您脑袋呢，就不会，我们是遵纪守法的好公民；但要是公司弃我们这些人于不顾，那到时候就该仲裁仲裁，该告公司告公司！以后我还会诅咒您和靳总吃泡面永远没有调料包，喝酸奶永远撕不开塑料膜，上厕所永远忘记带手纸！"

压力一下给到路佳这边。

倒不是被下属"威胁"了，而是连一个"95 后"都活得比她清醒。

到最后一秒，她还在乎，和老靳所谓的十年情义。

"路总，您不会真走吧？"小助理眼眶微红，"您走了，我们可怎么办呀？您是知道的，我居住证就快满 7 年了，要是换家公司，万一社保断了，那这六年多不白坚持了吗？"

"原来这六年你在坚持。"

路佳也不是不能理解小助理，只是她现在自己心里也烦透了。

9

"姐,我不是那个意思。"小助理忙闭了口。

大难临头,人人都只会想到自己。

眼前人尚且如此,路佳不敢去想等下走进公司的场面,所以叫两个自己人下来迎一下自己。

"杨叶在干什么?"路佳问。

"好像一早上都在自己办公室里和几个人开会。"小胡说。

"哪几个人?"

"不就是平时爱跟着他的那几个嘛。"小胡含糊其词。

小李则全程抬眼盯着电梯屏,完全不掺和路佳和助理的对话。

他是来打探消息的,目标明确得很,公司都穷途末路了,他们没必要再卷进路佳和杨叶的争斗。

纵然这场办公室内斗旷日持久,精益的每一个人都被逼着站过队。

"路总!!!路总来了!!"

"路总,是不是真的?"

"路总,靳总真走了?!"

"路总,公司接下来咋办啊?我们会不会被辞啊?"

"这就是路总吗?路总您好!我是金融八卦社的记者,请问靳陆仪靳总是真的套现跑路了吗?!"

"路总路总!!!我财务的报销一早被卡了,您签字可不可以?这是我的票据!"

"路总!公司股票一早跌停了,接下来咋办啊?!"

果然。

路佳一出电梯门,就被公司里的人团团围住,还有好几个财经地产的记者。

"抱歉,我真的和大家知道的一样多。"

路佳有意识地拨开众人,想先逃进办公室再说。

但众人哪里肯信,不依不饶又是一番围堵:

"路总路总!您是不是早就知道这件事啊?"

"路总,您就跟大家说实话吧,公司到底是发生了啥?靳总为什么跑路啊?"

"路总!!别走!!欸,您别走啊!!回答一下大家的疑问很难吗?"

"路总,是不是有什么内幕?"

"路总!!您平时和靳总关系那么好,他这事儿是不是和你商量过的?"

路佳被逼得"走投无路",只得停住脚,她又很认真地澄清了一遍:"我真的也是刚知道的。知道的只会比你们少,不会比你们多。"

人群静默几秒后,人堆里突然发出一声响亮的"不可能——"

循声望去,竟然是刚那个什么记者。

记者直接把宽屏手机推到路佳眼前!

"有图有真相,您解释解释吧。"

路佳随意瞄了眼,然后目光就像被502胶水黏住一般,瞳孔八级地震!!!

她顾不得那么多,一把夺过记者的手机,眼珠子都快从眼眶里飞出来了!

屏幕上赫然显示的是——刚在机场,她和老靳"拥抱"的照片!!!

还是高清、无码的大图!

谁拍的?!

到底是谁拍的?!!!

这手速。

路佳的脑袋"嗡"的一声就炸了!

又是谁传给财经八卦记者的?

照片又不会自动隔空投送。

还有,这张图目前流出去了没有?!

公司外部不知道,公司内部,路佳赶紧掏出自己手机翻看公司大群!

这张照片,已经赫然屹立在群里了!

"路总,这下您撒不了谎了吧?还是把您知道的都告诉大家吧!大家都急死了!"有那性子急的,立刻开始逼问路佳。

"就是就是!证据确凿,还说自己不知道?您就瞒着我们得了!还是您也想走?"

"公司就没人管我们死活了吗?路总,您给我们一个说法啊。"

眼见场面即将失控,路佳寸步难行。

"路总,您给句准话,这个月工资还发不发?"

"管什么工资。年终奖不是下个月发吗?"

"路总!欸,路总!别走、别走!"

群情激动,想遁的路佳也开始无意间被人推推搡搡。

"我说了!我什么也不知道!!!"

路佳也怒了,凭什么要她来收拾这个烂摊子?

她是副总没错,可她也是个打工的!

平时她就管管项目和设计,公司战略层面的事,这些人还不如去问杨叶!

"喊——!"

"切——!"

"吁——!"

质疑的嘘声四起!没有一个人相信路佳。证据面前,百口莫辩。连小胡都站出来补刀了,她弱弱的声音传来:"路总,原来您来晚了是去机场了呀……"路佳心里恨不得将那个杀千刀的拍照片的挖出来千刀万剐!但此刻,她又能怎么办?

这时,路佳的手机屏幕又亮了,是杨叶的微信:走靳总的VIP通道,密码8898。

路佳心底一阵恶寒。杨叶的这条微信就算是早一分钟发给她,她都会终生感激。现在?她感谢他八辈儿祖宗!!!杨叶的马后炮,也是老套路了。

"公司的事,等下会发公告的。你们要一直缠着我,那咱就只能在这耗着了。能不能让我先回办公室?"

不得已,路佳说了句官方的废话。

众人面面相觑,不想耗着,却也不情愿放人走。

正当路佳像只热锅上的蚂蚁,被众人拾柴烧烤的时候,突然不知什么地方又冒出来一个声音。

"路总!您先别走,我找您有事儿!"

一个清亮干脆的男声,在众多怨念的嘈杂声中脱颖而出,再次缠住路佳的步伐。

还没完没了了是吧?

"什么事?"路佳不耐烦回头。

"这是我的简历,您约了我今天面试!我是跟您去办公室,还是在会议室面?"

什么?!面试?!众人没听错吧?!这时候还有人来精益面试?他不看新闻的吗?村里没通网吗?所有目光齐刷刷聚焦到一张英俊明朗的脸上。这时候来精益面试，不就等于——汽车撞墙了，你想起来拐了；孩子死了，你想起来奶了；大鼻涕进嘴里，你想起甩了……

人才。

"您好，我叫杜明堂，本科毕业于清华建院，研究生毕业于巴特莱特建筑学院，博士就读于加利福尼亚大学伯克利分校，曾就职于HPP建筑事务所和矶崎新工作室。"一张明媚挺拔的脸，温润如玉的声音。再配上这娓娓道来不卑不亢的自我介绍，气氛一下子清朗柔美起来。路佳愣了愣，赶忙收回眼神。不不不，这里不是正闹事的吗？她赶紧去看周边同事的反应。

突然间，所有人都不说话了，还有好几位老同事的嘴巴张成了"O"形。几个新来的实习小迷妹，已经开始暗送秋波，反正她们才干了一两个月，尽管精益洪水滔天，也拦不住她们现在看帅哥的心情。

这帅哥是真的帅！

鬓若刀裁，鼻梁高挺，眉目清俊。白衬衫，黑色西裤，最简单的着装，却穿出了最顶层的气质。

"这是我的简历。"

说着，这位叫杜明堂的大帅哥给路佳奉上了自己精心准备的铜版纸简历。就他刚才那段逆天的自我介绍，还需要什么简历？路佳心想，若是老靳还在，估计会当场给他76薪，跪下录用他！老靳惜才，又能屈能伸。但很快，路佳心底立刻狠狠抽了自己一个耳光！

都改朝换代了！怎么还留恋过去呢？频频回头的人，是不会拥有美好的将来的。

"你跟我进会议室说吧。精益欢迎你！"

路佳十分热情地和杜明堂握手，又做了个"请"的姿势，微笑示意他去会议室面谈。

而后，路佳立刻凌厉地回首瞥了所有人一眼。刚还群情激愤的同事们，此刻皆熄了火。义愤填膺转换成了窃窃私语。

并且，他们还自觉让出一条道儿，让路佳和杜明堂过去。

路佳将刚才微垂的眼眸又抬了起来，头也略昂高了几度，默不作声面无表情地领人走了。

此刻，说一句废话都是多余。杜明堂的这波逆天操作，直接把精益目前的浑水搅得更加汹涌。

此刻还有高素质人才认可精益，或许精益并没有那么快倒闭。神武接手精益也许不是传闻，而是真的。

这感觉谁懂？路佳现在的感觉就像是刚在马路上被渣男狠狠羞辱抛弃，下一秒，多金帅哥就开着兰博基尼吹着口哨把她接走。

妥妥的爽文大女主！

走进四面透光的会议室，路佳直接转了一圈儿，把所有的白色百叶窗都"唰"地给拉上了，屏蔽了外面的眼睛。

在合上最后一扇的时候，路佳对着眼前的一片白茫茫亚克力深深叹了口气。而后，她又深吸一口气，像什么都没有发生似的，回头。

"杜明堂是吧。感谢你选择了精益。但是我们这里庙小，怕是容不下您这尊大佛。您另谋高就吧。"

路佳语气没有一丝温度。

杜明堂却丝毫不怯场，坦然地坐在会议桌边，十分松弛地一摊手，莞尔笑道："原来路总还有两副面孔。"

路佳并不恼，刚才的围解了，现在只需打发走眼前这个，她就能躲进办公室享片刻太平。她急需时间好好捋一捋这个突发事件。任何时候，思路要清晰。

"精益的情况你不会不知道吧？"路佳耐着性子，拉了把椅子在杜明堂的对面坐下，"靳总……"

路佳顿了下，还是把"跑路"两个字，换成了"去国外了"。虽然跑路是事实，但是路佳还是不愿意在任何一个外人面前黑前老板。

"不重要。"杜明堂秒接话，"反正我也不是冲他来的。套现 30 个亿，抛下烂摊子的人，绝对不会是好老板。"

"老靳不是这样的人！"

路佳几乎是下意识地拍台子站起来吼道！她也不知道自己是怎么了，就是忍不住，还要维护前老板。她肯定有病！

路佳意识到自己略微失态后，忙冷静下来。她双手握拳，撑住灰色的会议桌，冲对面的杜明堂，严肃地说道："你的简历，来我们这里什么目的，你自己心里清楚。我不管你是来看热闹的，还是别有目的，都请你赶紧离开。"

撂下这句，路佳起身就准备往外走。别说巴特莱特建筑学院，精益现在招个合肥学院的都费劲。这小子百分之百动机不纯。

谁知，路佳目不斜视地经过杜明堂身边的时候，他居然微微一伸手，就擒住了路佳的袖口。路佳驻足，却并未改变态度。

"再拉，袖子里的江诗丹顿露出来了。"她冷哼。

这样一个人，怎么会来应聘精益的初级建筑师岗位。

天大的笑话。

"不好意思，这是百达翡丽。"杜明堂纠正她。

更大的笑话。

路佳冷冷道："百达翡丽就百达翡丽吧，现在可以请你戴着你的百达翡丽争分夺秒地离开吗？"

杜明堂听了，还是不恼，只是嘴角弯出一抹笑容，也站了起来。

他的身高优势一下就显示出来了！足足比一米六八的路佳还高出一个头，目测至少185厘米。他居高临下地看着路佳，四目相对，他眼神中尽是无底的神秘。

"我来是想参加SPACE的项目……"杜明堂打直球，直接揭晓了谜底。

"打住！"路佳也很干脆，"如果你是想打探SPACE项目，我建议你待会儿出去直接拿杯开水浇死公司的发财树来得比较快！"

现代商战往往都采用最粗暴的方式，比如去抢对手的冰激凌，官方号亲自上阵阴阳竞品，又或是花钱找猎头去帮对家挖自己想开掉的员工。现在更加演变为，直接让自己家的建筑师来应聘当卧底抢项目。路佳是不可能松懈的，就算是精益不在了，SPACE项目她也不想放手！并且她估计，杨叶也是这么想的。路佳轻蔑地甩开杜明堂就走！

"路总，我们还会再见的。"

关上门的瞬间，那个干净的男声飘了出来。

路佳合上会议室的门，面对着一屋子想要窥探的灼热目光，亦将计就计道："好的，合作愉快，那咱们就下次再见啦！"

路佳回到自己的办公室里，让所有人都出去，包括正埋头整理资料的小胡。明天就是另一个项目提交资料的截止日期了，路佳明明一脑门子官司，但此刻她必须腾出让自己冷静的时间。她低头，手肘撑在桌上，按压太阳穴。SPACE项目和老靳的走，有没有关系？杜明堂的搅和，为路佳打开了新的思路。十几家建筑事务所和建筑设计院在抢这个项目，神武也在其中。神武是精益最大的股东，但保不齐贪心，想踢掉精益，自己独揽项目。所以……

15

老靳是被逼走的？但老靳一手创办了精益，自己的势力在公司里盘根错节，搞走他除非连根挖起，否则绝不是一件易事。

从里头开始挖，就需要内应。

对了！杨叶！路佳头脑一热，夺门而出！她还是得去找杨叶，面对面地听听他说啥，虽然也未必是真话；顺便看看他此刻到底在忙啥，如果早上的会还是有关 SPACE 项目，那便有几分让人起疑了。

"路总，您不能进去！杨总在里面开会。"

杨叶的助理面露难色地在办公室门口拦住急匆匆的路佳。

"你起开！"

路佳没空，直接硬闯。

"砰砰砰！"

杨叶办公室通顶的黑漆实木门，被路佳擂得山响。他不开门，路佳就一直敲。终于，磨磨叽叽了好一会儿，杨叶办公室的门才开了。几个同事从里面神色尴尬地鱼贯而出。路佳紧跟着走进去，却发现杨叶办公室的白板已经被擦得一尘不染。杨叶喜欢边开会边头脑风暴，边白板记录，这是他的工作习惯。路佳望着白板上的残痕，心中明白了几分。她一屁股在杨叶的会客沙发上坐下。

"哟，杨总，公司都乱成一锅粥了。您这还有心情开会呢？"她揶揄。

杨叶这只老狐狸，则挥了挥手让助手锁门，松开衬衫的第二颗扣子，大刺刺地在路佳对面也坐下。

"这天上就是下刀子，不也得养家糊口嘛。"他惯会巧言令色，"有句话怎么说来着？哦，对！即便明天就是世界末日，今夜我也要在院中种满荷花。"

"你的荷花是 SPACE 吧？"

路佳毫不掩饰自己的猜测。

都这时候了，也没必要跟昔日公司的死对头客气了。装给谁看？

"SPACE？你也太小看我了。"杨叶站起身，走到水吧边泡茶，"我手里十几个项目，每个都够我忙的。不像你，天天眼睛盯着 SPACE。"

"少来这套。"路佳不想磨牙。

杨叶则把一杯滚烫的茶放在路佳面前，混杂着茶叶的茶汤还溅出来几滴！

"还有其他事儿么？"

逐客令。

"老靳走了你就一点不难过？我看你一点反应都没有！"

路佳咬牙切齿地指了指杨叶，恨他的铁石心肠。

杨叶一贯刁滑，讪笑："你咋知道我不难过？要不当你面儿，我放声痛哭一场？"

路佳被他怼得无话，看这副样子，也是套不出什么了。有这空，她还不如回去歇着。谁知，见她要走，杨叶又起劲了，故意用胳膊挡在路佳胸前，阴阳怪气地对她说道："老靳这是退休上岸了，你应该替人高兴。财务自由，移居海外，儿女承欢膝下，颐养天年。你要真是老靳的朋友，就应该祝福他。当然，你确实也是这么做的。"

说着，杨叶就掏出手机，拿路佳和老靳在机场告别的照片晃了晃。

路佳斜了眼手机，抿着嘴唇，愤恨地抬头问："照片是不是你拍的？"

她知道不管是不是杨叶干的，他都不会承认，但就是想问一问。

不甘心。

第二章

男人至死是少年

"路佳，我是会干这种事的人么？"

杨叶不承认，戳着自己的胸口，反问。

"我杨叶在你心里，究竟是个什么样的形象？"

"是我喝醉了，会占我便宜的形象。"路佳毫不犹豫地接话。

杨叶瞬间脑袋嗡嗡的，跟被人踩了尾巴似的，捋着头发在办公室里踱来踱去。

"那是我年轻不懂事！都15年前的事了，你怎么还记得？！"

面对路佳的出其不意，杨叶满脸通红。

他急了。

早知道提这个这么大杀伤力，路佳这些年就该玩这个气死他。但此刻，她的目光完全被吸引在杨叶腰上那串丁零咣啷的钥匙上。路佳是真的搞不懂杨叶，他俩是师兄妹，怎么自从加入了精益之后，他整个人就变得越来越油腻了。早几年喜欢七匹狼，黑西裤，沙驰皮鞋；近几年，喜欢宝格丽，H家皮带，外加LV手包。反正就是包工头、煤老板穿啥，他穿啥，主打一个"凭亿近人"的油腻。腰间这串钥匙，也是跟他的那帮福建客户学的。说是中老年客户觉得这样的人可靠。可靠个屁！现在都指纹解锁人脸识别了，还搞这种中古造型博信任？但你说他学得像吧，杨叶又有那么点邯郸学步、东施效颦的意思。

私下里，杨叶是很自律的，七匹狼下面永远是八块坚挺的腹肌；后备箱除了茅台和中华烟，还有自己搭的建筑模型；晚上抽烟喝酒上KTV，白天对标书画草图和方案。不是人格分裂，就是精致利己。这是路佳对他下的定义。

"咱说好，以后无论咱俩闹成哪样，那晚的事儿不兴提行不？"杨叶难得地纠结。

"行！"路佳爽快点头，再一仰面，"那你现在还穿蜡笔小新的内裤不？"杨叶的脸都绿了。

此时此刻，面对面的两个人，实打实的苦中作乐。

时而是战友，时而是敌人，无关心情，只看处境。

"你现在什么打算？"杨叶关心起路佳。

"不是传神武接手精益吗？我是建筑师，管好自己手头的项目呗。"路佳不瞒人，"SPACE的方案，再整整。"

杨叶的眼神里闪过一丝说不明道不清的狡黠，路佳蒙着头，忽略了。

"那假如SPACE的方案，不在精益了呢？"

"你什么意思？"

一个投石问路，一个一语惊醒梦中人。

"没什么意思。假设一下。"

杨叶背过身去，替自己磨咖啡。

"三年前我就看好SPACE，为这个项目，我足足准备了三年。"路佳道，"杨叶，你不会真觉得，精益离了老靳就不转了吧？"

杨叶不言，盯着咖啡滴滴答答。

他的后背很直，40岁了，身板看起来还跟大学里的体育生一样。但心智……所有的心眼子加起来，恐怕60岁的老狐狸都玩不过他。路佳心里咬死了照片就是他拍的，或者他找人拍的。但老杨就是能死鸭子嘴硬，满脸无辜地否认。反正他笃定路佳拿不出证据。

"这地球离了谁都转。"杨叶喝着咖啡转身，"要不今晚再让你看看我的图案？"

"你变态啊！"路佳虽知他在玩笑，但这玩笑太油腻了，够得上职场骚扰了，她一下就站了起来，"我俩都结婚了！你是有妇之夫，我是有夫之妇！"

杨叶淡淡地从咖啡杯里抬眸，看了路佳一眼，然后幽幽来了一句："我上个月离婚了。没和你说？"

"离……离婚？"这回换路佳目瞪了，"真假？"

杨叶淡定地搁下咖啡杯，从办公桌抽屉里抽出一张暗红的离婚证，丢在茶几上。而后他笃定地抬起眼皮："你什么时候离？"

"我……"路佳卡壳。

本来她也差不多这时候要和陆之岸离婚，这两天正在谈，但不是今天突然出了精益这档子事儿，岔开了吗？

"我这和你说精益的事儿呢。"路佳蹙眉拽回话题，"你扯什么离婚啊？！"

杨叶耸耸肩，无所谓地笑笑，甩下一句："天下无不散之筵席。"

一语双关完，他回到自己办公桌前忙去了。把路佳晾在一边。路佳也识趣地抬屁股走人。早就该猜到，每次和杨叶说话，除了打一圈太极，啥也捞不到。但这次还好，好歹听了点八卦，这家伙妻离子散了，真是坏消息里的好消息！

"你离了婚，要不要和我过啊？"杨叶埋头对着一张合同签字，头也不抬。

把着门框的路佳头也不回，权当没听见。临走，她把杨叶的门，摔了个"叭"的惊天响。

门口坐着的助理被吓得心悸抬头，杨总这门上八个裂缝，全是路总给震出来的。

回到自己办公室，路佳座机响。她以为是谁，原来是陆之岸打来的。

"我不是和你说了吗？这是工作座机，你有事打我手机。"路佳不耐烦地提醒了陆之岸一万遍。但陆之岸就是认为座机接听不要钱，就路佳这个败家女人，经常几个工作电话就把手机套餐包月的 400 分钟给超了。

"晚上你去接一下陆班呗，我这儿有点儿事儿。"

"什么事儿？！"

路佳心烦，平时去幼儿园接孩子，陆之岸就推三阻四的，他一个大学讲师，搞得比国家总理都忙。

"我今天公司出了点儿事，你去接吧。不行让你妈去。"路佳拒绝，她今天真没空。

"我不行，我今天约了学生有读书会。我妈就更不行了，报名了老年团一日游，要到7点半才到家呢。"陆之岸继续推脱。

路佳的不满油然而生，什么学生的读书会？不就是陆之岸又约了几个女学生下班听他一个人吹牛吗？

陆之岸在某大学文学院当讲师，讲美学概论。他成天宣称自己做学术多么多么辛苦，结果都40多了，连个副高职称的边儿都没摸着，成天就爱秉着"文人"做派，侃天侃地，胡扯八扯，消磨时间。

路佳和杨叶在美院读建筑的时候，他在美院读艺术学，那时候他就特别爱出风头，任何晚会不是出来导演个话剧，就是诗朗诵。

年轻时，文艺男青年是万千少女的梦；人到中年，文艺男青年就成了妻子的噩梦。

再说她这个婆婆……

算了，不说了，一言难尽。

"你没事儿给你妈报什么老年团？她是来享福的吗？她不是说来帮着看几天孩子吗？"路佳质问道。

平时路佳的儿子小鲁班（小名）都是路佳的亲妈给看，这两天路佳的亲妈回老家去报销医保，才让婆婆来顶两天。但陆之岸的亲妈倒好，来了两天，一天逛街，一天老年团，每天晚上回到家，面对冷锅冷灶，路佳还得张罗一家人的吃喝。

早知道就不叫她来帮忙了！路佳悔之晚矣。

"我不管，今天我确实没空！你们自己解决！"

说完，路佳就把电话挂了。

她就不信，放学了，陆之岸能让陆班，一个学龄前儿童，站在幼儿园门口。但人性是经不起试探的，发情期的男的，能把自己的亲生儿女从楼上推下去，摆烂算什么？反正万事有自己那个能干的老婆兜底。

"路总！不好了！又出事儿了！"

小胡慌慌张张冲了进来，额头上还沁着细密的汗珠。

仿佛见到了什么不得了的大事。

"你慌什么？靳总走了，天塌不了。你踏实干着，社保不会给你断缴的。"路佳翻阅着手里SPACE的方案草图，回她。

"路总！！！"小胡走近汇报，拿过路佳手里的草图，搁到一边，"瞿总拒交财务章，还把自己反锁在办公室里。杨总已经去了！您快点儿的吧！"

"什么？！"路佳简直不敢相信自己的耳朵！

瞿冲是精益的CFO，堂堂一个首席财务官，身家上亿的人，怎么会做这么幼稚的事？！路佳赶忙跑过去一看，只见CFO办公室的大门紧锁，还真是这么回事儿。

男人至死是少年啊！路佳喟叹。

"瞿冲！冲儿！咱先开开门行不行？有什么话，咱兄弟间好好说，行不行？！"

杨叶斜靠着门，用指关节边敲门边往里头喊话。外面围满了财务部门和其他部门看热闹的人。

"冲儿！开开门嘛！咱总不至于要闹到报警那么难看吧？"杨叶又敲。

但无论杨叶怎么敲，瞿冲就是不开门。里头一片死寂。

路佳和小胡对视了一眼，便上前撸开杨叶，她也往里喊了一嗓子："老瞿！我是路佳！咱有事儿把门打开再说行不？"

没动静。

路佳又凑上门道："老瞿？是不是为了老靳的事儿啊？我跟你说，没事儿，天塌不下来！别人我不知道哈，但我路佳可以给你保证！这一个月之内，我设计部绝对不跟你财务部要一分钱！报销也都先卡在我这儿，有事儿大家一起扛！"

杨叶像个跟屁虫应声："对！老瞿！我也可以保证！手底下的人，一个都不会找你！所以压力别太大了，先把门打开！"

"是啊，瞿总！开门吧！"

"瞿总！瞿总开门！"

"老瞿？老瞿？你再不开门，我给你老婆打电话了哈？你老婆还是原来尾号857的那个电话吧？"路佳吓唬人是稳准的。

老瞿是出了名的妻管严。

不开不开就不开，瞿冲一副任天王老子来了也不开门的架势。CFO办公室的大门偏偏还是重型防盗的，就算找个撬锁的来，都得搞个三天三夜。可精益等不了三天三夜。

小胡又来报，说神武交接的人已经来了，现在正在大会议室候着。

"咋办？"路佳用求助的眼神看向杨叶。

谁知杨叶竟掉屁股就走："能怎么办？让他在里头待着呗。"

"你说的是人话么？"路佳拦他，压低了声音提醒，"神武的人就在会议室，这财务章和支票簿不交接，叫什么交接？"

杨叶反倒是不管不顾，冲路佳道："你急什么？你是神武的人么？瞎操什么心。真的是。"

说完，他双手插兜，领着手下走了。路佳被杨叶怼得一阵害臊。是啊，她操什么心？！

临走前，路佳还是又敲了敲老同事的门，最后规劝了句："老瞿啊，差不多得了。工作而已，不值得哈。"

回到办公室，路佳屁股还没点到凳子，又有人来通知。

大会议室召开高管紧急会议！

群里的小道消息：这个会，是神武空降的 boss 要训话。

路佳不悦。

新人替旧人，也太迫不及待了。

估计老靳的飞机还没在苏黎世落地，这边就急着官宣新老板了。

果然是神武效率。

对于精益的爸爸，神武集团，路佳早就有所了解。

神武集团创建于 1992 年，旗下业务包括神武建设、神武医药、神武股份、神武文旅、神武钢铁、神武酒店和神武酒业等企业群。而神武建设是神武集团发家业务，仍然具有核心地位。

2008 年，神武建设在香港联交所主板上市，去年总收入达人民币 2000 亿元，归母净利润达人民币 80 亿元，连续三年位列国内民营企业前 50 强。

都说胳膊拧不过大腿，精益在神武面前，那就是一个小拇指。

神武原来控股精益 50%，这么心急把儿子吃下来，路佳也想听听其中缘由。

"走！去开会！"

路佳简单收拾了下自己，抹了个气场全开的口红，就直奔会议室。

神武派来的新老大，是神武建材的总经理，叫王强，这人不重要，听名字就像个傀儡。路佳和神武建材合作过项目，知道这个王强，基本就是个靠裙带关系上位的草包，他背后靠着的，是神武建设的总裁，秦昌盛。

今天秦昌盛也来了，居然要挂名精益建设的CEO？

路佳低头抿唇，听他们宣布，心里却暗暗道：精益什么时候这么值钱了？难不成苍蝇再小也是肉？

"交接的事慢慢来吧。"王强果然人模狗样地被顶在前面当枪使，双手交叠，正襟危坐俨然当家人，"先说说公司的重点项目SPACE吧？"

路佳心里"哦"了一声！果然还是冲着SPACE来的！

SPACE项目，路佳一直跃跃欲试，也不知道当初老靳到底是使了什么超人的手段，把这么个人人眼热的大肥肉给拿下的。

不管黑猫白猫，反正现在合同上的中标单位写的是精益。

接下来，杨叶的一波疯狂输出，可谓是惊呆了刚捋清点状况的路佳！

简言之，就是杨叶居然在这么大的一个会议上，公然开始各种"卖老靳"。

反正在SPACE招标时，各种好的点子创意、优秀人脉，都是他杨叶的；凡是欠缺一点的，又或是被王强否成屁主意的，都是老靳的锅。

路佳听得怒火中烧，她从来都不知道，成天只知道当甩手掌柜的老板老靳，有一天能成为"钢铁侠"，背得起杨叶甩过去的这么多锅。

好几个高管都看不下去了，大家频繁交换眼色。

小人跳梁。也不过如此。

杨叶这已经不叫脸皮厚了，根本就是没脸没皮，毫无底线。

他每踩老靳一脚，还不忘绕过王强舔一下在场的秦昌盛。

"秦总来了就不一样了，我们这个盘子可以重新做起来，大家的想法可以继续向前推进，我们干劲十足！"

"秦总就是有眼光，有水平。SPACE这个项目，就应该神武这样的大企业来做。我们精益当时不过是死做，才硬吃下来的，所以很多地方都不消化。"

"有神武做后盾，秦总您亲自坐镇，SPACE这个项目想不风生水起都难。"

哕——！

路佳阵阵反胃。

杨叶这副嘴脸，简直宛如当年抱住老靳大腿时一口一个"伯乐之恩"似的恶心。

这些年，他充当老靳"挂腿器"的日子，都忘了吗？

这会，路佳真听不下去了。生理性的。

她抬起屁股冷脸就想往外走。

就像她劝老瞿的话：这就是份工作而已，没必要连自己的灵魂一齐出卖了吧？

路佳的离席，引起了新老板的注意。

王强叫住路佳："路总，咱们这会还没开完呢，您这是去哪儿？"

路佳只得摁住椅子把手，屁股悬空地答："那个……那什么，这不四点了嘛，我接孩子！"

秦昌盛抬手看表，而后蹙了蹙眉。

王强会意，知道是时候烧新官上任的第一把火了，于是正色道："路总，您以前都这么早下班么？如今这规矩恐怕得改改了。哪个建筑企业这么清闲？咱不提倡996，但四点是不是过分了点儿？"

路佳一屁股落回座位，但并没有想妥协，她撸了撸袖子，朗声解释道："秦总、王总，今天我家里人确实有点抽不开身，今天算我请假行不行？"

然后她也抬了抬自己的手表，冲新老板："幼儿园四点半放学，我现在去接，可能都晚了。还恳请两位老板高抬贵手先放我走，接完孩子，我再回公司，接着干活儿行不行？"

路佳看似在询问，却丝毫不给两位"上司"任何选择的权利。

她站起身，又说道："秦总和王总一看就是宽以待下的领导，公司管理不至于这么不近人情。我先走了，这会你们慢慢开。"

道德绑架谁不会似的。

路佳在众人惊诧的眼神中走到门口，又气不过地回头，横眉对着杨叶，撂下最后一句："有事你们先和杨总说，反正他八面玲珑，很懂得如何回应你们！"

说完又是"砰！"的一声摔上门。路佳天生手重，这回也不是故意的。

路佳想着杨叶方才那副嘴脸，怒气冲冲来到公司楼下，才发现外头方才还阳光明媚，竟然淅淅沥沥地下起了雨。

六月天，杨叶的脸，说变就变。

屋漏偏逢连夜雨。

路佳望向灰蒙蒙的天,知道开车去是肯定来不及了,路上绝对会堵死。于是,她冒雨走向了路边的共享单车。

"喂嘿——!"

一个打招呼的声音,从慌乱的雨里传来。

路佳抬头一看,这不是……?

不认识。

一个腿很长的机车男,正威风凛凛地跨坐在一辆风雷雅马哈摩托上,穿着防雨风衣,戴着黑色的头盔跟路佳打招呼。

路佳不理,他又"嘀嘀"摁了两声喇叭:"嘿!嘿!"

隔着水雾,路佳再次抬起眼睑,只见黑衣男摘下头盔。

居然是方才来面试的杜明堂!

他为了让路佳看清楚自己的面容,额头发梢和睫毛上都瞬间挂上了雨珠。

"去哪儿啊?我送你!"说着,他顺手丢过来一个头盔,又从座位里摸出一件雨衣。路佳望了望路上红红一片的刹车灯,也没时间犹豫了,戴上头盔就跨上了这个陌生男的后座。

"宁江幼儿园。谢谢!"

"好。"

杜明堂一路超车,果然避开了各种拥堵,在四点半之前把路佳捎到了幼儿园门口。

"谢谢!"

路佳心急如焚地下车,把头盔还给他。

"一句谢谢就完了?"杜明堂冒雨说。

"那你还想怎么样?!"

哗哗的雨声中,路佳展开伞。

"一公里二十。"杜明堂隔着雨帘,喊出了自己的诉求。

路佳虽然觉得戴百达翡丽的人不至于,但为了不欠人情,她还是爽利地答应道:"行!我转你50,你打开收款码。"

杜明堂却死活坚称自己没有收款码,一定要路佳加他微信。路佳明白了,原来杜明堂"好心"捎她一路,就是为了要她的微信。于是路佳果断跟他加了微信,转过去50,然后立刻将他这个好友设置成了"仅聊天",就转身接孩子去了。

雨中,杜明堂心满意足地驰骋而去。

"班班!班班!妈妈来了。"

路佳从老师手里接过小鲁班,儿子却满脸不高兴。

"妈妈,你怎么才来啊?"小鲁班嘟着嘴埋怨,"现在大班都接完了,我可是中班。"

"对不起,妈妈有事耽误了。本来今天是爸爸来接你的。"路佳挽着他的小手解释。

"爸爸来就更晚了。"小鲁班不甘不愿地说,"有次他来接我,门卫伯伯都快下班了。"

"爸爸也忙嘛。"路佳粉饰。

"而且他每次来都要拉着我们老师聊些有的没的,耽误好久,老师都烦他了。"小鲁班继续投诉。

"明天外婆就回来了。以后没事不让爸爸来接你了。"

路佳一边安慰着儿子,一边脑子里疯狂盘算,现在到下班的三小时里,让谁先代看一下孩子。

路佳不是魔都人,是考大学才到魔都来的,这边没有亲戚。陆之岸是本地人,但是他们家几乎和所有亲戚绝了往来。至于同学朋友,过了三十岁,都是上有老下有小的,这个点儿,谁又不用上班呢?

"小美,你帮帮我忙,就俩小时!而且我保证,每隔一个小时,我都会下来看看他。"路佳拽着儿子小鲁班,在精益大厦楼下的便利店里低声下气地求一位女店员。

她想着,这里离公司近,而且店里四面都有监控。以前她总加班,隔三岔五地来这里吃热盒饭,和这个小店员也算是熟识。

"路佳姐,真不是我不帮你!"店员显得很为难,"你看马上就是下班的点儿了,店里来来去去的。等下我一忙起来,真的怕顾不过来。"

"你放心,我儿子很乖的!他……就坐那里!"路佳指了指角落里自己平时吃加班餐的简易饭桌,"我把 iPad 给他,他不会乱跑的!而且,我还给他戴了电话手表,隔半个小时我就打一次,万一有什么事,我也绝对不找你,行么?"

路佳是真没有办法了。

她手里还有两个项目材料明天就是截止日期了，下班前一定要提交。

　　"路佳姐，要不您还是带去公司吧。"店员也是着实为难，"这里人多。看孩子是有责任的，我怕担不起。"

　　连店员都知道，看管孩子是有责任的。偏偏这么简单的道理，陆之岸就是不知道！回回大刺刺地做甩手掌柜，把娃丢给忙得晕头转向的路佳。谁接都不要紧，只要不耽误他比奥运会还重要的"读书会"就行。无奈的路佳对陆之岸的怨恨又增添了几分。她低头为难地和仰面望着她的儿子对视。儿子可怜巴巴，眼神中充满了不安全感，仿佛时刻在提醒路佳，不要随便"解决"了他。

　　但她也实在不能在这时候把娃带去楼上，方才秦昌盛和王强已经让她忍得够够的了！这时候把孩子带上去，不是对新老板的挑衅吗？

　　正当路佳左右为难之际，又是那个熟悉而清澈的男声从身后传来："哟！这不还是路总么，咱又见面了？今儿怎么回事儿啊，这么有缘。"

　　路佳牵着儿子回头，竟然又是高高大大的杜明堂，立在身后！

　　"你别是在跟踪我吧？"路佳疑惑地看着他，问道。

　　无巧不成书是对的，可也不能这么巧吧？一天撞见三回，要说没有蓄谋，那就是鬼打墙。

　　"欸欸欸！路总！可不兴这么说话哈。"

　　一时间，杜明堂也不知道怎么解释了，他扑闪着一双明澈的眼睛。突然，低头看见了自己手里刚打的热咖啡。于是不管路佳信不信，他举了举咖啡，调侃道："您可以理解成，我折回来，是为了上楼浇死发财树。"

　　"喊。绝了！"

　　路佳懒得和他多费唇舌，牵起儿子的手，就准备离开。还有好多事儿呢。

　　杜明堂却堵住了她的去路，丝毫没有让开的意思："我刚听说，你想把儿子放在店里？"

　　"不关你的事。"

　　路佳又往前了一步。

　　"我可以帮你看会儿孩子，到你下班为止。"

　　杜明堂拿着咖啡，主动提出。显然刚才他偷听了路佳和店员的谈话。路佳回首侧目。这好像是她的隐私吧，她不喜欢过度热情和多管闲事的人。

　　"如果你需要的话。"杜明堂见路佳愣住，又补了句。

路佳本想拒绝，但转念一想，杜明堂的简历现在还搁在她办公室，对这个人也算是"知根知底"。

最关键的是，她现在也没有更好的选择。于是，她拧眉下了下决心，对他提出了条件："不准离开便利店。半个小时，必须让我儿子用电话手表和我视频一次。还有，你身份证带了吗？带了的话，给我。"

杜明堂嗤一声笑了！

他觉得眼前这个女人很有意思，他俩到底是谁在帮谁忙啊？

但抿嘴笑完，他还是从兜里掏出自己的身份证递了过去，表示成交，并嘱咐路佳："你可不许拿我身份证去偷办信用卡啊。"

孩子嘛，就像父母亲的眼珠子一样，不到逼不得已，谁愿意让别人保管。

杜明堂能理解。

"谁会干那种事啊！"

路佳抽过他的身份证，转身把小鲁班交给他，自己便急匆匆地往电梯口跑去。电梯里，把身份证揣进外套口袋的瞬间，路佳瞥见杜明堂的出生年份是91年。整整比自己小了5岁。她抬起头，坚毅地撩了下头发。

随着电梯门的缓缓打开，她又回到了精益这个战场。

"路总！秦总和王总亲自在您办公室等您！"小胡气喘吁吁地追过来堵人。

"他们在多久了？"

路佳步履匆匆，目不斜视地问。

"好一会儿了。"小胡显得很焦急。

眼见离办公室还有三米远，路佳彻底停住脚步，诘问小胡："好一会儿是多久？三分钟？五分钟？还是半个小时？"

小胡知道自己又说错话了，但也只能含糊其词："我我我……我刚去看您回来没，他们就已经在里面了。"

"谁给他们的我办公室密码？！"路佳讶异，且愤怒。

小胡则满额是汗地摇头，只能说明不是她给的。

路佳狠狠蹙了蹙眉，极大地不悦，她还没办交接呢！

这硬闯私人办公室，就是神武的工作作风？

路佳一个掉头，也不去办公室了，神武的人愿意等着就等着吧！

反正等几分钟和等几十分钟，区别不大，他们家大业大，闲人有的是时间。

"哔哔哔哔哔！——咚！"

路佳一通摁键后，一把推开杨叶办公室的门！

杨叶正埋头在办公桌前看材料，见路佳就这么没头没脑地"闯"进来也吓了一跳！但又见她气势汹汹的样子，便也不敢多追究。

"你怎么不敲门就进来了？万一我这在换衣服呢？"杨叶哭笑不得。

"人生一大傻，生日当密码。840428，很难猜吗？"

路佳在他面前赌气一屁股坐下。

杨叶手捂胸，微微一颔首："荣幸备至，路总还记得鄙人的生日。"

显然路佳不是来和他寒暄的，直接劈头盖脸地又从沙发上跳起来，压低了声音严厉质问他道："刚开会！会上你都说的些什么？！之前老靳待你不薄吧？你用得着那么往死里黑他？还是你准备以后一直都这么鞭尸？！"

杨叶面对她的质问，没承认也没否认，只是双手一摊，十分坦然地振振有词："你闯进来，就是为了问我这个？给老靳打抱不平？你这不没事儿找事儿吗？老靳已经走了，我捧他还是踩他，对大局有影响吗？——没有影响。"

杨叶是懂怎么灭路佳脾气的，他这一句话，便堵得路佳后面的话怎么也说不出来了。但他又很懂路佳，她这时候冲过来，肯定是公司又出了什么新的幺蛾子。

她明为兴师问罪，实则是来找杨叶商量对策。

这些年，这是他俩之间的默契。

路佳雷声大雨点小，风风火火地闯进来，等于——有事求他帮忙。

路佳偃旗息鼓，低眉顺目地在公开场合酸言冷语，等于——确实看不惯他的所作所为。

"秦昌盛和王强，现在在我办公室呢。"

果然，路佳一脸无奈地吐槽。

她相信，杨叶就是再精明算计，毕竟十年交情。

此时此刻，他还是更愿意和她这个老战友一起，当一条藤上的蚂蚱。

杨叶双手叉腰，仿佛恍然大悟："哦，那两个玩意儿啊……"

听口气，路佳猜对了，他也不待见神武空降的人。

"那你还不快回去？！来我这干吗？"

下一秒，杨叶又对路佳明知故问。

路佳瞪他一眼道："来你这蹭咖啡！来你这打酱油！来你这欣赏欣赏办

公室装修！"

酸言冷语，等于——看不惯。

杨叶秒懂。

他沉默了几秒，收敛起神色，在办公室里踱了几步，突然不着边际地问："你还记得当年大学里，我俩谈恋爱是怎么谈的吗？"

"你问这干吗？"路佳没心思，随口应付道，"还不是你跟我谈感情，我就和你谈感情；你跟我谈钱，我就跟你谈钱；你跟我谈理想，我就……"

路佳就是再蠢，此时也听出话里的意思来了。

"你的意思是……？"她豁然开朗地站了起来，而后立刻往门外走！

是了，她和杨叶当年该谈的都谈了，但他俩的感情到最后还是没成。谈什么不重要，最后达成什么协议才重要。

天又亮了。

"哎哟喂！我回来晚了！哪能让二位领导亲自来我办公室等我呢？！"

想通后的路佳，身势轻松，秒换了副面孔，满脸堆笑地走进自己的办公室。她还顺手将包和外套挂在门旁边的衣帽钩上。

所谓伸手不打笑脸人。

见回来的路佳一脸热情，秦昌盛和王强这两条老狐狸，便也不好再丁是丁卯是卯地公事公办了。

于是，都换了面孔。

"哎呀，路老师真是不容易！家庭事业两头都要兼顾！人是很辛苦的。"王强坐在会客沙发上，跷着二郎腿，就属他话多，"不像我，一工作起来，就没日没夜的，老婆孩子还有家里老人，一个都顾不着！……有时候想想，这一辈子，也不知道这么忙，是图啥。"

路佳脸上笑着应承，内心却鄙夷得要死，精益建材这一两年业绩都下滑成什么样了，你自己心里没点数吗？来我这唱高调！

秦昌盛也笑："都一样！我们这个年纪，不管男人女人，都正是拼事业的时候。辛苦点正常。"

路佳俯身倒茶，心底却又被触动了逆鳞。网上百度，秦昌盛七三年的，都半截黄土的人了，谁要和他一个年纪？！但抬起头，却又是一副盈盈笑靥："秦总说得是呢！不知二位老总，刚来就上我这喝茶来，是有什么要事相商吗？"无事不登三宝殿。路佳想得明白，这俩货去没去杨叶那转过不知道！但来自己这儿，不给点下马威或是薅点"真东西"走，是不可能的。路佳有些为难地望了望自己办公桌上的材料，频频抬表，希望大家快点进入正题。

"小路啊，你也别紧张。我们就是来你这儿坐坐。"

王强则叼起一根烟，一看就是想磨时间。

路佳直接阻挠道："王总，咱们这儿室内不让吸烟。"她可赶时间。

王强嘴上的烟摘下来也不是，继续点也不是。还是秦昌盛使了个眼色，他才拿了下来。

"咱还是喝茶吧。"路佳把茶几上的茶往他们面前推了推。

"对对！喝茶。"秦昌盛率先搁下二郎腿，接过茶杯，低头品了一口，"嗯——路总这的茶叶真不错！馥郁芬芳，浓香醇厚。"他假意夸赞，又和路佳套近乎，"是什么茶叶？"

"立顿。"

路佳脸上写满真诚。

"咳咳。"秦昌盛脸色一阴，立刻放下茶杯。

还是一个眼色，抛给王强。

王强也看懂了，这路佳表面客客气气，其实内瓤也是个难啃的骨头，不比杨叶那个笑面虎好摆弄。于是，王强道："路总，一看就是个效率人儿。那我和秦总也就不绕弯子了。老靳的事儿，想必你也听说了吧？这人做事忒不靠谱，说走，就这么走了。你说这叫什么事儿啊？"路佳不附和也不接茬，就静静地听他说。但王强明显不甘心于她就当个听众，于是继续点她，"路总，您也很意外吧？毕竟跟了老靳那么多年。没事儿，要是有什么委屈，可以和我跟老秦讲讲，大家都是自己人。"

路佳嘴角轻撇，笑："确实很意外。老靳就这么走了。其实老靳这个人吧，啥都挺好，就是——"

王强和秦昌盛立马伸长了耳朵！

看来精益还是有识时务的。

只要路佳肯说出老靳的一个缺点来，他们立马就能做朋友。

"老靳这人就是有一点不好！真不好！"他们和路佳谈老靳，那路佳就和他们谈老靳，"他喜欢在办公室里吃榴莲！你们是不知道，那个味儿臭得呀……啧啧啧！"

路佳龇牙咧嘴，作出无法忍耐的神色。

"呵呵。"王强面露尴尬，他不吃榴莲，想起那个味道，就一阵恶心。

"我们是在聊路建筑师的委屈。"

姜还是老的辣，秦昌盛一把把话题拽了回来。

"突然顶头上司走了，你有没有什么不适应？"

"是啊，外头都人心惶惶的了。"王强附和，"那么多同事，人人自危，都担心工作不保。"

好，聊工作是吧。那路佳就跟他们聊工作："嗨！两位领导真是心如明镜！说不惶恐，那都是假的。现在外头那些公司每天996，累死累活，还要裁员！听说现在世界500强裁人，都是按事业线，一裁一条线！啧啧啧，现在这个就业环境……真是严峻！是个人都怕被裁员，裁了出去一时半会儿真……找不到合适的！到时候社保断缴、房子断供，想想，连吃饭都成问题，真的太、可、怕、了！"

人人自危，工作不保。算是被路佳给聊明白了。

"我们是在聊你的工作。"王强不耐烦起来。

"我啊？"路佳故作轻松地一笑，"我嘛！都三十七了。不是互联网才有35岁裁员现象么，难不成现在咱们建筑行业也有了？！那……难不成二位领导今天是来劝退我的？先说好哈，不给'N+1'，我肯定不离开精益！"

路佳嘴上这么说，心里却笃定得很。整个设计部都是路佳的人！其他是杨叶的天下。新来的boss屁股都没坐热，敢裁她？！那之前的项目怎么办？楼还封不封顶了？回款还要不要了？客户需求是三句话就能交接明白的？还是索性让公司股价崩得更彻底一点儿？神武既然速度派人来接管，就得做好诸侯割据的准备！

"呐呐呐！都说路总说话爽直！可也不能这么爽直啊？"王强果然秒怂，立即否认，"像你这样的人才，新的leader团队早就决定，不光不裁，还会重用！以后日子还长着呢。不信你问秦总，你就是他钦定的、要留用的人才！"

"重点人才。"秦昌盛点头补充。

那你们来干什么？！新官上任这么忙，专门说废话来了？

正当她疑惑不已时，秦昌盛突然将面前的"立顿"推还给路佳，敛起神色："早就听闻路建筑师才华横溢，在建筑方面颇有自己的见解。这样，以后你还负责设计部的创意，但是——人事任免嘛……"

王强会意，秒接上话："对对对！路建筑师，你也是半个艺术家，还是要把心思花在建筑设计上，继续设计出高端、大气、上档次的建筑！这些日常的办公室琐事，公司的其他同事会替你接手摆平的，不让你分心，让你专心致志地搞设计！"

路佳第一次听说，人事任免是"日常办公室琐事"！

建筑设计部最重要的就是建筑师和设计师好吗。如果建筑师和设计师的设计风格和审美风格不统一，那简直就是灾难！

一个医生换了助手，手术都做不了；那凭什么一个建筑师换了助理建筑师，还能立刻CAD出图？现在精益建筑设计部这些人，都是路佳带了好几年的，分工配合乃至默契度都已经非常成熟了。

瞎搞。

路佳皱眉看了看桌上的那杯立顿，极其不悦地抬起头，毫不客气地反呛："懂了。秦总、王总，这是跑我这儿，玩儿'杯水释兵权'来了。"

"这……我们可不是这个意思哈。"王强和秦昌盛的手，摇得都快摆出花儿来了。但路佳明白，他们就是这个意思！谈话不欢而散。路佳突然领悟，杨叶刚才说的"那两个玩意儿啊"是什么意思。秦昌盛和王强这两个人，一看就来者不善。空降之后不是先了解公司业务，首先想的是——搞人。

静下来后，路佳带着郁闷的心情，最后审核了一遍材料，便交给属下去提交了。终于得空，她坐在办公桌前，手扶眉心，片刻回忆了一下这两天发生的事。

这么下去，她不会真的失业吧？

"完了！！"

一抬头，她瞥见对面墙上的钟，已经七点多了。公司这些狗屁倒灶的事，让她完全把"寄存"在楼下的小鲁班给忘了！一看手机三个未接的视频通话，全是小鲁班打来的，自己说好一个小时就下去一次，也没下去！路佳惊出一身冷汗！拿起包就往楼下冲！

"在小小的工地里面挖呀挖呀挖，造大大的房子，以后是我家！在厚厚的地表土层挖呀挖呀挖，保障基坑安全，助力盾构始发！在复杂的地质环境挖呀挖呀挖，建穿越时空的隧道，看尽长安花！"

还好还好，当路佳一阵风似的赶到楼下便利店的时候，杜明堂还没走，正和小鲁班面对面地在玩"挖呀挖呀挖"。

这些改编过的洗脑儿歌,也不知道杜明堂教儿子念了多久。

没时间追究,路佳拉起儿子就准备走,回家还一大堆事等着她呢。

"妈妈!你看这个!"

路佳被儿子拽着回眸,突然发现简易的餐桌上,有一个用巧克力条搭建的模型"中国馆"!

而儿子也压根就不想走,满脸期待地等着路佳的惊喜和夸奖。

"这是……"

路佳惊讶地收回步子,她的目光不自觉地被这个经典的模型吸引了!

上海世博会中国馆东方之冠的建筑结构颇为复杂,是大跨大悬挑钢—混凝土混合结构,主体结构为四个混凝土筒体,上部楼屋面采用混凝土梁板体系、型钢梁—混凝土板梁板体系和钢桁架梁—混凝土板梁板体系。

这个结构有点类似于中国古建筑,杜明堂和小鲁班竟然只用巧克力条就能现场搭个七七八八!

尤其是这个建筑当时为了符合国际抗震建筑设计规范的要求,采用了NosaCAD2005有限元程序建立整体结构分析模型,压弯构件采用纤维截面模型,墙体采用非线性平板壳单元,以反映构件非线性复杂受力情况。

这些细节,居然也通过糖纸的弯曲和扭转,在这个巧克力模型里有所体现。太绝了!路佳震惊得都说不出话来了。

"儿子,这是你搭的?!"路佳当然知道不可能。

"是小杜哥哥教我的。妈妈,我厉不厉害?"小鲁班挺起小腰杆儿,无比自豪!

"厉害的。"路佳真心夸奖。

杜明堂则淡然地坐在对面,一脸宠溺的笑意,既是对小鲁班,也是对小鲁班的妈妈路佳。

路佳有些不好意思起来。她只是单纯地让杜明堂帮自己看下娃,没想到他居然连劳技课的辅导老师也一并兼任了,有点感动。"谢谢你啊。"路佳起身客气地向杜明堂道谢。杜明堂只是微笑着摇了摇头,也站起来。

"欸——!"

路佳虽然眼疾手快,但还是没拦住。

杜明堂站起来的第一件事,竟然是把那个巧克力"中国馆"给撂倒了!

然后，他不紧不慢地把所有巧克力都装进小鲁班的书包里，仿佛那本来就是他的东西。

小鲁班则一脸崇拜地望着他。

"巧克力带回去给孩子吃。"杜明堂很大方。

路佳瞥了眼牌子，很贵的。

"太可惜了！刚才那个模型，我还没拍照！"路佳越想越痛心疾首。她第一次这么近距离地看到一个"天才作品"。就这么一瞬间又变回儿子的零食了！暴殄天物啊！

杜明堂还是笑而不语。反倒是小鲁班很骄傲地举起自己的电话手表，奶声奶气地对路佳炫耀道："妈妈！还好我拍了！照片在我的小天才相册里！"谢天谢地，感谢小天才电话手表。路佳带着小鲁班和杜明堂告辞。

"路总！路总！"

路佳领着小鲁班刚走出便利店，杜明堂又像一阵清幽的晚风一般，追了上来。

"怎么？我们落东西了？"

路佳疑惑地旋过身仰起头，问。

"路总，您刚下班，肯定肚子饿了。这是刚热的鸡肉卷，小鲁班已经吃过了，这是您的。"不由分说，杜明堂将一只香气四溢热气腾腾的裹着锡纸的鸡肉卷递了过来。

路佳推回去，婉拒："不用，你自己留着吃。谢谢。"

"是关于SPACE的项目，我……"

杜明堂刚急急忙忙地补话，就被路佳直接强行打断！

"小杜，杜明堂是吧？今天你帮我看儿子，我很感激。但是如果你想用这个人情，和我交换与SPACE有关的信息，那么恕我无可奉告，我不能违背公司的员工手册，也不能违背一个建筑师的职业操守。"没有人会无缘无故对另一个人好。

杜明堂讨好她和小鲁班的目的，被老练的路佳一眼看穿。

"路总，您误会了！我只是想……"杜明堂还想解释。

想也不可以。

没什么好说的。

路佳直接拉着儿子头也不回地快步走出去。她完全忽视了杜明堂那张明朗诚恳的脸。杜明堂叹了口气，低头看了看手里的鸡肉卷儿，又回头看了看灯火通明的精益大厦。

这个女人太倔强了！也太有自己的主意。目送路佳母子消失在视线尽头，杜明堂背着背包往精益的电梯走去……

"哎哟，你怎么才回来啊？我都快饿死了！"

路佳领着儿子回到家，却发现家里冷锅冷灶，连灯都没开。

只有角落里发出莹莹的光，是陆之岸躺在沙发上玩手机。

路佳走进厨房，打开冰箱，却发现里面空空如也，除了几瓶酱，什么都没有。

"你妈呢？不是说七点回来吗？"路佳踢了踢陆之岸，问他。

陆之岸看了路佳一眼，而后又沉浸于短视频中："她说和一日游的几个老姐妹挺投缘，和她们拼团唱 KTV 去了。"

"你妈体力真好。"路佳言不由衷地夸赞了一句。

"吃什么？"陆之岸又问。

路佳疲累了一天，直接掏出手机："点外卖吧。家里没菜了，我也很累。"

"怎么又吃外卖啊？早知道你点外卖，我就在大学食堂吃完回来了！晚上教授餐厅还半价呢。"陆之岸随口抱怨道。

路佳已经不生气了。

她的婚姻已经不需要置气。

没有恨，没有愤怒，也没有爱，夫妻二人心照不宣地都只想过一天算一天，糊弄到儿子长大一点再说。

"比萨行吧？儿子喜欢吃。"路佳利落地下单，根本不管陆之岸。问，也只是礼貌性地走个流程。

"我吃不惯这些洋垃圾。"陆之岸突然又精神了，从沙发上坐了起来，支使路佳，"你帮我重点个小炒肉盖饭吧。"

"你自己干吗不点？"路佳是想息事宁人，却也不惯他。

"用不来这些外卖软件。"陆之岸很理直气壮。

"那行。我帮你点了。"路佳也很爽快，"但是，一会儿你带着小鲁班吃吧。我还得再出去一趟。"

既然夫妻不再一体同心，那什么事都是有代价的。陆之岸是个极度自私的男人,总想在任何关系里,占尽便宜。过去路佳不和他计较,但日子久了,每天吃一堑长一智,人总会学聪明的。路佳拿起外套和车钥匙就往外走。陆之岸突然发现这笔买卖很不合算,在身后追着她喊:"喂!喂!你去哪儿啊?啥时候回来?我可搞不定你儿子啊!还有,你妈啥时候能回来?我妈明天一早可就走!"

小鲁班正是调皮的时候,带孩子一小时确实能把人累够呛。

但路佳估计,她走以后,陆之岸肯定会把iPad丢给他的,玩到睡觉为止。

但路佳不出去又不行,她得去找杨叶,有些话在公司不能说,微信说又不方便,得当面两人谈开才行。

"离婚了,你现在住哪儿啊?"

路佳在华灯初上的街头,开着车打着方向盘,戴着蓝牙耳机。

"毕业后那个一室一厅的老房子。"杨叶那边传来吸溜面条的声音。

"行!我过一刻钟到。你面条给我留一碗。"路佳加重了油门。

"你咋知道我在吃面?"

杨叶搅和了一下面条,又夹紧了脖子上的手机。路佳不回答,直接掐了电话。他吸溜的声音要再大点儿,面条估计能从路佳的蓝牙耳机孔里窜出来。等路佳到了杨叶家。杨叶已经把台面都收拾干净了!

玻璃茶几抹得干净,一粒灰尘都没有。

"我面呢?!"

路佳饥肠辘辘,质问他。杨叶一抹嘴:"面我吃完了!"路佳气到内力尽失!这时门铃响了。一个外卖员递了两个大大的包装袋进来。

在路佳疑惑的目光中,杨叶接过包装袋,解开。他边解边解释道:"你到我家来,哪能让你吃面啊?呐,专门重新给你点了麻辣烫和小龙虾。你不最爱吃这两样吗?"

"还有啤酒。"杨叶举了举手里的易拉罐。

这回换路佳蒙了,她拉过杨叶坐下,很认真地问他:"你不铁公鸡嘛?咱俩认识这么多年,公司报销的不算哈,你私下请我吃过的最贵的东西,就是你外卖里附送的可乐,还有你办公室的过期饼干。"

杨叶不接茬,他明显不想聊这个话题,而是问道:"你今天又想来和我说什么?咱先定好规矩:老靳不聊、SPACE不聊、股票不聊、安东尼·高迪不聊!"杨叶掰着手指提醒路佳,他们之间的禁忌话题。

建筑师里，杨叶最烦安东尼，觉得他的设计浮夸繁复，毫不实用！但路佳却很喜欢，尤其喜欢安东尼·高迪的那句名言："好的建筑，应该像从地里长出来的一样。"

杨叶推崇密斯·凡德罗，他对玻璃幕墙和钢筋铁骨的结构有执念。

"那我走了！"

路佳抬屁股就走，龙虾哪里不能吃，要在这乞讨嗟来之食。

"欸欸欸。"杨叶赶紧拉住她，劝道，"来都来了，坐一会儿再走。今天下午，那俩货没为难你吧？"

"呵呵，他俩能为难我？！"路佳立刻不服输地开始在杨叶面前狂妄地吹牛，"就那两个草包，套我话都套不到！那个王强，什么玩意儿，就是个包工头出身，精益建材早晚在他手里完蛋！还有那个什么秦昌盛，谁不知道他原来就是神武老大杜康生的秘书！一个文秘，学的是中文和MBA，懂个毛线的建筑？！"

"可我听说，建筑设计部要大换血了啊。"

杨叶显然已经摸清了底细，毫不留情地戳穿了路佳的肥皂泡泡。

路佳愣了，瞬间觉得嘴里的麻辣烫不香了。

"神武虽说现在体积这么大，但它改制前就是个国企。杜康生是传统的企业家，集团走的是传统的管理模式。所以，接手精益，他们要做的第一件事，肯定就是把各个重要的岗位，换成自己的人；不重要的岗位，换成听话的人。"杨叶道。

"那我就辞职！"路佳不满意地说道，"让他们自己玩儿去！"

杨叶听了，没说话，而是靠在沙发上，欣赏着路佳把一整碗麻辣烫都风卷残云。

"你别动不动就辞职。你我都在精益十年了，你换哪个公司，能有现在这个待遇？"杨叶客观冷静地劝，"再说了，你房贷车贷怎么办？你现在的工资和股票，本来就是老靳多给的，虚高。你换了地方，人事至少给你压缩三成。"

"所以说老靳对我好啊！"路佳阴阳怪气。

"那你就更不能走了啊！"杨叶更加阴阳怪气。

杠上了！

"精益是老靳的心血，难道你真的就甘心，让神武那帮什么都不懂的草包进来，瞎指挥？"

杨叶是很懂怎么安抚和说服路佳的。

路佳当然也知道杨叶总有他的道理，但现在她更愁的是 SPACE 项目，方案迟迟没有下来，神武那边会不会派新的建筑团队下来抢食。

路佳也没心情吃小龙虾了，而是"咔咔"掰下一只龙虾钳子，开始剔牙。

她在杨叶面前是完全不需要顾及形象的。

"老瞿还是不肯出来？"

路佳担心起到现在还把自己反锁在办公室里的前精益 CFO。

"没个三天出不来。"杨叶起身给路佳倒了杯水，"我听说他提了一支不知道哪里找来的长剑，强行把自己锁在里面。警察也来过几趟了，他还和保安发生冲突了。反正以前老瞿半夜炒美股，办公室里有张床和尿壶。我估计，饮水机里的水喝完之前，他是不会出来的。"

"真是离离原上谱！"路佳感慨。她和瞿冲同事也快八年了，他毕业于上海财大，号称"提篮桥学院"，这回他可别真进去了？！

有什么深仇大恨，换个老板而已。就是精益的财务有问题，那也是老靳的问题，人都跑了，有什么锅是不能甩的。至于闹到兵戎相见？

"路佳。你想过一个问题没有？"

杨叶把一杯温水递到路佳手上，表情突然严肃。

路佳意识到，谈话这是要进入正题了。

果然，杨叶继续道："如果你是神武的老板，派人来接手精益，你会怎么做？"

"你什么意思？"路佳不做假设性的课题。

"我的意思是，接手精益，有必要派两个人来吗？"

杨叶目光盯着路佳，似乎在努力启发她什么。

对啊！

路佳也回过神，若是碰上瞿冲这样的，就是派一个师过来也没用。

为什么把精益建材的王强派过来之后，还要加一个官僚作风极重的秦昌盛？直接派一个精明能干的 CEO 过来接手，快刀斩乱麻，不香吗？所有人只能唯一个头头马首是瞻，就算王强和秦昌盛同气连声，但连体婴还有意见相左的时候呢。而且两个人都没什么能力，只会搞事情，来了半天，就已经把乱山为王的精益搅和得更加天翻地覆了。

第三章

这是我的底线

路佳觉得杨叶提的这个点很有意思。杜康生也是老江湖了，整个上海滩赫赫有名。

"那行，既然吃饱了，那我也不留你了。待会儿还有个约会。"

杨叶起身开始用餐巾纸擦桌子。路佳最讨厌他这人话说一半，剩下的全靠有悟性的人自己去猜。

"那……"杨叶以为路佳要问他约会的事儿。

没想到路佳只是馋出口水地盯着那盒小龙虾。

"这盒我拎走？"

说着，路佳就去提袋子。谁知，杨叶却按住她，不让动："别了，拿回去你家老陆又啰里吧唆的一大堆酸话。你不怕烦，我还怕呢。"

"我就说你这人，是真小气！"

路佳满脸嫌弃！恋恋不舍地和那盆小龙虾告别。

回去的车上，路佳故意在黑漆漆的高架上多绕了两圈儿，她在反复琢磨杨叶提醒她的话。王强、秦昌盛、杜康生，这三个人到底是搭了一出什么样的戏码。路佳想，以杜康生的社会地位和江湖阅历，他一定不会看上王强那样的人，更不会委以重任。至于秦昌盛么，秘书出身，应该是派来盯梢的。一个毫无能力的人，玩的都是些低级趣味，有什么梢可盯的？路佳想起下午王强盯着她小腿看的猥琐眼神，心底又是一阵鄙夷。

唯一的可能性——

路佳猜："没头脑"和"不高兴"被派来的目的，就是把精益搅和得更乱，然后为真正要空降到精益的有能力的 CEO 搭桥铺路。欲扬先抑。很有可能杜康生玩的就是这个套路。这时，下高架，路佳远远望见了自己家小区门口的那家便利店。这间便利店和精益大厦楼下那家是连锁店，LOGO 是同款。

猛然间，路佳就像是被打开了某个开关一样。她悟了。杜康生？！杜明堂？！路佳联想，都姓杜。这两个人是否存在着某种联系？老靳跑路，精益摇摇欲坠，杜明堂掐分掐秒地跑来面试。整个下午都在精益周围转悠。

还有还有，杜明堂从头到尾，似乎一直都在咬着 SPACE 不放！而且，路佳在杜明堂走后,看过他的简历,他之前一直在国外读书工作,也就是上个月才回国。从他谦谦得体的谈吐,脱俗的穿搭,还有那闪闪的履历,动辄上百万的风雷摩托,如果说这样的人不是富二代,那什么样的才叫富二代?

路佳激动地捡起电话,打给杨叶。她兴奋地冲对面喊:"杨叶杨叶!我懂了!真正要来精益的,另有其人!我估计就是今天来面试的那个杜明堂,他可能是杜康生的什么亲戚!"

路佳一通兴奋地吼完,对面却迟迟没有传来杨叶的回应。

良久。

杨叶似乎是压着声音告诉路佳——"杜明堂是杜康生的小儿子。"而他,今晚的约会对象,就是杜明堂。路佳听了,一个刹车,车靠边!她瘫坐在驾驶座上,满头虚汗。半天回过神,她有点后悔,今天下午在便利店前为什么不让杜明堂把话说完。

而城市的另一边。

某雪茄吧。

"杜公子,要精益的什么都可以,就是SPACE项目不行,这是我的底线。"

杨叶戴着宝格丽的戒指和最贵的手表,正在和杜明堂谈判。

杜明堂还是穿着白天那一身,身上的背包,被放在一旁。他在杨叶这个前辈面前微微低着头,领首,倾斜的刘海正好遮住他那双野心勃勃的眸子。杜明堂用纤细的手指,把玩旋转着眼前威士忌里晶莹剔透的冰球。

杨叶说,他是有底线的。

杜明堂笑了笑,而后抬起脸,也很冷静地回:"杨总,您在和我开玩笑吧?没有了SPACE的精益,就像没有了雪茄的雪茄盒。我要来干什么?当玩具吗?"

杨叶也冷笑:"杜公子这样的富二代,多几个玩具也没什么。何必非要钻营SPACE?我说句实在话,SPACE没有外界传的那么光鲜亮丽,年轻人想通过这个项目名利双收,简直就是异想天开!"

杨叶觉得自己洞穿世事,杜明堂不缺钱,他年轻,所以要的是扬名立万。

他以为杜明堂要名,但当事人却另有打算。

他难得地失算。

话音刚落,杜明堂"嗤"的一声笑出声,而后用一双深不见底的眸子,就那么直勾勾地盯着杨叶。

杨叶想，他要是个女人，此刻自己可能就沦陷了。

这眼神，连久经沙场的杨叶心里都被盯得直发毛。

杜明堂也不厌，他今天来是告知杨叶，他要接手。不是求他施舍SPACE项目。于是，杜明堂直言道："招标是靠杨总您，费心了。但我是建筑师，路佳也是。我相信，好的建筑师能决定项目成功的一半，后面的事情，就不劳杨总费心了。精益其他的工作上，我要是有什么不懂的，再恳请杨总提点！"

此刻杜明堂说话时的狠绝表情，和下午在便利店逗小孩儿时的神情判若两人。

杨叶也不是吃素的，直接起身警告杜明堂："你小子给我等着！"杨叶和杜明堂的第一次交锋，准确地说，是精益老人和神武新将的交锋，彻底地不欢而散。SPACE这个项目，之所以金贵，因为这是市中心最后一批老城区拆迁后，留下的一块整地。

后来的拆迁政策，就变为原拆原建了。以后想要在寸土寸金的上海市中心再找这么一块可以任意挥洒的建筑画布，几乎这辈子都不可能了。而且那片整地的周围，不是博物馆，就是歌剧院和美术馆，还有音乐厅，都是世界建筑大师的作品。

在这片蓝天下做建筑，是非常容易出现象级作品的，如果设计出众，说不定还能跻升国际建筑大师的行列。可以说，SPACE项目是沪上所有房地产公司和建筑设计事务所的梦。

当时招标，杨叶几乎半年都没睡好。他把毕生所学的阴谋阳谋都用尽了，辅佐老靳，才夺得了这个项目。后来中标后，杨叶连梦里也都是这个项目未来的规划设计。

他杜明堂以为自己是个富二代，子凭父贵，背靠神武，就能来摘果子了？！白日做梦！杨叶决定好好给这个白白净净的富二代上一课。

"你怎么才回来？一个女人晚上出去多不安全！干什么去了，非得晚上？"

路佳回到家，陆之岸早就鼾声四起了。婆婆在外面玩了一天，还能披头散发地从房间里冒头冒脑地出来指责路佳。路佳没心情解释，她直接跑进房间。果然小鲁班和衣躺在床上，连外裤都没换。不用说，肯定陆之岸又没给孩子洗脚和屁股。

路佳一边蹑手蹑脚地给熟睡的小鲁班换衣服，一边压低了声音想把身边的婆婆打发走。

"妈，您今天出去玩了一天也累了吧，早点休息。我这两天公司出了点事，有点忙不过来。您明天早上几点的火车？"

"早就和你说了，女人要以家庭为重！你这跑出去不管不顾的，孩子怎么办？你想过没有？"婆婆还在那唠唠叨叨。

路佳本想和她好好说，见她又来这一套，也不客气地回怼回去："妈，您可不能双标！我跑出去好歹是为了工作，为了赚钱。您来了这两天，白天都跑出去玩，孩子我接的，饭我叫的，我也没说您啥吧？什么叫孩子怎么办？孩子这不好好的吗？"

路佳终于帮小鲁班换完衣服，起身回过脸来。

"哦呦！什么'双标'？我听不懂！"路佳婆婆总是狡辩，还蛮横地朝天一挥手！

"我只知道，我也是一把年纪都快70岁的人了，来也是看看我儿子和孙子，又不是来投奔你的！你犯不着把人当保姆使，你要这么指责人，下次我就不来了，我家老头子还指着我每天给他烧饭呢！不像你，老公吃什么都不操心，就知道叫外卖！"

路佳累了，她也知道和认知不在一个层面上的人吵，是永远吵不赢的。

"好了，妈！您快去睡吧，我也要早点睡了，明天早上还要送小鲁班去幼儿园。"

"你妈明天什么时候到？"

路佳婆婆还好意思追问。

自从小鲁班生下来之后，从坐月子开始，全是路佳妈一个人忙里忙外地帮忙操持。路佳的爸爸在她读研究生的时候去世了，路佳还有个弟弟。

路佳妈这些年过得很不容易，本来年老退休，路佳还希望能够让她颐养天年，跳跳广场舞，弥补一下这些年的辛苦。但谁知，最不孝的就是她。

路佳妈才是活成了一个不要钱的全职保姆。

"不知道。票还没买。"路佳耐着心、忍着火，"反正您就放心走吧！她肯定能赶回来接孩子的。"

夜里，路佳可能是累过了，加上一整天大脑皮层太过兴奋，突然又睡不着了。她翻开手机，看见杨叶还在好几个工作群里蹦跶，便也索性拔衣服起来，去书房翻看SPACE的草图。

43

因为SPACE周围是一片绿意茵茵的公园，所以这里最适合建市民活动中心，路佳的设想，是向北欧建筑师阿尔瓦·阿尔托学习，利用红砖与绿地的对比，建设出一个古朴又现代的功能性建筑。但为了融合周边的环境，和浸入海派文化，结构和风格，路佳还需要再认真斟酌一下。

突然，路佳发现，自己的书桌上，有一颗巧克力。很眼熟。

这是……

她想起来了，这是下午那个"中国馆"的道具，杜明堂给小鲁班的。这肯定是小鲁班跑进书房玩的时候落下的。路佳拿起那枚巧克力端详，突然发现下面压的一张A4纸上，居然角落里有一幅小小的、歪七扭八的中国馆手绘草图。这一看就是小鲁班自己画的。小鲁班说过："这辈子我最佩服的人就是我妈妈，将来我也要成为妈妈那样的建筑师！"

台灯下，路佳凝视着那个小小的、歪歪扭扭的草图，终于用一个欣慰的微笑，结束了兵荒马乱的一天。

第二天一早。

"嘀！嘀！"

杨叶在地下停车库冲路佳摁喇叭，他俩车位靠在一起，经常一起上楼。

路佳顶着两只硕大的黑眼圈，粉底液都盖不住的那种，疲惫不堪地从车上下来。

"你现在从老房子过来，路上堵不堵？"路佳随口闲聊。

"还行。"杨叶回。

"你是什么时候知道杜明堂是神武少爷的？"路佳看似轻松地接着问。

杨叶没刹住步子，比路佳多走出去几步。

折回来后，他倒是没急着回答，而是单手插兜，低头想了想才说道："路佳啊，你应该知道我的风格。我业务部招个人都会查他八辈祖宗，更何况是接管的神武？"

非正面回答，就是不想回答。不给答案。路佳继续往前走，但脸色明显比刚才阴沉了一个度。杨叶追上她的步子，好言赔笑道："人都有个圈子吗，神武是条大船，几个月前我就听股东议论，神武小儿子在国外建筑事务所开得好好的，突然回国发展。后来就风言风语的，说神武和精益之间，可能会有变化，我就留了个心眼，找人专门打听了一下。结果，怎么样？他果然就是冲SPACE来的!"

说到SPACE的时候,杨叶明显咬牙切齿了。随后,他又问路佳:"你是怎么猜到杜明堂与杜康生有关系的?"

路佳敷衍:"因为他戴百达翡丽。"

杨叶听了,拉住路佳,故意撸起自己的西装袖口,在地下室昏暗的灯光下显摆:"我也戴百达翡丽!"随后,他立刻又神秘地凑在路佳耳边补了句,"假的。"

路佳看着他那个得意的样子,蹙眉接着极度嫌弃道:"杨叶,你有病吧?都什么身家了?还戴假表,要不要脸?"杨叶不恼,继续嘚嘚瑟瑟地往前走。

路佳揶揄他:"你虹桥的别墅,古北的大平层,不会也是租的吧?戴假表,你简直有辱斯文!"

杨叶丝毫无所谓,一点羞愧的神色都没有。

等电梯的空当,他还想着给路佳洗脑:"房子呢,就是真的!那是要拿来自己住的!这手表嘛,是戴给别人看的。什么叫'身份的象征',还不就是给自己贴标签。你说,我花那冤枉钱,买个大铁砣子,把自己铐上?傻不傻啊?!我这多好,高仿,价格还少俩0。"

路佳不想跟神经病说话。她是做建筑的,跟写小说、拍电影、画油画的一样,忒看重知识产权!

"呵呵!你那豪宅不是也没住上嘛。"

路佳讽刺杨叶,离婚后又搬回了刚毕业时贷款买的老破小里。

什么叫机关算尽太聪明,反误了……他杨叶就是活该。

"是没住上,给前妻了,荫及子孙嘛。"杨叶强辩。

"啊?你说啥?!"

路佳亲耳听到杨叶说房子都给前妻了,当场还是有些讶异。

"不瞒您说,您猜得全对。"杨叶微微一欠身,承认道,"鄙人净身出户。"

两套房,快上亿了吧?令人无法置信。这是杨叶能干出来的事儿?路佳但凡坦然接受一分,都是对杨叶那只铁公鸡平时抠门的不尊重。这回,铁公鸡身上的毛都被拔光了。路佳张嘴意外了一会儿,但想想,这些说到底和她也没什么关系。

任何时候她和杨叶相处,都只想打击他的嚣张气焰。

"你和老靳还真是一路人,从不苛待前妻!"

刚才是冷嘲，现在是热讽。

路佳的刻薄，杨叶都习惯了。

"你别总提老靳老靳的，小心老靳阴魂不散。"他龇牙咧嘴地恐吓路佳。

路佳也不服气，直接一个大白眼翻过去回击："你这话说的，老靳是死了还是怎样。"

"叮——！"

这时，电梯到了！

门打开。

只见，只有杜明堂一个人孤零零地背着黑色背包，站在里面。仨人同时愣了一下，空气尴尬地在上空凝固了三秒。

随后——

"哎呀，杨总早！"

"路总早！路总早！"

"路总您先请！女士优先！"

"杨总！您请您请！您级别高！领导走先啦！"

刚才还乌眼鸡似的两个人，面对杜明堂，同时无比默契地相互客气起来。他俩心照不宣，在神武的人面前，精益的人永远是团结的。

尤其是杜明堂，路佳和杨叶都想用行动警告他：小子，自己一边玩泥巴去！这儿没人带你玩儿。精益固若金汤，不是谁想踏一脚，都能伸进来的。路佳和杨叶都不会给他这个缝隙。

杨叶谦谦君子绅士地人肉拦住电梯门，路佳则90度鞠躬地提着包边回应边往里走。

"谢谢杨总！"

"哎呀，为路总服务是我们的荣幸啦！"

"杨总工作那么辛苦，哪能让您帮我摁电梯呢？还是我来。"

路佳的笑容都快咧到后脑勺了。

"为美女服务是我的荣幸！摁键上细菌多，路总的手很金贵。我来我来！"

杨叶也差不多，姿态低得就快给路佳跪下了。

"杨总说笑了！到了，杨总先请！"

"不不不！路总先请，我哪敢走在您前面呢！"

"您来您来！"

"不敢不敢！您请您请！"

路佳和杨叶两人客气过头了，就这么你推我让，磨磨叽叽互相谦逊地礼让着走出电梯。

他俩走出去好久，杜明堂还愣愣地站在电梯里。他眨巴着两对长睫毛，只觉得耳边无比聒噪，还有点被吵到眼睛。

"这俩神经病吧？"

他顶着发蒙的心态，用力按上了电梯门。路佳和杨叶耍的心眼，杜明堂国外留学回来的智商，压根就没看懂。待到了各自的办公室门口，路佳又恢复了正常，冷哼着回敬了杨叶一个白眼，算是对刚才点头哈腰的补偿。杨叶也不能吃亏，收回宠溺的表情，刻意摇了摇手腕上的假表，冲路佳摆出一副猥琐的笑容，故意吹着口哨推开自己办公室的门。

"看你能嘚瑟多久。"路佳冲杨叶的背影扮了个鬼脸，也进了自己办公室，开始工作。

午餐时间，路佳接到了自己亲妈的电话。

"妈，您的那班火车快到了吧？我叫个车去火车站接您吧？大包小包的就别坐地铁了。"

路佳知道自己妈妈的风格，心疼儿女，每次回老家一趟，都会背一大堆新鲜的农副产品过来。路佳让她不要背，大上海什么没有？可路佳妈就像是有"原生态"情结，觉得老家郊区的农副产品更新鲜更便宜，回回进城都把自己累个半死。

但这回，路佳妈却在电话那头，吞吞吐吐支支吾吾。路佳费劲问了半天，路佳妈才把话讲明白。路佳妈回老家报销医保，顺便体检了下，有一个指标不太正常，需要复查，所以她在犹豫要不要来。

"妈，什么指标？如果确诊了会怎样？"

"确诊了的话，大概就是癌了。"

"啊？！"

路佳瘫坐在办公椅上，一时间不知道该回亲妈点什么。都这时候了，路佳妈还担心路佳是因为错不开手，听说她不能过去帮忙了失望。

于是她赶紧关切地立刻安慰女儿道："哎呀！没事的，要不我下午还是坐高铁过来吧？这种体检不作数的。我还是来帮忙，闺女，别担心！我现在就收拾，下午肯定到！"

都这时候了，她还在担心女儿忙不过来。

"不是，妈！是县医院跟您这么说的吗？"

路佳老家的县医院是二甲，误诊的可能性不太大。如果是他们告诉路佳妈，指标有问题，那就一定是了。复查迫在眉睫。

"妈！我明天请假吧？您赶紧来上海。我明天陪您去瑞金医院复查！"路佳紧张地说。

"去啥瑞金啊？就是个检查，大医院还得排队。检查结果出来，还要三天。"路佳妈尽量用平稳的声音和路佳沟通，"你要是真的不放心你妈，就笃笃定定再放我几天假，让我在老家再待三天！你放心，只要这边确诊了，我肯定会积极配合医生治疗的！"

"妈！那我回来陪你去？"路佳急切道。

"不用！现在又没确诊，我有胳膊有腿儿的，就是个正常人，自己去行了。"路佳妈固执地坚持，"你别紧张兮兮的，把我也整得担惊受怕的。万一不是癌，大家不都白折腾了？"

"可是……"路佳哪能放心。

"别可是了，就这样，这三天你要是忙，来不及接孩子，就让路野去给你帮几天忙。他个大学生，翘两天课不要紧的。"路佳妈仍不忘叮嘱。

路佳妈毫不客气地把担子甩给路佳的弟弟路野。亲妈这辈子最大的优点，除了心疼儿女，就是从不重男轻女，她疼路佳和路野的心是一样的。

路野，25岁，路佳的亲弟弟，比她小一轮儿，在本市的一所985医学院，读法医学专业，还有小半年毕业。

"妈……"

"行了，我不跟你说了。超市马上关门了，我得买鸡蛋去！"

路佳妈怕话越说越多，速度挂断了电话。路佳直愣愣地对着手机，好半晌儿回不过神儿来。肯定不是癌。肯定不是癌。肯定不是癌。路佳心里默念。

"路佳，来来，介绍一下！"

路佳正在画图，头抬起，只见又是那个烦人的王强领着更烦人的杜明堂走了进来。

她的工作室什么时候跟菜市场一样，可以任人进出了？

48

行吧，该来的总会来。

路佳认命，起身接见他们。

"路总啊，这是给咱们建筑设计部新招的设计师，杜明堂！高才生！他的简历你应该看了吧，优秀，特别优秀！能请到这样的优秀海归来我们精益工作，是精益的荣幸啊！您可得好好栽培。"

"我说过我设计部缺人了吗？"

路佳瞥了杜明堂一眼，冷冷地先用话把王强堵了回去。神武的幺儿，谁不知道似的。但就是有人拿她当傻子。

"欸！路总怎么能这么说呢？都说唯才是举，广纳贤才！我和秦总也是为了精益未来的战略发展考虑嘛。就小杜这样的人才，现在外面打着灯笼都难找，他能不嫌咱们这里庙小，把简历投过来，我们精益就应该给人历练的机会，也算是共同成长，共同进步嘛。"

王强话里话外都已经谄媚得极其明显了。这哪是介绍一个新人的语气，这简直就是给精益请了个战略顾问嘛！王强肯定是知道杜明堂底细的。他还一门心思地拍"少东家"杜明堂的马屁，却想不通，等杜明堂站住了脚，还有他这个三脚猫什么事儿。狡兔死，走狗烹；飞鸟尽，烂弓也要藏。真是被人卖了，还替人数钱。路佳都觉得他这马屁拍得搞笑。这么蠢且油腻的人，杜康生都能送来，就是想要精益乱。别人越想要她设计部乱，她越是要稳住。

"我这位置紧张，没有坑啊！"路佳先兵后礼，笑道，"要不，你们问问杨总那边？"

路佳这个拒绝够明显了，就差明说：你小子要是真想在精益玩儿，可以去找其他部门。

杜明堂明显低眸掩盖了一下失望。

"招聘名额满了，就开掉一个嘛！开掉一个，坑不就出来了？路总，别那么死心眼嘛！"

还有那听不懂人话的，王强继续强磨路佳。

招聘名额计划都是每年年初就做好的，哪有王强这么塞人的？

他真的很不专业！

路佳压着不悦，笑道："开哪个？外头都是跟了我十年八年的老人了，个个都是精兵强将，手心手背都是肉！来来，王总，您不死心眼儿，您教教我，开哪个？！"

49

王强还不识趣，他端着临时代总裁的身份，隔着百叶窗，随手往外一指："就开那个！鸡窝头的那个！"

　　路佳冷冷剜了这傻子一眼，淡定地说："他吗？行啊！他是得过红点奖的建筑师，咱们精益十年都招不到这么一个。既然王总说开，那咱就开！"

　　这回换王强骑虎难下了，他连连摇手道："红点奖啊？！算了算了！这样的人才，还是要留着的。"

　　路佳见他气焰厌下去，于是趁热打铁地激他道："来！王总，我给您出个主意。不是说开个人，招聘名额就出来了吗？这样，你把我开了！让这位……小杜是吧？来坐我这把椅子。"

　　说着，路佳像模像样认乎其真地将自己的办公椅拖了出来。

　　虽不是龙椅，此刻却极其烫眼。

　　"来！来！"路佳竭力招呼。

　　眼见着路佳和王强就要杠上了，这时，杜明堂站出来说话了。

　　"路总，我知道，您对我来精益的目的和动机存疑，同时也没有实际检验过我的业务能力。这么贸然地录用我，确实是唐突了。所以，要不我先以实习生的身份，待在设计部。等后面您认可我了，明年有招聘名额了，再转正。"

　　他的语气凛然轻松，态度诚恳端正，联想到他的履历，确实是一个不可多得的人才。路佳正准备 SPACE 方案，确是用人之际。但路佳心里仍然一百个抵触。主要是知道了杜明堂的真实身份，这以后在公司里，到底是拿他当实习生廉价劳动力使唤呢，还是把他当精益的亲祖宗供起来？

　　左右为难。路佳需要手底下的人，能干事、能扛事、不多事。杜明堂触犯了第三条，事多。虽说设计部是路佳的地盘，但杜明堂谦逊至此，背靠神武，一旁又有王强厉眼盯着，路佳也不好太过分。

　　最后她只得无奈地妥协道："好吧。但是明年也不定有名额出来，除非设计部有人走，不然你可能真进不来。"

　　王强见目的达到，笑着拍了拍路佳的肩膀："放心！放心！肯定会有人走的！说不定下个月、下周、明天，就有人走了！哈哈哈。"

　　王强陪着杜明堂去办手续，临出门前，玉树临风的杜明堂回头刻意看了路佳一眼。

　　眼神中似乎有哀怨。

　　路佳则直接移开眼神，都勉为其难接收你了，还想怎么样？

"啤——呲！啤——啤——！"

他俩走后，路佳对着方才三人说话的区域狂喷酒精消毒液，然后迅速脱下自己的外套。就因为刚王强拍了她肩膀一下，这件小西装外套整个都不能要了，路佳毫不犹豫地扔进垃圾桶。

下午茶时间。

路佳伸了个懒腰，拿起自己的马克杯，想去茶水间打杯咖啡透透气提提神。她和路野通电话说好，晚上他帮自己接孩子，自己就可以留点时间加加班，把最近压在手上的工作处理一下。

"哎哟，你说的真的假的？这路总平时看着光鲜亮丽的，原来背地里这么不堪啊？"

"你小声一点！没证据我会乱讲？她和老靳啊，就是那种关系！好多年了。"

路佳刚走到茶水间门口，就听见里面几个设计部的女下属在议论她。

就这么几句抹黑栽赃，路佳气得火大！但她还是压着巨火，耐着性子伸着耳朵，继续听这帮八卦女，狗嘴里还能吐出什么象牙来！

"可靳总是有老婆的啊！我听说他老婆又年轻又漂亮，还是个模特呢！"

"那有什么用？我听说啊，当年，他们俩……"

"咦！"

"两人在机场还拥抱来着，照片你们都看了吧？贴得那样紧！"

路佳想不通，自己带的设计部，一片清风朗月浩然正气的热土上，怎么也长出了这么几朵奇葩？还都是名校毕业的设计师，书都读到哪里去了？在自己的地盘上，自己的眼皮子底下，路佳被人造黄谣了！

"我还听说啊，有一次在钟山高尔夫谈项目，靳总、路总还有客户一起待了好久好久呢！"

"啊？那路总还成天跟我们板着个脸，端得像朵'白莲花'似的。"

"你是不是傻？路总这么年轻就是建筑公司的副总。你告诉我是怎么上去的，难道凭实力啊？"

听到这，路佳是可忍孰不可忍，直接推门进去，朗声喝断她们不上台面的窃窃私语道："是勤勤恳恳做事业做上去的！怎么了，不服气吗？我在你们这个年纪，天天泡在工地上，可没空在茶水间里编瞎话！"

51

几个八卦女显然被路佳的气场给震慑到了,绯红着脸,想逃跑作鸟兽散。

杨叶说得对,小心老靳阴魂不散!

一语成谶。

但路佳没想到,竟然是以这种形式。

路佳也不是个委屈自己的主儿,她们刚才在公司茶水间把路佳说得那么不堪,其他看不见的同事在其他看不见的地方,指不定讲得更难听更龌龊更不堪入耳。

这种事如果不制止,就像是一颗烂掉的种子会开出一连串腐败的藤和邪恶的花。

"谁都不许离开茶水间。"路佳拦住门,直接掏出自己的手机拨打了110,"诽谤造谣是什么罪,待会儿警察来了告诉你们。"

几个女下属立刻就傻眼了,面面相觑,完全不知道路佳会把事做这么绝、闹这么大。

她们有开始哭的,有撇清关系的,有上来给路佳赔笑,说是开玩笑求原谅的,还有开始发微信求助家里人的。

所有人都手足无措。

路佳抱着胳膊,乜斜着眼就一句话:"等警察来!"

十分钟。

警察到了。

几乎公司的所有人也都惊动了。

秦昌盛和王强都站在人堆里,先看热闹。

"警察同志,我可能在不知情的情况下被人侵犯了,现在证人就在现场,请您过来问问,事情要怎么处理?"

路佳上来没有告同事造黄谣,而是直接把问题往更严峻更可怕的地方戳去。警察一听,果然更严肃了。这光天化日朗朗乾坤的,本来只以为是个小小的民事纠纷,谁知道竟然是刑事案件报案?

"你慢慢说,我做个笔录。"警察拿出案本。

路佳认认真真,一字一句道:"刚我这几个下属,说我和前老板有不正当关系,且在我喝了酒意识不清醒的情况下,被侵犯了。"

说着,路佳打开手机,公放出了刚才那段女同事的录音。

事情闹到这个地步，明眼人也都知道是怎么回事儿了。那几个造黄谣的女同事，此刻除了羞愧满面地低头，也没有其他话可说了。

"公民的姓名权、肖像权、名誉权、荣誉权受到侵害的，有权要求停止侵害，恢复名誉，消除影响，赔礼道歉，并可以要求赔偿损失。法人的名称权、名誉权、荣誉权受到侵害的，适用前款规定。"这时，人堆里传来那个清朗熟悉的声音。只见杜明堂手拿一本《民法典》拨开众人，走到路佳身边，似是要替她撑腰。

这马屁拍得溜啊！尤其是对于一个想转正的"实习生"来说。王强直想给他拍手。县官不如现管，杜明堂要想以后在精益日子好过，拍路佳马屁只赚不赔。但此刻，路佳却不需要人英雄救美，她只想点到为止，得饶人处且饶人。报警教训一下这几个女下属，让她们以后别乱说，阻止了谣言的扩散，就可以了。

这么做不是为了自证清白，更没必要赶尽杀绝。

多事。

路佳瞄了杜明堂一眼，心中嗔怪。

"这几位，道歉吧。"

他竟然"啪"一声，合上书，用不容商榷的口气命令那几位女同事。

警察也帮腔："是道歉，还是跟我回局里做笔录。你们自己看。"那几位女下属绯红着脸，互相对视了几眼，证据面前，也只得认怂，先送走警察叔叔要紧。于是由其中一个带头，女下属站出来郑重对路佳道歉道："路总，实在对不起！刚才那些话，是我们在茶水间闲聊，随便瞎编的。对你造成了名誉上的损失，影响了您的心情，实在对不起！"

"对不起！"

说完，几位女下属齐齐对路佳一鞠躬。事已至此，路佳也不想再追究，便叹了口气，让大家去工作。但王强这时候走了上来，看起来还面带兴奋。刚才路佳被造谣，报警，他站在人堆里不说话，就跟没事儿人似的。现在事情全解决了，他跟窜天猴似的跳出来了。路佳看见他那个矮墩墩人模狗样的样子就烦。

"这事不能就这么算了！精益正在重组，这种捕风捉影以讹传讹的风气，要好好管一管，正一正……"王强打官腔。

路佳直接打断他："捕什么风？捉什么影？王总您说话要注意，刚不就为这个闹起来的吗？"

王强还很委屈："路佳！你怎么狗咬吕洞宾，不识好人心呢？我这不是在替你说话嘛。"

"大可不必。"

路佳不想看猪鼻子插葱——尽装象。

"这是我设计部的事情，已经处理完了。大家散了吧。"

工作时间很宝贵，路佳觉得已经浪费了很久了。

"不能算！"谁知王强不依不饶，他板起脸拦住路佳，"国有国法，家有家规，公司有公司的规章制度。虽然设计部是你路佳说了算，但那只是在业务上。现在这几位违反了公司的员工手册和诚实守信的公司精神！我作为代总裁，现在宣布，凡是造谣者，通通开除，以儆效尤！"

"啊？开除啊？"

几位女下属刚放下来的心，又悬了起来。其中一个又开始抹眼泪。公司其他围观的人也开始窃窃私语：

"不至于吧？编几句瞎话就开除啊？"

"工作做好么就行了，这点小事，开除严重了吧？"

"新来的老板，三把火。这是撞枪口上了吧？"

"喊！不就是做做样子，过些日子公司不还是该咋样咋样。"

"路总都报警了，开除算啥？只能算她们倒霉呗！"

路佳蹙起眉，十分不悦。

自己的下属就跟自己的孩子一样，自己爱咋打咋打，但别人动一下就不行！再说，这几位女建筑师，除了今天这次，做事还是很麻利的。也许是这几天公司变故太多，她们听多了闲言闲语，猪油蒙了心，说这些缓解一下焦虑。路佳根本就没有开除她们的打算。

这几位女下属再怎么都是路佳一个一个面试招进来的，又共事了好几个项目，多少还是有点情谊的。

也正是因为这点情谊，路佳才更生气，方才冲动了。

"路佳啊，你看这招聘名额不就出来了么？"王强自鸣得意。

他觉得自己这是一箭双雕，既帮路佳出了气，又给杜明堂解决了"坑"的问题。

"我早就和你说了，不用担心。招聘名额嘛，要么下个月，要么下周，要么明天。你看我这开过光的嘴,今天不就出来了?"

但王强完全不了解路佳,她没那么小气。设计部正在用人之际。

并且,看着对面画风清爽的三位女建筑师,她隐隐觉得这件事有蹊跷。

"算了!我辞职!"

突然,其中一位女下属,仿佛想通了似的,赌气抬起了头。

她怒道:"这破班儿早就不想干了!谁爱上谁上!"

路佳还没反应过来,另外两位女下属也同时附和起来。

"就是啊!说两句话就又是开除又是报警的,这样的公司不待也罢!"

"那我也不干了!不给'N+1'拉倒!不缺那仨瓜俩枣。此处不留人,自有留人处!"

见三位女下属红扑扑的脸蛋,和斩钉截铁的口气,路佳心中一沉。这回算是遂了杜明堂的心愿了。路佳就算此时再想留人,场面赶到这儿了,她也不能再说什么,不然日后在公司的威严何在。王强还真是开过光的贱嘴。让杜明堂进来,路佳还得再招两个设计师,这简直就是让眼前繁重不堪的工作雪上加霜!

"来!让一让!让一让!大家让一让!我找路佳。"

一波未平,一波又起。

就在路佳准备转身回办公室的空当,刚平静下来的人群里又泛起了涟漪。散开的人群再聚拢。这回可真是不得了了!路佳在瞥见来人是杨叶老婆金银银的时候,她只想挖个地缝赶紧逃。越快越好!

"路佳!路佳!路佳你让杨叶不要离开我啊!路佳!!我不能离开我家老杨啊!你行行好!行行好!帮帮我!"

路佳搞不懂,为什么每次金银银的出场总是呼天抢地的,这难道是她作为"县城贵妇"的人设吗?

关于杨叶和金银银的结合,也是一场阴差阳错。

当年,杨叶因为自己亲妈身体不好,需要人照顾,于是从魔都辞职,考了老家的公务员,去了规划局。

结果可想而知,他在老家规划局毫无背景,怀才不遇,又要照顾病人,大半年都郁郁不得志。

加上在老家,他还频繁被催婚,他妈总拿"临死前想看一眼媳妇"之类的话绑架他。杨叶一赌气就跟县招待所的老板的女儿金银银通过相亲闪婚了。

金银银家在当地还是拆迁户,分了三套房。杨叶只想大后方稳定,自己可以一心搞事业。但杨叶终究非池中之物,在庙小妖风大的老家待了一年,他母亲去世后,便还是忍不住考回了魔都的市建筑设计院,和刚毕业的路佳又成为了同事。

"路佳!!!我不想和杨叶离婚啊!你快说句话呀!你说句话!"

路佳简直搞不懂,金银银跟杨叶一起来魔都也十年了,浑身的Prada、LV,怎么一张口,还是在县城菜市场讨价还价时的音浪?

刚平息下去的人言,此刻又沸腾起来。

"这人是谁啊?不是咱公司的吧?"

"她是杨总老婆!去年公司年会上见过。"

"杨总老婆啊?!她来公司干啥?工作时间。"

"听说杨总最近离婚了。他老婆来闹,八成是为这个。"

"又因为路总啊?她……不会吧?"

众人吃瓜的心又起。

刚主动提了辞职的几位女下属,也不甘心地过来蹚浑水:"哎哟!路总!您一天得报几回警啊?!这警察刚走,要不我帮您再叫回来?"

"就是!自己不检点,还不让别人说了。就算你和靳总没一腿,这杨总,总跑不了了吧?"

"人家老婆都找上门来了!这回看你怎么狡辩!"

"对!刚才那个拿《民法典》的,帮着翻翻,看破坏别人家庭婚姻是什么罪?小三儿要不要坐牢?"

路佳一口老血差点没吐出来,这金银银来得真是时候!

我谢谢你!天空一声巨响,就等她闪亮登场!

她这一通呼号,路佳就是有八百张嘴,跳进黄河里也洗不清了。

只有杜明堂还坚定地站在她身边,似乎是现场唯一相信她的那个人。

"你说谁小三儿?!"金银银听见了人群中的议论,呼天抢地吼两句。

她立马横眉怒目,撸起袖子就劈头盖脸往那几个女下属脸上啐去!

"你说谁是小三儿?!你嘴巴放干净点!谁是小三儿?!我们家杨叶一身正气,两袖清风!威武不屈,富贵不淫!你说谁是他的小三儿?!"

"我……"

女下属们被她一通河东狮吼,各个都成了呆呆的木鸡!

56

"我告诉你们！我们家杨叶最正派！我跟他离婚，绝对不是因为小三儿！至于路佳，那是我们的亲妹妹！你们谁敢乱造谣，我可不是吃素的！绝饶不了她！先用封条贴她嘴！"

"那大姐你……"

众人皆愣了。

王强也没见过金银银这阵仗，调停都不敢出来调停，和刚才官模官样的样子判若两人，一个劲儿地往人堆里缩。

至于秦昌盛，早跑得没影儿了。

所以说，泼妇在任何地方都好使。

路佳要是有她这身体素质，还报什么警啊？

直接让翠果打烂她的嘴！

"妹妹啊！！"金银银又朝着尴尬癌晚期的路佳生扑过来，"路佳啊！亲姐们儿！你可得帮我想想办法！我们家老杨啊，他就听你的话！你要是不帮姐，姐就只能去跳楼了啊！"

原来是来找路佳斡旋调停的。你这个女人倒是把话说清楚。众人这回算是彻底反应过来了！这路佳啊，天生就不是当女主角的料，在她身上就没戏看。也是了，"母老虎"怎么可能是小三儿呢？老靳和杨叶只要不傻，都不可能要她。"嫂子，咱办公室里说吧。"路佳顶着满头满脸的黑线，把金银银悄悄迎进了自己办公室。这班上得，一团乱麻。

杜明堂捏着那本《民法典》，众人散去后，低头看了一眼封面，抬头又是满眼的不放心。他的担心都写在脸上。

"妹妹啊！！！"

"行了，嫂子，咱别装了。"

路佳身心俱疲地将手里空空的马克杯丢在桌上。

她刚才出去，仿佛是倒水的，没承想，惹了一身骚回来。

金银银探头探脑地跟着路佳进来，又鬼鬼祟祟地把门严丝合缝地给关好。

"说吧，嫂子，你跑公司来找我啥事儿？"

路佳累得坐下说。金银银捂着她的LV，蹑手蹑脚地在路佳面前坐下，还时不时偷窥她的脸色。

"那个……"她吞吞吐吐。

57

路佳真没空再被任何与工作无关的事情耽误了，于是单刀直入道："你说你不想离婚？可你和杨叶现在已经离婚了呀。我听说杨叶房子、钱、孩子，都给你了。嫂子，你还想咋样？"

"我不想咋样不想咋样。"金银银不好意思地赔着笑连连摆手。

然后，她用一副很忌惮害怕路佳的样子，说了一句让路佳绝倒的话："妹妹，我就不想离婚！"

得！又绕回去了！

路佳翻了个白眼起身，直接坐回办公桌："嫂子，我这是办公室，不是民政局！您要不想和杨叶离婚，就去找杨叶！您找我，我只能帮你从杨叶那再多分点家产！要么，今天下班，我让他找个地方卖点血？"

"不是——"金银银仍然五官搅和在一起，搁那跟路佳磨叽，"我们家老杨最听你的！你不是他白月光吗！你说一句话，抵我说十句！要不，你帮我再劝劝老杨呗！"

路佳一边处理文件一边头也不抬地敷衍她道："什么白月光？嫂子你可真能说笑。我只知道，我这十年，是白给他干活，还月月工资花得精光。这么个白月光。"

金银银捂着包，弓着腰，八字步凑了过来，她站在路佳身后似乎在偷瞄她的草图，于是路佳警惕地立刻拿一张 A4 纸盖住自己的工作内容。

"路佳！妹妹！咱不都是女人吗！"金银银见路佳不愿意自己伸头，便缩了回来。她用略带哀求的声音，继续厚脸皮地对路佳讲："好啦，我同你说实话。杨叶不是老家还有一套房子吗……"

原来是为这个！

路佳立马明白过来。

"行了！你回去吧！嫂子。我会劝杨叶的。那套房你要真想要，我和他说，他会给你的。"路佳站起身送客。

虽说张家长、李家短，别人家的事不该管，但这事儿，路佳不仅能管，还能打包票。

毕竟，5000万的古北大平层都给了，老家的房子又不是杨叶的祖宅，他没理由为了100来万的零花，跟金银银掰扯不干净。路佳现在只求把这尊瘟佛送走。

"哎呀，路佳！你会理解我的吧。这女人离了婚，不就多求几套房傍身嘛！再说我和杨叶还有女儿呢。你会理解我的吧？你会不会觉得我贪心哦？"

金银银达到目的，仍然喋喋不休，赖着不肯走。

路佳看在杨叶的面子上，只得又不走心地安抚她道："不会不会。离了婚就应该多要房子。没准了回头我离婚的时候，我也多要房！一套我和我儿子住，一套给我弟弟！"

金银银本来目的达成，已经一条腿在往外迈了，但突然听到路佳说要"一套房给弟弟"，又怕她拎不清地刹住车，折回来。

"哦呦！路佳！妹妹！你可脑子不要不清楚哦！这老公不可靠，弟弟更不可靠的！都说'有了老婆忘了娘'，更何况是姐姐！你可不要当'扶弟魔'哦！我是为你好，将来后悔的哦……"

路佳听着金银银叽叽喳喳，感觉像是几十只麻雀在她耳边飞舞。于是连赶带送地，想把这位大婶"请"出自己的办公室。就在出门的一瞬间，金银银出去，杜明堂拿着一杯咖啡进来。两人擦肩，差点撞个满怀。

金银银抬头的瞬间，又抖起了精神，用她专门学的蹩脚的上海话，指着杜明堂不停地夸赞："哦呦！这个小伙子真的是好帅的！我老公公司什么时候招聘这么帅的帅哥了！要身高有身高，要马相（长相）有马相的哦！灵额灵额。"她自己夸还不过瘾，又刻意回头问了路佳一句，"侬港灵伐（你说帅不帅）？"

路佳此时就跟小鸡啄米似的，敷衍出境界了，频频点头："灵额灵额。"

金银银此刻就是说地球是方的，路佳都同意，只求她快走。

"你找我有事？"

聒噪精消失后，路佳终于松了口气，随口问杜明堂。但杜明堂似乎很正式似的，一脸严肃，还特意折回去又把门给合好。路佳的心态已经再经不起任何磋磨了。她暗暗祈祷：杜明堂找她肯定是工作肯定是工作肯定是工作……路佳真的除了工作以外，是个很无趣的人，连祈祷，她都也只会一种复读模式。

但显然，这种粗暴的方式不灵。

杜明堂轻轻把一杯现磨咖啡放在路佳的手边，道："你刚才是去倒咖啡的吧？"

"算得真准。"

路佳也不跟他客气，接过咖啡，掀开口就喝。

"咖啡很好喝,谢谢。没事的话,你可以出去了。"

又是逐客令。

杜明堂眼眸向下,睫毛微微抖了抖,他纤长白皙的手,任意地放在面前的办公桌上,袖口露出的,依然是上次那块百达翡丽。

"你有没有想过……"他忽略掉逐客令,用幽微的语气开始启发路佳。

路佳则已移开了方才的 A4 纸,又沉浸入了 SPACE 的草图。

"你有没有想过,她们今天是故意激怒你的?"杜明堂抬眸,望着路佳说道。

"嗯?"路佳正忙,"什么激怒?"

"就是今天造谣的几个女下属,你不觉得她们激怒你的点,太……精准了点吗?"

杜明堂的食指轻轻敲击桌面,提醒路佳。路佳回过神,抬眼和杜明堂四目相对。

"什么点?"

路佳现在满脑子都是图纸上的连接点、翻转面。杜明堂却不慌不忙,他笃定地勾起唇边,微微一笑,伸手对路佳道:"如果今天她们造谣的人,是你和我,路总你会不会生气?"路佳憋不住笑了,杜明堂来找她,就是为了和她说这?未免太幼稚了吧。

"你?"路佳乐了,"就你?小屁孩儿?!你以为你国外回来的,思想就比我们开放?年下,那都是我们国内玩儿剩下的好吗!姐弟恋,又不是什么新闻,谁会关心?他们造谣,那是想报复老靳!"

"老靳都已经走了,报复他他知道么?"杜明堂目光冷冷,语气冽冽。

路佳脸上的笑,陡然僵住。杜明堂站起身,一米多的大长腿,直接湮没过了路佳的办公桌。他表情暧昧地凑到办公桌前,弯腰附耳对路佳讲道:"她们造谣你我,你不会生气,那是因为我长得帅、身材好、还单身。造谣你和老靳,你生气的成分里,扪心自问,难道就没有因为老靳廉颇老矣,颜值还不过关的原因么?"

"你?!"路佳横眉侧目。

这世上怎么会有这么自恋的人啊?

但她转头的一瞬间,却更加贴近了杜明堂的眼眸,他身上的深海古龙水味,此刻正暗暗沁入路佳的鼻腔。

她尿了。

颜值即正义，路佳也是凡人，对帅哥心动一秒，应该如膝跳反应一般，是人类的正常反应吧。

路佳甚至感知到了他沁人的呼吸。

在即将突破安全距离前，杜明堂绅士地直起身，干脆明晰地留下一句："你再想想。今天这事儿是不是太巧了。"便转身出去了。

很快，路佳同意杜明堂说的，她们激怒路佳的点，确实又稳又狠。

她们造谁的谣，路佳都不会那么生气，唯独造一个最不可能的和她亦师亦友的老靳的谣，路佳不能忍。

老靳曾经还对她有恩。

这听起来就很龌龊。

而且哪儿就那么巧，路佳走到茶水间的时候，她们正好开始说？

路佳愣在远处，手里还握着那杯有余温的咖啡。

咖啡香气氤氲，咖啡豆的味道残存在路佳的唇齿间，果然，一切似乎开始变得有那么点不对。

……

地下停车库。

杨叶的车里。

金银银坐在副驾驶，长裙粗心地被夹在车门外。

此时不是上下班高峰，没人会注意到遗落在黑色奔驰外的那一抹亮黄。

"按我教的，说了？"

杨叶直视着前方，笃定地问前妻。

"放心吧。时间掐得刚刚好。"金银银翻开副驾驶上的化妆镜，拢了拢头发。

"那就好。公司的人都信了吧？"

"我的演技你还不放心啊？"金银银折过脸，"对了，我刚亲眼看见，路佳看的图纸，就跟你之前给我看的一模一样。"

"她还没放弃。"杨叶的眼底闪过一丝忧虑。

"路佳还答应，说会和你说，让你把老家的房子也过户给我。"

"本来不就是你的吗？"杨叶嘴角挂着一抹得逞的笑，轻轻拍了下方向盘。

金银银则满意地点了点头,闲得无聊低头盘了盘自己手臂上的手镯。

一道光正好反射在杨叶的眼里。

"男朋友送的?"杨叶微酸地故意问。

"哪一个?"金银银咧嘴笑了,挑衅地看回杨叶。

这倒把杨叶问蒙了,一时间,他也不知道金银银说的是手镯还是男朋友。

"以前咋不知道你活得这么潇洒?"杨叶无所谓地嗤笑了一声,发动车子,"离了我,你还真是彻底放飞自我了。"

在轰轰的发动机声浪里,金银银也不藏着掖着地用上海话笑道:"哦,只准你们男人潇洒,就不准我们女的活得痛快啊!杨叶,我跟你说,现在是我最好的日子。离了婚,有钱、有闲、单身。像我这样的放出去,那是秒光的哦!抖音上的段子看了伐?女人过了30岁,不是美女叫宝贝,你不会的她全会,能解风情有韵味,让人迷恋又沉醉……"

"得得得得得。"杨叶笑眯眯地打断前妻的嘚瑟,"你高兴就好。女儿怎么样?"

"成绩好着呢,这次一模又是全班第一!你放心吧,女儿是第一位的。欻欻,你前面拐个弯儿,有个美容医院放我下来,我顺道做个医美。"

"得嘞!"

杨叶两口子离了婚,和谐是真和谐。最佳前任。

"不要相信杨叶两口子的话。"

下班的时候,路佳坐在车里,突然收到一条熟悉的头像发来的微信。

居然是老靳!

路佳十分讶异,但一想,也对!这时候飞机该落地了,人也安顿好了。可是,路佳又觉得哪里不对!老靳是怎么知道杨叶老婆会来公司的?难道现在公司里还有他的眼线?!路佳一头雾水地发动车子,往家里赶。高架上,她又想起杜明堂和她说的,事情怎么就那么巧?

路佳是学建筑出身,建筑系的女生普遍都踏实,且受过艺术教育,言行上多少有些精神洁癖。像茶水间里那样毫无底线地编派人,给人泼脏水,不止离谱,是很离谱。路佳又想起,此刻瞿冲还赖在自己办公室里没出来,他那个尿壶应该早就满了。带着工作中的疲累和一大堆疑问,路佳把车停在楼下车位上,并没有急着上去。

她按开汽车副驾前置箱，翻出里面老靳临走前给她的那盒三七，打开。居然里面是空的！！！这又是什么意思？路佳先是后背一凉，而后又感觉前额一热。老靳这是临上飞机前，顺手把垃圾递给她了？按老靳的为人，绝对不会。路佳的婆婆听说路佳年纪轻轻就坐到副总的位置上，明里暗里也曾对路佳套过话，她这坐火箭的速度，是不是被老板潜规则过，走了捷径。但这个，路佳绝对可以指天发誓，老靳绝对没有！路佳给老靳当助手这么多年，老靳没事从来不叫路佳单独去自己办公室，更是没把她当下人使唤，让她给自己递过一杯茶、倒过一杯水。人与人之间的惺惺相惜，从来都不在这些廉价的付出与索取上头。老靳纯粹赏识路佳的才华。所以，他不会让路佳帮自己丢垃圾。路佳拿着那盒空空的三七盒子，坐在车里，翻来覆去思忖了很久，依然没有答案。

"嗞——嗞——"

杨叶的电话。

路佳的思绪被打断，她不耐烦地接起来，不等杨叶开口，她劈头就是一句质问："杨叶你今天死哪儿去了？！"

他这一天消失得太是时候了。

"公司体检。"杨叶卖惨，"抽了我七八管子的血。"他还不忘关心路佳，"好像月底就截止了。你系统里预约了吗？老靳是走了，可这公司该享受的福利咱还是得享受的嘛，都算在年薪里了。"

路佳才不相信，月底截止的体检，杨叶非得今天去。

他什么时候这么爱惜自己的皮囊了？

前几年，他常常应酬繁忙，这种体检都直接送钱给体检公司，从来不去。

"你老婆……"路佳刚想开口投诉。

杨叶便先自请有罪："那啥，你嫂子，离了婚，情绪不稳定。我听说了，今天她跑去公司，给你添麻烦了。我给你赔罪！实在是抱歉、抱歉。"

路佳心软，气消了一半。就金银银那个泼辣的脾气，估计最近杨叶的日子也不好过。但杨叶接下来的话，却让路佳对他的些许共情荡然无存。

"我听银银说，怎么着，你离了婚，想分两套房，一套给路野？"

杨叶连细节都门儿清，金银银跟他说得挺通透啊。

"我这不就那么一说嘛。"路佳孤零零地坐在车里，心烦意乱，"目前，是这么想的。"

63

公司一堆事儿,家里又是个烂摊子。

"这事儿不那么容易吧?"杨叶还有心思替路佳担忧。

"有什么不容易的?买房的钱是我出的,就陆之岸那点工资,能干啥?"

路佳想生活问题,从来都是头脑简单。她考虑建筑问题的时候,脑子是交流电,但一旦切换到日常琐事,她便是直流电。杨叶一直怀疑她体内有两个人格。

"婚后买的房那是夫妻共同财产。再说陆之岸那个人……"杨叶刹住车,对路佳的现任老公不予评价。

他对这个人,自己的前校友,心底是没什么好词儿的。路佳也烦,抬头望着万家灯火唉声叹气。婚姻走到这步,早已没有挽回的余地,剩下的不过是看谁脸皮厚、看谁心够狠、看谁会占便宜,看谁豁得出去,谁就能攻城略地,蚕食枕边人下半辈子的利益与幸福。

"行了!你也别烦。我给你把律师找好。"杨叶安慰道,"不过,我也提醒你,升米恩斗米仇。房子要不要就这么给你弟,你自己考虑清楚。"

路佳的回答却更爽快:"这个不用考虑!那套小的,就给路野。"

"扶弟魔吗你。"

到底不是一家人不进一家门,杨叶对这件事的看法和金银银如出一辙。他俩三观确实很一致。

但这个"扶弟魔",路佳当定了!绝不后悔。

"行了,挂了。上去了,我在车里呢。"路佳拉开车门,收线准备回家。

都说人是船,家是港湾,但现在路佳却觉得,人生没有港湾,只有战场。公司是事业的战场,家是人生的战场。

醉卧沙场君莫笑,古来征战几人回。

路佳回家了,却不愿意上楼,在车里待着的这片刻,才是属于她自己的。

"妈妈!"

路佳一进门,提着包还没换鞋,小鲁班就急急冲上来,用小胳膊环抱住她!似乎受了莫大的委屈,还有些许惊恐。

路佳轻轻抱起他,悄悄把他领进小房间,偷偷问道:"今天舅舅带着你,还好吧?吃得怎么样?舅舅有没有陪你玩儿?"

小鲁班诚恳地点了点圆乎乎的小脑袋:"舅舅对我很好!接我放学,还带我去便利店买奥特曼,还去菜场买了菜。故事书舅舅也给我讲了,我喜欢舅舅！"

路佳松了口气，本来她对路野就挺放心的。虽然路野自己还是个大学生，但从小鲁班生下来，他动不动就被抓壮丁拉过来当"千斤顶"带孩子。

"那宝宝怎么看起来不开心啊？舅舅这次来，可以陪你好几天呢。"路佳蹲下，点了一下儿子尖尖翘翘的小鼻子。她每天的幸福，也就像这一点，只有看到小鲁班的片刻有，而后便消散。谁知，小鲁班抿了抿唇，突然换了副面孔，像个小大人似的，对亲妈吐槽道："可是妈妈，爸爸一回来，舅舅和爸爸……"

"他俩又掐起来了？"路佳一听，也紧张了！

路野从姐姐结婚，就跟陆之岸这个姐夫不对付，就跟有"夺姐之恨"似的，他动不动就找陆之岸的麻烦。陆之岸也看不惯这个小舅子，护姐，还喜欢多管闲事。但奈何路野路子野拳头又硬，所以每每在他面前也只敢阴阳怪气地回怼，更多的是事后找路佳吐槽她这个弟弟不懂事，对他这个姐夫不尊敬，态度不好。路佳刚结婚的时候，还会嗔怪路野几句，说"陆之岸好歹是你姐夫"。但日子久了，她也懒得管了，确实陆之岸有太多事做得让人看不起，路野也不过是帮她这个姐姐出头替天行道罢了。小鲁班也不知道怎么形容，今天陆之岸回来之后的家庭气氛，只能用一双无辜的大眼睛吧嗒吧嗒地盯着路佳看。算了，路佳决定还是自己去看一看吧。

厨房里。破了天荒的，陆之岸正系着围裙在切菜做饭。酷酷的路野则抱着胳膊，铁青着一张脸，在旁边"监工"。陆之岸一见路佳回来了，忙急不可耐地阴阳起来："哟！你可算回来了。你看你弟，非逼着我给你们做晚饭。你说我这白天忙得，刚上了4节课，开了三个会，还写了5000字的课题，累得跟孙子似的。路佳，你说我这什么命啊？"

这么多年，路佳还能不知道，陆之岸就是个"大男子主义+懒癌晚期"。在他的认知里，就应该男人上了一天班回来，女人把热气腾腾的四菜一汤做好了端在桌上。男人吃好饭，女人又应该弯腰去给他把洗脚水打好伺候他。反正女人就是奴隶，就是工具，就是他的附属品，应该以他为轴心，以小区为半径，展开劳动范围，为他提供一切便利。陆之岸脑子里的封建余孽可不是一星半点。路野可不管，他就是反封建的圣斗士星矢！姐姐还没开口，他直接"噼里啪啦"嘴皮子带火星地把陆之岸给怼了回去："什么叫给我们做饭？做好了你不吃？！行！待会儿你就看着呗。你忙？你那些课都讲了十几

65

年了,教案还不早就跟倒背了一样?姐夫,你不总是说自己特别有才华,科研水平一流,学校那些人都不如你吗?怎么上个课,开几个破会,写个破课题,你就累得跟孙子似的?要真是这样,你的水平,也就是个孙子!"

"你!!!"陆之岸的小心眼,立刻被戳爆!

他瞪着一双红彤彤的眼睛,怒视着眼前的姐弟二人。

"你什么你?!"路野继续喷道,"哦,就你累!那我姐不累?我姐一年挣多少钱,你挣多少钱?钱是那么好挣的吗?老板、客户、下属,哪一个是好打理的?!你要是嫌累,就让我姐辞职,安心在家伺候你,也别管外头那些事了。这样,你天天有现成饭吃!但是,家里的房贷、车贷、养儿养老的费用,以后也就都只能靠你了!姐夫,你自己做选择吧。"

陆之岸确实理亏,气得把手里一筐菜摔在水池子里,而后恼羞成怒道:"路野!我说不过你!行了吧?"

而后,他又不甘心地捡起菜,发狠似的择了几下,冲路野道:"我伺候你姐和我儿子天经地义,但你总来蹭饭,我没必要伺候你吧?"

路佳一听这话,也不乐意了!陆之岸这人平时说话跟他妈一样喜欢颠倒黑白,她多次不予计较,但这路野每次来自己家,不都是为了帮路佳带孩子嘛!不然路野一个英俊帅气的25岁的大小伙子,是游戏不好玩儿,觉不好睡,还是女朋友找不到?连菜都是路野拿自己的生活费买的,他怎么就成了蹭饭的了?陆之岸就算是气话,也说得太难听了!做人不能这么过分!

路佳上前一步,便要和陆之岸理论,却被路野横过的手臂生生拦住!

这回,路野没有火力全开地直接把陆之岸顶回去,而是换了副表情和口气,戏谑地笑道:"行啊!姐夫,你不就是想我做吗!行,我是来蹭饭的,这顿饭我做也行!"

而后,路野故意张开自己的两只手掌,在灯光下举起给陆之岸看,他望着天努力回忆道:"我这双手,白天来之前摸过什么来着?我回忆回忆哈!今天我上了《血迹形态分析原理》《人体断层解剖学》,还是横断断层的实验课,老师给我们讲了尸体变化图鉴。那学习是必须得努力的,所以我来之前跟同学一直在实验室,手泡在福尔马林里摸人体标本。那脑浆,拍两下,手感跟猪脑花一样,还有那人的肋骨模型,摸起来就像鱼刺一样。"

"哕——哕——"

陆之岸胆子小,直接听吐了!他侧头对着旁边的垃圾桶呕吐着,恰好又瞥见里面的死鱼头,刹那间整个人都不好了!

"行行行。你们出去吧。这饭我来做。"

能让陆之岸这种厚脸皮小人认怂的,也就只有学法医的路野了。

路佳在一旁都被她这个弟弟给气笑了。

办公室一下走了三个设计师,还带走了两个助理,路佳的设计部一夜之间冷清下来。

路佳坐在办公室里,低头看看未完成的SPACE草图,又抬头看看外头空荡荡的办公室,心里也有些空落落的。但杨叶的部门还是跟打了鸡血一样,每天热火朝天。

"笃笃笃!"

路佳抬头。

看见玉树临风的杜明堂一身神清气爽地站在门口。

"我能进来聊会儿吗?"他像个学生,有些局促地站在门口试探着问。

这次没有硬闯。路佳必须为他的有礼貌点赞,于是首肯道:"进来吧。欢迎。"待坐定后,杜明堂的踟蹰便荡然无存,他在路佳对面的办公椅上端坐好,目光炯炯地盯着路佳。

"我想带两个同事进来。"

他坦然自信地提出了自己的诉求。

路佳没有直接拒绝,而是问道:"原来的自己人?"

"是。"杜明堂毫不隐瞒,特别坦荡地告诉路佳,"原来工作室的同事。"

"应该是下属吧。"

路佳起身,从容地去倒水,她和杨叶已经把杜明堂的身份起了底。反正现在整个精益都姓杜,他杜明堂虽说搁这演设计师,但人家毕竟是少东家,塞几个人进来又算什么。杜明堂听见"下属"二字也不辩解,就那么平静如一汪深潭池水般地坐着。

"简历和作品集发我。"路佳坐回工位,"虽然现在招人不好招,但我设计部的招聘,从来不看背景,只看作品。"

"没问题。"杜明堂成竹在胸。

他身上有着三十多岁的淡然与笃定。路佳望着对面他这张干净清朗的脸,挠了挠自己的额头,心底一阵发自内心的羡慕。男人的三十多岁和女人的三十多岁还真是不一样啊！杜明堂这样的，家世好，学历背景好，人又长得精精神神的，三十多岁单身，那是要求高、有原则的"钻石王老五"。换了路佳，同样是建筑设计师，她三十岁嫁给陆之岸的时候，就被诟病成工作狂眼光高的老姑娘了。她能和月薪六千的大学讲师陆之岸结婚，那都是陆家对她施恩了，才让她这个剩女高攀上门楣。想想自己最近一地鸡毛的人生，再看看眼前这位眉目如画的清俊小生，画风和前途明显都不可同日而语。

"这是 SPACE 的草图？"

路佳一个闪神的空隙，让杜明堂偷瞄到了她白皙纤细手肘下掖着的黑白图纸。路佳很紧张地忙收回视线，竭力护住自己的图纸，又是盖又是压的，一通手忙脚乱。

贪色误事。路佳心里提点自己，以后还是少看杜明堂那张脸。

"其实你不用遮。不如，就让我来猜猜你的方案。"

明堂一笑，十里春风。他眼神却复杂，幽微不明的暧昧中夹杂着些许天生的冷峻。都说富二代谦谦有礼，是因为从小接受过良好教育，但他们又大多鲜有真情，因为从出生，他们就浸泡在家族里家族外的利益斗争中。像淬毒，和蔼可亲下是百毒不侵。

"不，还是先猜杨叶的。"

果然，杜明堂望着路佳好奇紧张的眼神，又临时改变了主意。

逗她玩儿呢？

路佳期待落空，略微心生不悦，但还是好奇地听杜明堂说下去。

"我想杨总，应该是想搞人工智能，智慧建筑。外形借用卢吉·科拉尼，走全曲线夸张的工业风。"杜明堂道，"再以系统论和逻辑优先论为基础的理性设计搭上现在智能制造的风口，算是个——"他顿了顿，路佳却急切想知道他对杨叶方案的评价。

路佳微微蹭了蹭桌底自己的小腿，明明急躁得不行，但桌面上还装出一副"你爱说不说"的神情。

她已经被杜明堂带了节奏了，本来她不应该跟任何不属于"自己人"范畴的人，谈论 SPACE。

杨叶也只能算半个"自己人"。

"正常平庸的方案。"杜明堂微笑着评价。轻松自然。

"老杨一直标榜自己讲究逻辑。他觉得有理性的闭环逻辑傍身，自己通体镏金,毫无缺陷。再加上搭上了人工智能这项不得了的高科技,可建筑终究是拿来居住和使用的,AI只能是个噱头吧。你,竟然说杨总正常平庸?"

路佳毫不掩饰自己对杨叶方案的鄙夷,但杜明堂作为一个刚接触这个项目的新人,口气未免也太大了点儿。

"杨总不正常平庸,我是说他的方案正常平庸。"杜明堂纠正了下,怕被路佳偷换了概念。

但路佳还是明目张胆地偷换了:"好的!你说杨总不正常!"

"那我再猜猜路总的方案。"杜明堂说。

"你不都偷看到了么?"

路佳更加结实地掩饰好自己的图纸。

"不偷看我也能猜到。"

说着,杜明堂掀开自己的外套一角,掏出里面事先准备好的一本小巧作品集,工工整整地放在路佳的眼前。

路佳的手指触碰上去的时候,那本作品集还带着杜明堂身体的余温和某种香气。杜明堂其实不用香水,但也不知道为什么,也许外表精致的人,看起来赏心悦目的同时就自带一股体香。这应该是某种联想。但路佳不知道,有种物质叫"费洛蒙",如果你莫名觉得一个人香,那可能是你的基因认出了他。

"这是?"

路佳简直不敢相信自己的眼睛!

翻开作品集,光滑轻软的铜版纸上呈现的是路佳从毕业设计开始的所有作品!

"人文性、地域性和现代主义,是路建筑师长期坚持的三个设计理念。你的硕士论文研究的是芬兰设计师阿尔瓦·阿尔托的建筑。可见你对人文功能住宅的执着与坚持。"

杜明堂所有的阐释,在这本作品集前都略显那么苍白无力。

路佳津津有味地翻看着自己的作品,如果不是杜明堂,她竟然也在日复一日的方案、招标、申报、回款、前期、后期中逐渐迷失了自己。

有人把你的作品像偶像一样搜集起来,这对一位建筑师来说,简直是天大的认可和感动!

杜明堂只当了一回迷弟,就把路佳感动得稀里哗啦。

她竟然慢慢开始卸下警惕，随口跟杜明堂聊起了自己对 SPACE 方案的看法："SPACE 那个项目，本来就是市中心的市民活动中心。功能性、地域性、人文关怀本来就应该是主打。这和我的个人设计风格其实关系不大……"

说到这儿，路佳猛然警觉地抬头，对杜明堂："SPACE 是精益的项目，老靳虽然被踢走了，但最后采用哪个方案还是要股东们说了算。你这么关心——难道是听到了什么风声？"

路佳本来想问"难道是神武有什么想法"，但忍了忍，她还是改成了问是否听到了什么风声。

杜明堂依旧是恬淡地一笑，四两拨千斤，竟起身告辞："这不闲聊嘛。那行，作品集路总慢慢看，我就先出去工作了！"

来无影，去无踪。只留下一本作品集。杜明堂走后，路佳愣愣地盯着桌面发了好久的呆，出神。她还是觉得哪里不对。杜明堂长了一张人畜无害、令人信服的脸。他和杨叶那把刀扛在肩上喊打喊杀的风格大相径庭，但路佳总觉得他们和路佳沟通的那个氛围殊途同归，都是剑指 SPACE。

糟了！

路佳觉得自己亏了！方才既然杜明堂都提起了杨叶和路佳的方案，路佳为什么没有借机问一下杜明堂的想法呢？是花痴，还是忘了？路佳突然自责，自己怎么能犯这种低级错误呢。这个杜明堂，有点东西的。鬼使神差，路佳又不自觉地翻开那本作品集，心满意足的笑从嘴角源源不断地溢出来：真好看！我真有才华！遇到一个能肯定自己才华的人真好！伯牙子期的幸福，路佳在这一瞬间略有感知。她和陆之岸，这些年里婚姻不幸福的一个重要原因就是——无论路佳做什么，事业上取得多大的成就，甚至他们开车路过某个街区，路佳指认自己的作品给陆之岸，他从来都是无动于衷的，压根就不懂得欣赏路佳。

陆之岸也从来不会和外人夸赞路佳作为建筑师的成就，可能连他自己都说不出路佳参与了这座城市里哪些建筑项目的子丑寅卯。

路佳的才华在自己老公的眼里，仅仅是一种赚钱的工具和手段，就像她会开车，就可以开滴滴一样，毫无特别。

16 开双面彩打，透明亚克力封面，立体感多角度折页设计，骑马钉装钉！这个杜明堂，还真是费心了啊！

路佳找到了一种明星设计师的感觉，雷蒙·德罗维、飞利浦·斯塔克、安迪·沃霍尔大概也就这待遇吧。

才华被人高高捧起，就像意识漫步在云端高潮。

"路总！路总！完蛋！"

不知沉浸了多久，直到助理小胡火急火燎地冲进来，路佳的美梦才被打断。

"什么叫完蛋？"

路佳不悦地抬起头，这小助理现在说话都什么措辞。真不会说话！

"瞿总终于出来了！反手就把公司举报了！实名爆料，精益克扣员工工资行贿中标，神武利用'结构单'上市，存在利用资金循环手段虚假扩大IPO发行规模的情形。从消息传出来，神武和精益的分时股价都在剧烈波动！"

完蛋！！路佳拍椅把而起！这一天天的！一天比一天刺激！作品集先收好，下次再看。救火要紧。

路佳奔赴到瞿冲办公室门前的时候，正看到他被两个警察铐走，一屋子酸臭的乌苏醉酒说不清是什么味儿。

路佳打开手机，精益的股价已经逼近跌停，最后挣扎的小弧线，就像一个溺死的人，沉入水底前吐出的泡泡。神武也被精益拖下去三个点。公司调了三个保安上来，停了公司今天所有的外卖快递，就怕有财经记者和别有用心的人混进来。

路佳也没心思看图纸了，一整天整个人都愣愣地坐在办公室里。陆陆续续有人跑进来和她提离职，她都批了，也没空去算到底走了几个人。真的出了事，大厦将倾，永远是树倒猢狲散。她有频率间隔地刷着手机。

"裁员、欠薪、倒闭"的传闻，围绕着精益两个字漫天飞。

路佳回想瞿冲加入精益之后的种种，怎么也想不通，他为什么要举报精益。老靳待自己人都挺好，瞿冲、杨叶、路佳，作为上将，之前都是唯老靳马首是瞻。只要是一起创业的，要么是只能同甘苦，要么是只能共富贵，但精益初创留下来的几个伙伴，大家都是各司其职，共同承担，相互信任的。

精益能从一个小公司走到今天，靠的不就是他们几个之间的信任么？怎么所有的一切，说崩就崩？而且，瞿冲说的"欠薪行贿中标"，根本就是子虚乌有。对了！还有，瞿冲举报精益，那瞿冲为什么会被铐走？经侦案件的周期是多长？瞿冲会不会有事？有没有人去保他出来？一连串的谜团在路佳的脑海里痴缠交织。

这时，杜明堂敲门走了进来。路佳没有心思应承他半分，继续低头盘着那个空的三七盒儿。

"有什么打算？是离职，还是留下来？"

杜明堂坐在路佳对面十分平和地问。仿佛他才是上司，路佳是下属。路佳心烦，没有搭理。杜明堂继续自顾自地说道："我要是你，就留下来。精益背靠神武，船这么大，一时半会儿垮不了。只要能把这口气缓过来，就能查明事实真相。"替精益说话，替神武画饼。也许永不崩塌的只有财阀小儿子的人设。

"查明事实真相又如何？SPACE 项目重新投标，是肯定的了。"

路佳是有很多事想不通，但有一点她现在经历了这么多事，反而越发明确，就是所有的事都是冲 SPACE 项目来的。

"SPACE 项目对你们就那么重要？"杜明堂不解。

路佳抬眸，冷笑："SPACE 下面的三条地铁线规划是我和杨叶的导师做的。当年所有的规划，都是为了 SPACE 未来的前景，你觉得呢？"

"所以，SPACE 项目去哪儿，你就会去哪儿，对么？"杜明堂替她说。

路佳的心事被戳中。

也许以前，她会留恋江湖义气，老靳在哪儿她在哪儿，瞿冲、杨叶在哪儿她在哪儿。

但现在，老靳在瑞士，老瞿在牢里，杨叶在等死，她谁也追随不了。

对了，还有杨叶，他和瞿冲酒桌上酒桌下一起出生入死这么多年，也不会想到，瞿冲竟然会把精益给卖了吧？

对！她要去找杨叶，去找他商量对策。

杜明堂知道自己接下来的话，会给刚受到刺激的路佳更大的打击，又或者是致命的一击，但他还是不得不说："那我明确告诉你，SPACE 项目，接下来会在杨叶那里。"

"你说什么？"路佳惊诧地抬起莹莹的眼眸，"你是说，SPACE 还会在精益？"

"我说的是在杨叶那里。"

杜明堂面如平澜。

"这他妈不是一回……"路佳脱口而出的"一回事",话音还未落地,她突然就被某种不好的预感给侵蚀。

老靳走、机场照片、离婚、他老婆来公司闹……?这三天不到的所有片段,像蒙太奇一样,不停在路佳的脑海里回放。瞬间她大脑要干烧了!路佳大胆猜测出一种可能,虽然她不是编故事写小说的,但直觉就是引着她这么想:老靳的走和杨叶有关,所以老靳发消息让她不要相信杨叶。

杨叶离婚是为了转移财产,因为他也是精益的小股东,他早就知道精益要乱;瞿冲早就投靠了杨叶,他俩还是一起的,帮他把精益搅浑,替他顶缸;杨叶出走成立新公司,带走精益的团队,拿走 SPACE 项目……

这一招,是不是就叫釜底抽薪?

难怪,瞿冲把自己反锁在办公室 48 小时,杨叶根本就不担心。

路佳胸口一阵绞痛!

她下意识地捋了下脖子,缓一口气上来。

杨叶逼走老靳,她不恼;杨叶联合瞿冲,她也可以理解;杨叶架空精益,她也可以觉得很正常。

但是!!!

这所有的事情里,和她路佳有半毛钱关系吗?

她其至连利用的价值都没有。

杨叶整个计划的闭环里,根本就没有她,她只是被轻而易举地踢出局了!

她才是那个无名配角,陪着老靳、杨叶乃至所有人演了一出精彩绝伦又与她无关的戏?她只是个建筑师,而已。

老靳赏识她,可以用她;但现在杨叶不用她,她就再也不能染指 SPACE 项目分毫。

这种挫败和心痛,路佳一时间无法言说,也没办法消化。

"杨叶还在配合调查。但我查到,杨叶的工作室已经成立了大半年,法人是他前妻儿。目前正常运营。对了,还有,从你这离职的几位设计师,都去了杨叶那。所以,我们有理由怀疑,杨叶之前是故意造谣,就是为了转移大众的关注点,让你替老靳背锅,让大家认为精益变成这样,你是红颜祸水。"

杜明堂也像是一个冰冷的看客,坐在路佳的对面,冰冷地对她诉说着自己所了解到的一切。

是了,杨叶能查杜明堂。

73

杜明堂也不是吃素的，他也可以查杨叶。商场、职场，永远是狗咬狗，一嘴毛！安安静静地齐心协力努力做建筑不好吗？！为什么要整出这么多鸡零狗碎一地鸡毛的烂故事？人性真的好简单又好复杂。简单是目标明确只为逐利，复杂是你永远都预料不到逐利的手段有多不堪和意外。

杨叶，路佳觉得自己认识的根本就是一个假的他！

他是从什么时候开始布局，又是从什么时候开始请所有人入局，背地里搞了这么多事，又打算什么时候收网？

路佳想到杨叶计划的终点，惊出一身冷汗！

如果瞿冲的举报属实，老靳已经跑了，杨叶有计划地把自己择干净，那么最后被拉出来背锅当替罪羊的，就只能是——和老靳在机场拥抱的她。

路佳觉得自己不行了，整个人都虚脱了。

她想到自己上个星期还跟傻子似的在加班，就恨不能穿越回去把那些时间都夺回来睡觉！

她用手肘撑着桌子起身，踉踉跄跄地拿起包，脑袋昏昏沉沉的只想逃回家。

杜明堂有力地一把扶住她，略心疼，反思自己是不是说真相说得太猛了，没有考虑到路佳的承受能力。

他先道歉："路佳，我说的只是我知道的，事实是什么样的，还需要进一步厘清。可能我贸然把这一切告诉你，忽略了你的心理承受能力。"

路佳阵阵反胃，有种想吐的感觉。

也许这就是心理上的极致痛苦。

"人活着，就是扛得住要扛，扛不住硬扛，没有过不去的山……"杜明堂扶着她，竭力安慰。

路佳整个人几乎瘫软，挂在杜明堂坚实有力的胳膊上，她用尽最后的力气，抬起眼眸，严厉警告杜明堂："你给我把嘴闭上！少说风凉话，也别再读你那些狗屁毒鸡汤。十年了！你知道十年对于我们意味着什么吗？意味着人生的三分之一！十年成长，十年寒窗，你现在告诉我人生剩下的最重要的三分之一，就是个笑话！"

路佳刚受过强烈的刺激，此刻根本不可能对前来"打小报告"的杜明堂再产生任何信任。

"好好，我不说了。"杜明堂立马服软。

他看出路佳是真的痛苦。

这时，杨叶出现在路佳的办公室门口，映入眼帘的是，杜明堂扶着面色惨白的她。

"路佳，老瞿他……"杨叶兴冲冲的，似乎有什么重要的事要告诉路佳。

路佳先入为主，她现在已不想再听杨叶的任何花式解释。

"我不舒服！我要回家！"

她逼着杜明堂让开，她要走！

路佳含恨的目光扫过杨叶，眼中全是怨恨。

也是这一眼，她看清了杨叶仍然摆着一张无辜的脸，她脚下一软，手下意识地把了一下门框！

杜明堂眼疾手快，上前扶住路佳。

路佳立刻狠狠地"啪"的一声将他的手挥开！

杨叶接上去扶，路佳狠狠冷冷地瞥了他一眼，逼得他伸出手，却不敢靠近。

"我送你下楼。"

杜明堂见状，强扶。

路佳也不再挣扎，此刻的杜明堂确实好过杨叶。

陌生人的好意总好过熟人的恶意。

望着路佳被杜明堂扶着经过自己的时候，杨叶虽不知道发生了什么，却极度难受。

杜明堂的嘴角甚至还弥漫出一丝得意与警告。杨叶双手撑在腰间，方才的意气风发，此刻荡然无存。路佳怎么突然就这样了？！她肯定是听说了什么。他没想到杜明堂会这么快把他挖透了，而且路佳也比他想象的要聪明，已经自己串联起一切，回过味来。

杨叶不知路佳已经知道了。

他以为万事俱备，搞倒了老靳，搞倒了精益，以后SPACE和公司很多项目都可以流入他的公司。他刚过来，就是想和路佳协商，希望她也能离开精益，和瞿冲一起去自己的公司，继续做建筑。

他以为，这是他们俩终于熬出头了。但其实，路佳早已与他殊途。来到地下停车库，路佳上车后一直在抖，两次挂挡都挂在N上。她无法接受，把所有人耍了的摘果子的，是和她相识了十八年的杨叶。从年轻到现在，她和杨叶之间就弥漫着某种复杂的情愫。

路佳现在不知道是应该后悔,还是应该庆幸,如果当时年轻,杨叶的妈妈没有生病,他没有回老家,说不定他俩现在……

她不想去想。如果对老靳不负责任的出逃,路佳是爱恨交织;那么对于杨叶布下的这个弥天大局,她连恨都不想去恨。没有资格,是她太笨。

"去哪儿?"杜明堂敲路佳的车窗。

"不关你的事。"路佳口吐寒气。

"你这样开不了车,下来!马路杀手啊你!"

杜明堂不和她商量,也不给她机会狡辩,直接把路佳从驾驶位上给拉了下来!

"去哪儿?我送你去,我当你代驾行不行?"

"我把定位发给你。"

路佳学乖,跟跟跄跄地上副驾驶位,有气无力地掏出手机。

就算全世界都不对她路佳负责,路佳还是要对社会负责。她这个样子确实开不了车!

路佳发过去的是自己老房子的地址,她想找个清净的地儿,一个人静一静!

事业上的不遂心,让路佳想逃回家庭生活中去找存在感。

既然她已经决定要和陆之岸离婚了,那在财产分割之前,她就要好好再盘点一下家里的资产。

那套老房子,是路佳毕业的时候租住的老破小,只有两室一厅,53个平方。后来路佳事业起飞,房东急着抛售,她就咬牙用自己的钱全款买了下来。因为是人生第一套自己的房子,所以路佳格外珍惜,后来搬去大平层,这套老的也没有出租。

这套小房子,虽然是在老小区里,外观有些破败,但胜在地理位置好,中环以内,离路野的学校也近。

路佳盘算着离婚要过来以后就直接过户给弟弟路野。

在这个世界上,外人都不可靠,友情就是被利用的幌子,还得是自己的亲弟弟,血缘才是这个世界上永远都割不断的羁绊。

杜明堂开着路佳的车,停在了老房子楼下。

有时候老天爷想让你发现一些事,总会阴差阳错提供一切方法。停电了,车坏了,晚点了,错过了,到什么地方打工,遇见什么人,世间万物来去都有定数。

这座老房子,之前除了来打扫陈灰,路佳半年都想不起来来一次。当路佳迈着疲惫的步子,一步一步好不容易爬上三楼之后,推开门的一瞬间,画面又山崩地裂地让她震惊了!只见,昏暗狭小的客厅沙发上,并排坐着两个人,一男一女亲昵地依偎着!

路佳见老房子里有人,一下子就被吓得精神了。她拍亮了客厅的灯,用力揉了揉眼睛,发现女的不认识,男的正是自己老公陆之岸!陆之岸见到路佳的突然到来,明显也被吓了一跳!他的表情先是惊恐,又拿眼神去看旁边那女的,然后转回来的目光变成了狡黠和诡辩。

"路佳?"陆之岸腾起身子,尴尬地指着身边那个女的介绍道,"这、这是我学生,你别误会啊!我带她来这,是讨论学问,她有些问题想请教我。"

路佳怎么可能相信他的鬼话?陆之岸就是个惯犯,他也不是一次两次了。路佳煞白的脸,瞬间转为下了霜的青白,她提着包,一步一步地靠近沙发,走向他们。只见,桌子上的茶几上,堆着吃完的外卖盒,一看就知这两人已经在这儿耗了好一会儿了,至少中午就来了。路佳轻蔑地提起外卖盒上的小票,瞥了一眼,果然是一个陌生号码。她忍不住嗤笑。陆之岸急于解释,嘴里一直让路佳别误会。

路佳则把目光都放在陆之岸身边的女孩身上,她显然也受到了惊吓!

"别紧张,我是陆老师的妻子,我叫路佳。"路佳主动伸出手,对女孩自我介绍。

她语气温和,但眼神和气场足够令这个胆怯的女孩更加胆寒。

"您、您好!我是……"女孩支支吾吾战战兢兢地说。

路佳打断她的自我介绍:"你是谁我不想知道。我只想告诉你,无论你对陆之岸有何求,都不要相信他给你画的大饼。因为他就不是个男人,而是个只会占女人便宜的懦夫!"

"路佳,你怎么能在我学生面前这样败坏我的形象呢?"陆之岸急了!狗急跳墙浑身是嘴的那一种!"我们夫妻俩不和,你没必要闹到明面上吧。你这样黑我,是什么意思?"

路佳无视他,继续追问头埋得低低的女孩儿:"说吧,你找陆老师什么事?说出来,我帮你看看,他能不能帮你解决。"

女孩儿臊红着脸，吞吞吐吐："我、我、我是T大成教院的，现在在专升本。陆老师和我说，只要我专升本成功，以后就可以读他的研究生。他把我叫来这里，说是为了单独给我辅导论文，怕其他同学看见了，觉得老师偏心。所以……那什么，路佳老师，您千万别误会！我和陆老师就是单纯地来这里学习的。"

路佳听了，心底阵阵冷笑，差点就忍不住笑出声儿来了。

她明确开口告诉女孩儿："且不说你专升本能不能成功。也许你通过自己的努力，而不是走什么旁门左道，成功了，拿到文凭。但，只有副教授及以上才能带研究生。陆之岸他就是个讲师，你怎么读他的研究生？"

"路佳！！！"

陆之岸气得上前一步！显然，他最后的遮羞布被扯下来，丑恶的嘴脸无处遁形。陆之岸整个人恼羞成怒，他红着的眼睛仿佛在控诉，所有的错都是路佳的。

女孩儿红着脸，羞愧得起身告辞。

路佳不忘最后提醒她："吃一堑长一智！吃饭得在饭店，拉屎得在厕所，以后讨论学习问题，尽量还是在学校、教室、图书馆！而不是来一些心术不正的男老师家里！一个老师，吃外卖都让学生下单，这样的人，你居然敢相信他的承诺？"

女孩含泪夺门而出，现场留下一片狼藉给路佳和陆之岸。

陆之岸见人被气走，就像是到手的肥鲤鱼从手里滑走，又可惜又憋愤，把气毫无顾忌地都撒在路佳头上。

"早就和你说了，做女人不要这么强势！你听听你自己刚才说的都是些啥？人家女孩子想进步，是好事，怎么到了你路佳嘴里就变得那么龌龊了，你真的是有辱斯文，我们象牙塔是很纯净的。不是你们外人想的那样，我陆之岸在这可以对天发誓，我跟人姑娘啥事儿没有，分毫没有越轨，连手都没拉过！"

路佳当然相信陆之岸和女孩之间是清白的，毕竟她刚才进来的时候，只看见他俩偎依在一起。但正是这点，才让路佳更加觉得龌龊！她到现在都想不明白，自己当初为什么会看上陆之岸这样的男人，这几年，她不停地在感情中否定自己。陆之岸是典型的有贼心没贼胆，想占便宜还不想负责任的渣男。他当然不敢"潜"了刚才那女孩儿，因为他还要自己的名誉、地位、工作、职称,他没有做,不代表他没有想。在这个狭小的空间里,在他那个龌龊的脑海里,已经把人体美、性爱美都想了个遍,女孩在他的想象里,如猎物,早已被撕扯干净了。

"离婚!"路佳从齿缝间冷冷地再一次吐出这两个字。

陆之岸拿起外套,一脸不屑:"离就离,我又没出轨。婚后财产共同分割,到时候看谁吃亏谁占便宜!"

从虚脱的路佳身边擦身而过的瞬间,陆之岸似乎还是敏锐捕捉到了她今天脆弱的磁场,于是他倒退着折回来,讽刺路佳:"开弓没有回头箭。你可想清楚了。男人四十一枝花,女人四十豆腐渣。我要是离了,那多的是小姑娘前赴后继!大学老师是很好找对象的,很多人会帮我介绍。可是你呢,一个二婚带儿子的女人,会被多少人嫌弃有拖油瓶?还有你这脸色,黄花都没你黄,哪个男的会要你?"

路佳觉得陆之岸真是恶心到家了!他最后居然鄙夷地看了她一眼,头也不回踩着重重的步子走了,留下一桌子的垃圾,让路佳收拾。

陆之岸走后,路佳一下子就绷不住了。她像是一个严丝合缝的家具,被人抽走了最关键的榫卯,哗啦啦地如积木轰塌般碎了一地。事业分崩离析,感情一塌糊涂!路佳瞬间怀疑自己存在于这个世界上的意义。她蹲在地上,把头抱紧在膝盖里。她尽量把自己团得小一点,更小一点,紧紧地自己抱紧自己。

"你,还好吧?"

不知道过了多久,路佳听到了外界传来的一丝声音。

她抬起凌乱的头,透过迷蒙的泪眼,隐隐约约看见,仿佛是杜明堂站在她面前。

他背着光,高大的身躯,仿佛下凡的天使,一下子把路佳从沉沦的地狱,拉回现实。

"你车钥匙忘我兜儿里了,给你送回来。"

杜明堂伸手递过来路佳的车钥匙。

"刚冲出去的那个男人是谁啊?"杜明堂疑惑不解地问,"我刚在楼梯差点跟他撞上。"

"别问,别猜。快滚。"

路佳已然没有力气了。

她今天已经把这辈子能出的"丑"都出尽了，此刻没必要再在杜明堂面前加演一出。她此刻只想一个人待着，舔舐伤口。

"路佳，你是不是有什么事啊？我看你这状态……"杜明堂不放心地赖在原地磨磨蹭蹭。

"滚！！！"

路佳歇斯底里地吼了出来！就是这一瞬间的发泄，她的委屈如井喷般开始倾泻！接下来，她控制不住地涕泗横流，浑身发抖。

"路佳……"

杜明堂也不知道该怎么劝她，她看起来就像是一只战栗受惊的小野猫，眼神中惊恐中透着倔强。

路佳瑟瑟发抖的单薄肩膀，就像是风中飘零的树叶，萧瑟潦倒。良久。

惊涛骇浪过的风平浪静，仿佛台风到了风和日丽的台风眼。路佳奋力抹了抹眼泪，站起身！她在不清醒中，终于清醒了！她要去找杨叶！事情一件一件地来。先找杨叶把工作的事情问清楚，再想办法捋清楚和陆之岸的婚姻关系。该找的工作要找，该离的婚也要离！与其在这里期期艾艾自怨自艾，倒不如主动出击去把所有的乱码理清。杜明堂一直不敢走，像个跟班似的，盯着路佳。路佳瞥了一眼身边这个"工具人"，现在她也管不了那么多了。与其在乎身边人对自己的看法，倒不如让他们为自己所用！世界上就是有路佳这样的人，明明悲痛得要死，但她们就是能在悲痛中开出花，告诉所有人，她们打不垮！悬崖上的花，越无常，越芬芳！

"送我回公司。精益只要一天不宣布倒闭，我就还是建筑设计部的负责人。既然SPACE要重新招标，那么我之前的方案也没啥好藏着掖着的了。草图在我桌子第二个抽屉里，你拿出来，带人先熟悉一下。明天等我上班开会，重新确定方案，代表精益去投标。"

路佳很小的时候，路佳的爸爸逼路佳和路野读书，他只用了意味深长的一句话：这辈子，你们身上的任何东西别人都可以拿走；唯有你们学到的知识、禀赋，自身的才华，是任何人都拿不走的。

杨叶不是要踢路佳出局吗？神武不是前途未明吗？

但只要SPACE项目还在，未来就还在，一切就都没有尘埃落定。

人可以痛苦，但不能服输。路佳捏拳，坚毅地暗暗提醒自己。

第四章

建筑是幸福的容器

第二天。

"嫂子,我要和杨叶谈。"

路佳把电话打给金银银。

金银银略迟疑了下,便很快答复:"虹桥别墅空着,我让阿姨去给你们把茶烧好。"

"嗯。"

路佳对地点满意,她确实需要一个安静的地方,和杨叶一对一说话。金银银敏锐捕捉到了路佳的情绪,似乎想替自己前夫辩解几句:"路佳啊,老杨他……"

路佳没有给她这个机会,现在所有的真相,她只想听杨叶自己说。

"嫂子,你告诉老杨,一小时后我在别墅等他。"

说完,路佳便直接收了线。

她坐在车里,直愣愣地望着前面硕大冰冷的挡风玻璃,半晌都没有发动车子。人就是这样,总是喜欢揣着答案问问题,明知道对方能说的都是谎言,却又想把谎言再真诚地听一遍。

杨叶接到金银银电话的时候,正在公安局门口。

"老杨,路佳一个小时后要在别墅见你。"

杨叶回头,身后的一片蓝白,肃穆庄严。

"老瞿怎么样?"

听老杨不说话,金银银追问。

"神武告他克扣员工工资发放,工作时间炒美股,还有拿假发票抵税。律师说,至少六个月才能出来。"

"这么惨?老瞿老婆呢?"

"别提了!刚打我电话又哭又闹,说以后儿子考不了公了,一通要死要活!"

杨叶拎着包走着,满脸写着无奈和疲惫。

"这么惨……"金银银同情道。

81

"你带个留学顾问，再买俩爱马仕，去看看老瞿老婆。"杨叶坐上自己的车，边系安全带边不忘吩咐，"你知道该怎么说。"

"行行，我这就去，你甭管了！"金银银打包票，又反过来提醒杨叶，"我刚听路佳那口气，好像是知道了。你自己悠着点。"

"行了！放心吧。"

说着，杨叶松了松有点让他窒息的领口，打着方向盘，就往别墅开。路佳拎包来到杨叶的别墅，走进偌大的客厅，赤脚踩在冰凉的大理石上。她刚踱了几步，脚下的地板便收到感应，自动窗帘和纱帘缓缓拉开。窗明几净，窗外便是开阔的风景和竹林。这整个别墅都是杨叶自己设计的，他很得意自己的作品，并把它和菲利普·韦伯的红屋媲美。菲利普·韦伯就是因为市面上买不到看得上眼的家居设计，便一切都自己亲自上阵设计。

可见，杨叶在设计上自视甚高。

卧榻之侧岂容他人鼾睡。

所以，他应该早就想拿下 SPACE，肆意挥洒一场。

这些年，也是路佳屈居人下，产生了奴性，放松了警惕。

老靳就像是路佳的保护伞，可以搭建一个公司，在尽可能的范围内，倾听路佳的想法，替她扫除障碍，让她专注于自己的设计。但老靳这把伞只为路佳撑，所以杨叶要撕伞。只一夜之间，路佳对杨叶的看法，已判若两人。

"来了？"

路佳转身，杨叶拎着一只黑色的公文包一脸疲惫地站在她身后。别墅客厅是杨叶设计的两层挑高，给人感觉很空旷，路佳甚至听见了他话的回声。平静如水，敦厚回温。

"怎么样？杀一局？"

杨叶引着路佳来到沙发区落座，茶几上已经摆好了泡好的金骏眉，还有一副晶莹剔透的水晶国象。国际象棋，是路佳和杨叶大学时常对弈的业余项目。

杨叶一提这茬，好多回忆便汹涌地扑面而来，完全刹不住车。

"有段时间，你痴迷马列·维奇的至上主义，所以想试一试只有黑白的国象。"杨叶伸手招呼路佳坐下说。

路佳忐忑不安地坐下，放下包，发现此刻对面的只有杨叶，又感觉轻松了。

"国际象棋，黑格子，就能构建成一个世界；中国象棋，几根线条，便勾勒出天地。"路佳投石问路,"但,现在的建筑却越做越复杂。"

一抹苦涩的笑,浮在她的嘴角。杨叶不接她的话茬儿,而是先兀自走了一步棋。苏格兰开局。他落棋很笃定,虽然好久没玩了,但这套开局,他至今记得滚瓜烂熟,所以也胸有成竹。路佳伸出白皙纤细的手指,轻轻捏起一只晶莹剔透的水晶,瞟了他一眼,两人正式进入对弈。

"法兰西防御。"杨叶看穿路佳的步数,略有沉思,而后微微笑道,"你果然还是遇强则强。"

退进攻守间,棋已过半,逐渐还是杨叶占了上风。

"是不是每一步棋都是你设计好的?"

路佳见时机成熟,抬起眸子,一语双关地问道。杨叶似乎只专心于棋局,又一步王车易位,眼见就要在纵横间置路佳于死地。

"想赢,就要每一步都想好。"他落落大方地说,"不仅要想好,还要走稳。"

路佳听了没言语,杨叶这算是间接承认了。

面对残局,她有些悔不当初,微酸地说道:"早知道,我就走西西里防御了。"

杨叶一笑,他拿起玻璃茶壶,不紧不慢地给路佳添了杯琥珀色的茶。

"无论是法兰西开局,还是西西里防御,最后赢的那个人都必须是我。"

路佳不再说话,只是看杨叶的眼神越发深邃迷离。客厅里很静谧,隔着硕大的落地窗,她都能听到窗外的竹林在沙沙作响。竹杖芒鞋轻胜马,谁怕?

"你凭什么觉得你赢了?"

良久,路佳微微蹙眉,将面前的茶一饮而尽,反问道。而这句连音调都变了的反问里,明显带着她压抑的怒火。杨叶斜跷着二郎腿,自然而然地朝棋局摊手。他用清冷自满的目光,告诉路佳优势劣势显而易见。何况……国际象棋。大学时,好多次都是杨叶先去图书馆借书背开局,然后再一步步复盘教给路佳。他才是领她入局的那个人。所以,她凭什么跟他叫板?

路佳用坚毅的眼神,回敬杨叶,一丝不让。

"杨叶,你有没有听说过一句话?"

良久,她幽幽道。

"嗯?"杨叶好奇抬眉。

"如果在一个游戏里,有一个人手握的筹码太少,但她又想赢;那么唯

83

一的办法——"

路佳顿了顿,眼神逐渐由笃定变得狠厉,随着表情的收敛,她的气场开始迸发。

她从沙发上缓缓慢慢地站起身,而后站定,她伸出4厘米宽的白皙细长的手腕,用一根食指,轻轻勾动水晶国象的底座!

"哗啦啦!!"

脆裂声如五线谱上跳动的音符,一下子在偌大空旷的客厅里撞响了律动的和声。

一个人如果想赢,一种可以靠实力;另一种,在穷途末路的时候,可以靠破坏规则。路佳手里已经没有任何筹码了,所以她选择做第二种人。待所有"音符"落地,杨叶低头望着满地破碎的水晶!他的眼里写满了恼怒!忍无可忍的怒气,终于突破了他对路佳最后的宽容,他腾一下站起身,指着路佳的鼻子狠狠道:"你是不是疯了?"

"你是不是疯了?"路佳抱着胳膊寸土不让地反问,"你以为搞死老靳你就赢了吗?白日做梦!"

"老靳老靳老靳!"杨叶脖子上的青筋梗起,"你还真拿自己当老靳的一盘菜了!你以为老靳真的挺你吗?他就是拿你当工具!"

终于开始说实话了,路佳简直迫不及待!

她毫不客气地用逻辑反呛杨叶:"老靳是商人,我是建筑师,他这个资本家,好就好在会用人,不作恶!我是被利用,但那又怎么样?只要能成事,我愿意被利用,被利用说明我有价值!而不像你杨叶,整个人思维混乱!一会儿想当建筑师,一会儿想当资本家!一会儿想做建筑,一会儿又想搞人工智能!"

"我思维混乱?路佳你说我思维混乱?!"杨叶委屈地怒吼,"我做这一切都是为了建筑!你以为之前SPACE能中标,是因为你方案做得好?那是我和老靳在背后,运作了无数你不知道的工作!为了这个项目,光酒我就至少干掉了10箱,任何一个场合,我嘴皮子都快磨破了!你还别看不起我的方案,如果没有人工智能这个噱头,你路佳后面人文住宅的方案就是一坨狗屎,没有人愿意多看一眼!什么人文性,什么公共性,什么为大众服务的设计?你路佳就是个打工的,你还真当自己是国内的帕帕纳克啊?!"

杨叶说完,赤红着脸,奋力摔碎了手掌心里最后一颗水晶王后。路佳低头，晶莹剔透的水晶渣子，溅落四方。杨叶年轻时，就是密斯·凡德罗的信徒，迷恋玻璃幕墙，钢材结构和极简工业风格。这几年，随着科技的进步，他又开始迷恋人工智能，智能制造，甚至想过用 ChatGPT 画图，用算法和 3D 打印来做建筑。不能说他不对，只是路佳觉得他本末倒置了。科技只能是手段。

"杨叶！建筑的本质是什么？"

面对满地狼藉，路佳瞬间又冷静了，她不想说服杨叶，只想提醒他别忘了初心。

杨叶最近太累了，他觉得每个人都不理解自己。他懊恼地抱着头，落寞地落座在沙发上。

路佳视他如三姓家奴，可是他的抱负他的隐忍他的痛苦又有谁懂？

"我现在不想去探讨什么本质。我只想少谈点主义，多接点项目！"他用低沉的嗓音回路佳，"我现在只想把 SPACE 这个项目做出来。路佳，你不能只看眼前！人文住宅、人文公共建筑已经过时了，未来是属于人工智能的。你应该、也必须理解这一点！就像以前很多人觉得魔都没必要修双向六车道的高架，但现在看起来，这远远不够用。"

路佳不同意："杨叶，你不要回避。建筑的本质，就是勒·柯布西耶说的，是居住的机器。技术和形式只是辅助，建筑不是靠噱头建起来的——"

路佳还没说完，杨叶直接打断她："但是建筑是靠噱头批下来的！"

路佳愣了愣，但也没有被他怼得缩回去，她坚定明确地告诉杨叶："当初老靳对我们俩的方案采取了折中主义，才让 SPACE 中标，就冲这一点，他是有大智慧的！杨叶，我并不反对人工智能，但人工智能的终点，还是为人服务的。其实你绕这么大一个圈儿，也并不是针对老靳，针对神武，你就是纯粹想把我踢走，想把人文设计的理念从 SPACE 里擦除。你知道我不会妥协，所以你选择了最极端的做法。"

只能说，这些年，路佳和杨叶他俩就像两条相交的直线，一开始为了同一个目标，相交后却渐行渐远。

"一切都按你的设计走的，但最后未必能走到你想要的结果。"

面对杨叶，说完这两天努力理清楚的思绪，路佳的心反而一下子平静了。她冷静地最后提醒杨叶。也是来的路上，她才捋清楚这场对谈没必要腥风血雨。路佳重复确认了自己想要的答案，拎起包，便头也不回地准备走。她知道自己不会回头，而杨叶也根本回不了头。既然如此，又何须絮叨，时间是很宝贵的。她得回去再好好重新想一想，杨叶走了，她自己又该何去何从？是留在神武，还是另谋高就，寻找其他的出路。但有一点是明确的，就是她绝对不会去杨叶那儿。

"杨叶，做建筑这么多年，我也是想了很多年，直到今天我才想明白，建筑是什么？我把答案分享给你——建筑是美好生活的容器，是几百年的视觉邀请。"

路佳最后看向并不幸福的杨叶，还是说出了最后的祝福。

"杨叶，我祝你幸福！生意兴隆。"

一周之内，她被迫大方祝福了两个伤害自己的人。一个老靳，一个杨叶。她还是那个坚守初心的直流电，所以她不痛苦，不拧巴。

而杨叶，才是真正地痛苦。

"路佳。"

潮来潮去，晦暗里，杨叶也终有脆弱的时候，最终他不舍地站起来，问了路佳最后一个，困扰了他十几年的问题：

"如果那一晚，我们之间发生点了什么，那今天的结局是否会不一样？"

"不会。"

路佳背对着杨叶很肯定地回答。

她没有告诉杨叶，正是那一夜他们什么都没发生，她才爱上了杨叶。

但也是杨叶那年的不辞而别，毁了她所有对美好生活的向往，她才对生活的一切都变得随便。

现在，在她的世界里，能救赎她的，就只剩下建筑。

如果幸福是弥散，那最起码，曾经有一个容器，将它盛满过。

路佳含泪开着车，原本想回精益，但路上想起和杨叶这十几年的点点滴滴，她还是心烦意乱了。

她问自己，这辈子爱过杨叶吗？

当然。

杨叶是帅气的、优秀的、爱自己的。但缘分的阴差阳错，就是让他们永远擦肩而过。他俩互相看对方，都似一轮寒月，永远高高挂在遥远的天际。路佳紧握着方向盘，不敢退步再去深想。每人都有必须战胜的心魔，软弱、鲁莽、孤独、怀疑、悔不当初，只有求胜的信念永不蒙尘。

不知不觉，路佳开着车下意识地路过人民广场，她瞥见SPACE规划的那块地，被警戒线拦着，挖土机和吊车已然入驻，在拆除旧的建筑。路佳忍不住，踩刹车，找了个地方停车。然后一个人下车漫步，在夕阳下，在那附近随意走走。

她看见，绿地深处，有恩爱打球你来我往活力四射的小夫妻；有坐在路边木质长椅上，闷声抽烟不愿回家的老大爷；广场阔朗空旷的中央，有色彩斑斓莺歌燕舞的闹腾老大妈们；她更看见，越过公路，居民区下，停在路边躲在车里玩手机抽烟不愿上楼的中年男人……

路佳笑了。

发自内心的。这就是生活，这就是人间。人间烟火从来都是世间矫情最好的治愈良药，也是打开优秀建筑的指纹密码。所以，机关算尽的杨叶一定一定一定，赢不了！路佳笃定了，所以由衷地低下头，似一朵水莲花般，纯粹地笑了。

忍不住的那种。

……

路佳走后，杨叶则一个人瘫坐在别墅的沙发上，发呆了好久好久。

他仰头望着挑高的房顶，上面的灯光璀璨，就像是触手可及却永远遥不可及的她。他不明白，为什么这么多年了，他认识路佳整整十五年，这个他最心爱的女人，永远都不能理解自己。他必须成功，因为他成功了，才能给自己挚爱的女人幸福。如果他不成功，没有钱，那就永远是一个瘪三。他不能给她幸福，他就不配路佳。他这么多年的隐忍、折中与奋斗，都是为了路佳！良久。杨叶睁开眼，迷蒙中似乎感觉到有人走进了别墅。是前妻金银银。金银银跪在地上，一颗一颗地捡着那些散落一地却又永远无法复原的水晶渣。五彩斑斓，澄明璀璨，耀眼一地，却再无用处。金银银的神情看起来不怎么好，不是酸楚与吃醋，更像是深深的失望。

杨叶叫她起来，苦笑："别捡了。哪有你这样的，给前夫和前女友安排地方。怎么夸你呢？妥妥的正室范儿？"

金银银没吱声，已然闷头跪在地上仔仔细细地处理碎了一地的残局。一颗一颗，安安静静。"老杨，我们离婚了。之前，我多么希望，你能和路佳……"金银银的语气满是遗憾和诚心。

金银银没有撒谎，她真心真意地期望过，离婚的杨叶能够挽回得到曾经

87

的白月光路佳。

"闭嘴!"杨叶恼恨埋怨,不耐烦地打断,"居然撮合我和路佳?你是我老婆、我前妻!你说得这么坦然,我真怀疑,你到底有没有爱过我?"

金银银抬起幽怨的眼皮,只一刹那充满意味地瞟了杨叶一眼,而后便自若地说道:"正是因为我爱过你,所以我才希望你幸福。这么多年了,你心里有路佳,我知道。但是,杨叶。恕我直言,你俩……不合适。"

"说什么呢?离了婚了,还对我指手画脚?"

"她不适合你。"金银银看得透,"你俩不是一路人。杨叶,你再这么执着下去,只剩痛苦。"

杨叶仰头嘻叹,显然,他不信金银银所说。

"在这个世界上,就没有我杨叶抢不到的项目,得不到的东西。"

但往往,最了解自己的,就是自己的枕边人。曾经的枕边人也算。

"路佳不是项目,也不是东西,她是个人。是个活生生的、有脑子的女人。"

金银银捡起地上的最后一枚碎片,放在盘子里,站起身,若无其事地整个倒掉,连同她对杨叶的最后一丝眷恋。

"我不恨路佳。从来没有。"

黯淡中,金银银耐着性子说。

"如果你们天雷勾动地火,我会吃醋,会发疯。但如果只是襄王有意神女无情,我的嫉妒就会好很多很多。路佳不爱你,或者她曾经爱过,但现在她看你的眼神里,已经没有了光。放弃吧,杨叶。我真心不想看你一直痛苦!"

"滚。你懂什么?"

杨叶不服输。人工智能能赢,精准的算法能赢,他也是。建筑哪里靠什么才华和理念,要的就是噱头和形式,爱情又何尝不是?如果凭一颗炽热真心就能成功,那哪来那么多的怀才不遇和范进中举?费尽心机的得到,才是狂喜;懵懵懂懂的失去,那不过是无知,和无能。路佳她总有一天,会懂的。金银银只好无可奈何地叹了口气,默默摇了摇头。

……

黄浦江边。

星河璀璨的神武大厦。

顶层。

总裁办公室。

年过花甲精神抖擞的杜康生，顶着一头花白的头发，正低头手握高尔夫球杆，专心对着红木绿泥的高尔夫练习器，练球。

秦昌盛屏住呼吸，在一旁耐心陪侍。

三竿进洞，空气中都弥漫着成功后的轻松与微甜。

秦昌盛这才敢战战兢兢地开口："瞿冲已经送进去了。SPACE项目流标重投，已是板上钉钉的了。老大请放心，杜少爷在精益一切顺遂。他想做的，应该马上就可以大展拳脚。"

杜康生默不作声地低头拿一块灰色抹布，了无声息地擦了擦高尔夫球杆。

他擦的时间越久，秦昌盛就越无法揣摩到准确的圣意。

半晌。

杜康生才慢悠悠放下高尔夫球杆，插进真皮杆筒，邀请秦昌盛到沙发上坐。

"我要他大展拳脚做什么？"

秦昌盛一听就慌了，顶着一张进退两难热辣辣的脸，不解地问："那老大的意思是……"

位极人臣，甘于做人臣，那么明示便是最好的指示。

"老秦啊，你听过那句话么？"杜康生优哉游哉。

四两拨千斤地处理任何事情是他的风格。

譬如此刻，他对秦昌盛这个昔日手下娓娓道："现在我们这个圈子都心照不宣的说法：不怕儿子纸醉金迷，就怕儿子证明自己，说我要创业；不怕儿子花天酒地，就怕儿子开始专一，说我要娶女主播。"

"哈哈。"秦昌盛这只多年的老狐狸，此刻只得恰如其分地尬笑。

杜康生则坦然，笑问："老秦啊，你跟我做事多少年了？"

"快30年了。"

杜康生微微拧了下眉，他这个位置，高处不胜寒。

"老秦，你要理解我。"

万人之上，便是无人之巅。

杜康生也是无奈，"老秦，你心知肚明，我的成功，神武的成功，是时代的结果。这种成功是无法复制的，我们吃的是时代的红利。我自问祖坟上冒的青烟有限，惠及我，已经很不错了。"

"杜总，别这么说。儿孙自有儿孙福，一代更比一代强。"秦昌盛习惯道。

这是十足的奉承话。

更高段位的杜康生，根本不信。

他幽幽然地拿出一根雪茄，秦昌盛低头给切好，点上。

"明堂这孩子本分，任他也折腾不出什么名堂。"杜康生不屑地夹着雪茄一挥手，莞尔的瞬间又立马严肃，"但一创业，真的一个月就能亏你一个小目标……"

秦昌盛尬笑，他当然明白老大在担心什么。但这是太子与圣上的斗争，他一个阶下一品宰相，或者说是首辅大太监又能说什么呢？只能挑老大爱听的说。

"那倒也不至于。明堂是海归，学历能力都有。只是——"秦昌盛话留了半句。但关于幺子的事，杜康生自然要问："只是什么？"

"只是明堂最近很喜欢围着精益一个叫路佳的建筑设计师转。"秦昌盛如实汇报。

"得！"镜片后的杜康生显然更失望。

能坐到资本食物链顶端的杜康生，世事没有不明的。思忖片刻，他就明确了，棒打鸳鸯只能激发罗密欧与朱丽叶效应，倒不如随它去，或许自己儿子就是三分钟热度，也未可知。女人嘛，就那么回事儿，年轻的时候都经历过。

"老秦你帮我办件事。"杜康生虽然失望，但很快便能做到喜怒不形于色，点了点雪茄，吩咐秦昌盛，"明堂想要坐稳精益第一把交椅，就得拿出真本事来。这第一条，就是要把王强送走。"

"是。"秦昌盛表示赞同，可又流露出担忧，"但王强那瘟神，我们找了他这么久的漏洞，都毫无进展。神武建材，利益千丝万缕，关系环环相扣，那水可不是一般地深，要搞死他这只苍蝇，是很不容易的。"

"容易就不用考验明堂了。"杜康生对老手下直说，"不经过考验的人，不配当神武下一任的老大。"

话落，雪茄被狠狠掐灭。

"是，老大。我去办。"秦昌盛虽为难，但还是乖觉地深深一点头。他到了这个年头，又怎么会对神武没感情？忠诚，都是靠付出堆积起来的。付出时间也好，心血也罢，秦昌盛深知，现在站杜明堂，就是站未来的神武。毕竟，看似固若金汤的杜家，其实一个能打的都没有。

钟山高尔夫。

下午阳光灿烂。

杜明堂白衣白裤，从电瓶车上下来，低头跟着秦昌盛在绿茵地上走。

"你爸呢，就是这个意思，王强必须得从精益弄走。"秦昌盛道。

杜明堂点头："秦叔，这把王强弄来精益建筑，就是为了把他从神武建材自己的地盘儿上挪开，是吧？"秦昌盛驻步，侧目意味深长地盯了杜明堂一眼。这小子有点智力。但秦昌盛是谁，在神武跟了杜康生那只万年狐狸这么多年，早也修成了全身摸滑的罗汉。他不会轻易表态，任何表态都是站队的信号。

"你可别小看王强，包工头出身。走到今天，人呢，文化层次是低了点。但他手下的人，可都是跟他一样的初中毕业，要么就是泥腿子，他能把那帮人理顺了抹平了，这里头的学问可不小。"秦昌盛提醒杜明堂。

杜明堂嘴角暗暗勾了一抹若有似无的笑，这一抹笑里，有成竹在胸的不屑。神武建材，他早找人进去卧底摸清了，确实如秦昌盛所说，都是一帮没文化的"粗人"，很多都是销售出身，去长江商学院镀金读了个MBA，便摇身一变变成手握千万级股票的高管了。这帮人也玩得花，抽烟、喝酒、夜总会、打麻将，样样都来。他们拜王强为师为王。相逢开口笑，背后人均八万个心眼子。

"秦叔。"杜明堂今天特别低眉顺眼，一米八五的腰都快迁就地弯成一张弓了。

杜明堂一口一个"秦叔"地叫着，很是恭敬勤勉："王强的事儿，我会搞定。但我今天约您来打高尔夫球，是有另一桩事想和您谈。"

秦昌盛戴着一顶米色鸭舌帽，阳光下，阴影正遮住眉眼，看不出任何表情。但，敏锐的第六感，还是让秦昌盛觉得杜明堂今天约他来，还是想让他站队。

杜家的账，就像神武的账，已经是一锅粥，是该理了。秦昌盛跟了杜康生这么久，对他家里的事情门儿清，自从杜明堂这次回国，他就嗅出了豪门争斗有子女要抢班夺权的味道。而神武内部的资产控制权也是极其混乱，很多都是杜康生现在老婆的娘家亲戚在控制。这小儿子杜明堂的身世坎坷，简单说就是：少爷的身子，跑堂的命。所以叫杜明堂。杜明堂的亲妈，是杜康生的原配，但是这个原配吧，也就是当年农村里的门当户对。出身寒微的杜康生也不知道自己几年后就会飞黄腾达,所以,当时到年龄了就娶了同村的一个妙龄少女,草率结婚了。有多草率呢,聘礼八千块,现在杜康生一双鞋的钱都不到。这个农村女人就是杜明堂的亲妈。可杜明堂为什么会是最小,这个谜题先按下不表,先隆重提一下杜康生后来的这个老婆。可以说,没有杜康生后来的这个老婆,就不会有今天的杜康生和神武。

杜康生结婚后在村里三年,都没有和大老婆生出孩子,在那穷乡僻壤的地方,无后,没有流言蜚语和恶语中伤几乎是不可能的。第四年,村里就开始有人传是杜康生"不行",是只软脚虾。

县道上、田埂上,村里那些闲汉,看到杜康生的老婆,眼神也开始越发暧昧猥琐;而妇女们,则看似好心实则看笑话地给杜康生两口子介绍各种匪夷所思、闻所未闻的"偏方"。

气得杜康生一怒之下,就离开了村子!眼不见心不烦。反正他在村上也没个什么正经工作,就靠着自己开货车帮人家开山拉石子赚点养家糊口费。来到大城市后,杜康生脑子灵,很快就找到了门路,还是继续开车。但这一回,他学聪明了,算到自己累死累活地开一辈子车,可能也买不起一台东风。索性,他就承包了个车队,专门给当地的各个服装厂拉货。也就是在这个拉货的过程中,杜康生认识了他的第二个老婆,海莲服饰家的大小姐褚灵灵。糟糠之妻不下堂之类的话就不说了,那海莲服饰的老板也不可能愿意啊!自己如花似玉的掌上明珠,怎么能嫁给一个开货车的?还是个二婚。

哦,不对,是还没离。

他俩是出轨。

但爱情就是没有道理的,那几年,杜康生和褚灵灵闹得沸反盈天,情天孽海。褚灵灵很快便怀上杜康生的第一个孩子,这个儿子就是现在神武的太子,杜明泉。事情闹到这个地步,不离婚也不行了,于是杜康生火速和自己农村的妻子离了婚,转头娶了褚灵灵。

火速离开了乡下,离开了充斥着流言蜚语的负能量场域!

所以,严格来说,杜明堂的大哥杜明泉是非婚生子,但因为年代久远了,没人有那空追究。

这些年,大家也早已习惯了杜明泉神武"嫡子"的身份。

后来,杜康生借助海莲服饰的力量,先是做物流,后来做码头,最后做房地产、医药、投资,把自己的产业越做越大,有了今天如日中天的神武。

那褚灵灵的娘家人肯定不会放过杜康生，毕竟当年神武是靠海莲起家，所以褚灵灵的弟弟妹妹，在神武都握有很重的股份。杜康生一直有意清理这部分势力，但一来看在褚灵灵生的一儿一女的分儿上，下不了手。二来，确实有些梗结埋在地下许久，扯出根拉起泥，要彻底肃清盘整好，绝对是个伤筋动骨的大活儿。

再说回，杜明堂。

本来神武的故事到这里，杜康生没必要再给自己整事儿，添出一个身世复杂的杜明堂。但有时候人就是这样，莫欺少年穷。年少时，是人的眼神最澄明，心地最干净、平整、敞亮的时候。这时候受过的一点小伤和委屈，都像是天上落下的陨石，在命运中砸出一个天坑。杜康生功成名就，荣归故里，修桥修路。后来甚至每每回老家，都是坐县长副市长的车子回去。

但穷山恶水的地方，就是有那思维不开化的人，恨你有，笑你无！

有一个恶毒的谣言是这样流传的：说杜康生现在再有钱又怎么样？还不是去城里给有钱人家当了赘婿，才发家的。他城里那两个孩子也不知道是不是他的，要不怎么在村里和村里的女人生不出，一出去到大城市，就三年抱了俩了呢？肯定是当了龟孙儿了呗，头上顶着绿帽子，替别人养孩子。可天命就是这样，不到四十几岁那卯时卯刻，人就是开悟不了。杜康生对这个生他养他的地方又爱又恨，爱之深则恨之切！他没有办法去村子里沿街串巷，挨家挨户地去解释，但那些恶毒的流言就像是盘踞在他家房顶的一条恶龙，攻击着他这么多年披星戴月含辛茹苦为自己挣来的自尊。男人的自尊。那晚，杜康生喝了很多酒，也不知怎的，就晕晕乎乎地拿着钱走到前妻家。他本来是要拿钱给前妻补偿的，因为杜明堂的亲妈自从和他离了婚，就一直没改嫁，也没有男人。

但可能是月色朦胧，杜康生遇见故人，也不知怎么，借着酒性就又热血沸腾，仿佛回到了二十啷当岁在村里天不怕地不怕的时候。

杜明堂的妈妈那时候也三十九了。

可能在大城市，女人四十刍刍刍还能是一朵美丽的鸢尾花。

但在农村深处，那妥妥的就是豆腐渣了，运气好的话，说不定都当奶奶了。所以，第二天，朝阳初升，天光亮起来的时候，杜康生的酒也醒了！他面对着容颜凋残干瘦的前妻，悔不迭地怨恨自己昨晚的草率。杜康生把身上所有的钱和值钱的东西，戒指、手表、皮夹子丢下就跑。从前妻的被窝里，

93

跑回了城市里，跑回了神武，跑回了褚灵灵的身边。但阴差阳错，造物弄人。每个人的人生，无论你计算得多完美，都会出现一些莫名其妙的错误！杜明堂就是这个错误。当年，杜康生和前妻费了老劲，也没能造出个小孩儿。偏那一夜月有缺，酒沉醉，一标而中！这下可乱了套了，杜明堂再怎么是原配生的，此刻也成了非婚生的私生子了。

杜康生不敢和褚灵灵坦白，杜明堂亲妈也老实，一个人形单影只地在农村把杜明堂拉扯到十岁。所以，杜明堂十岁以前的日子是非常苦的，在村里，没有人知道他的亲爹是谁，他亲妈还得年年月月日复一日地顶着私生活不检点的罪名。

但孩子到底十岁了，是杜康生的骨血。

杜康生回来了几次，发现自己这小儿子不仅长得英俊帅气颇有自己当年的风范，还小眼珠乌黑提溜的，一看就是个聪明相。加之神武此刻从一叶扁舟已发展成了巨轮，虽还未及航母，但杜康生到底在整个家庭里，已经有了很重的话语权。在明堂十二岁这一年，杜康生不和任何人商量，把他接回了城市里，找了最好的贵族学校寄宿，让他读初中。也许是为了弥补这些年的亏欠，杜康生每逢周末，都亲自去接幺子，又是带他去澡堂洗澡，又是带他去吃饭，还经常带他去串生意场。这，后妈褚灵灵当然有意见，但是此时的她已经自顾不暇。神武越做越大，她这个过气"跳板"的地位本就岌岌可危，杜康生越来越不拿她当回事儿。而且，男人有钱就变坏，就算杜康生不去找别人，那也多的是女人往上扑。褚灵灵也想开了，与其被那些莺莺燕燕的女人环绕，再生扑出几个崽子，还不如笼络好杜明堂。

至少杜明堂的亲妈待在农村不惹事，和杜康生的露水姻缘也不会再来第二次。所以，褚灵灵就像刻意讨好杜康生似的，对杜明堂一直都是客客气气的。杜明泉有的，杜明堂也要有。勉勉强强的一家人，终究在杜明堂出国前也一起在同一屋檐下，过了十年。杜明堂和杜明泉感情一般，可能因为是同父异母的兄弟，从小虽然彼此嘴上不说，但早已刻在骨髓里地把对方当竞争对手。而杜明堂和神武的长公主二姐杜明心，感情倒是极好的。杜明堂在农村，亲妈每天忙着养活他就已经筋疲力尽，所以和他的情感沟通很少。进了城，后妈褚灵灵虽说看起来对自己很客气，但假的就是假的。尤其是感情，真的假不了，假的也永远真不了。杜明堂一直用极度的礼貌感和她保持着距离。

杜明堂对女性爱意的所有启蒙和阴性力量的庇护，通通都来自温柔善良的二姐杜明心。

可惜……

任何故事三生三世的精彩，背后都是有人要用血和痛来做每句话最后的标点的。杜明心这几年过得并不好，杜明堂除了工作，绝大部分的时间都回家陪伴杜明心。

"秦叔。我就直说。"

杜明堂摘下帽子，接过秦昌盛手里的球杆。

潇洒一挥。

"您是我看重的人。这么多年在神武，我知道您的位置。"

秦昌盛更沉稳："所以你凭几句话，就想拉拢我？"

杜明堂撑住杆儿，一笑："叔，明年钟山高尔夫的会员费我已经替您交了。够不够诚意啊？"

钟山高尔夫一年的会员费是一百多万。杜明堂舍得从自己的零花钱里，拨出这么一部分，他爸要是问起来，就说打赏女主播了。

秦昌盛这个位置，在乎这一百多万吗？

他不在乎，但他在乎别人对他的尊重和心意。

"叔。"

杜明堂边走边诚恳地递了一瓶苏打水给秦昌盛，他尿酸高，需要喝这个，杜明堂打听得一清二楚。

"我小时候，特爱看一部电视剧，叫《铁齿铜牙纪晓岚》。"杜明堂拧开水，和秦昌盛边往下一杆走，边说道，"那时候，看的还是那种……对，就椭屁股的电视机。"杜明堂夸张一比画。

对，他当时在农村就这个档次，不配看等离子电视。

"里头有句话，形容和珅的。叫'宰相门前三品官儿'。"

秦昌盛不言不语，他在仔细观察这个小少爷。

在神武，所有人都认为他是杜康生的心腹，未来也顺理成章会是杜康生接班人杜明泉的心腹。但只有秦昌盛自己心里明白，不到尘埃落定，他这棵蒲柳永远都不能明确地偏向哪一边。

江湖行走多年，他更知道，任何局面不到最后一秒，都看不出真正的赢家。这就是复旦毕业多年，沉稳内敛多年秦昌盛的生存之道。谁没有才华，谁又没有脾气，但在商场上表现出来的，那是傻子。

"您在神武，当个秘书长，着实委屈你了。"杜明堂诚心诚意地说。秦昌盛却完全不沉湎奉承，冷笑道："我当秘书长，怎么就委屈了？能做到今天，全靠你爸抬举。现在多少人还吃不上饭呢。"杜明堂低头舔了舔下唇，还是一笑。他喜欢笑，更知道无论是泰山崩于前，还是明月沉于底，他若自律，要做的第一件事，就是——笑。一笑泯恩仇，一笑万事空。

他看出来了，秦昌盛平日里的八面玲珑都是装的，那是对小人，对不熟悉的人。

此刻，若是要和他谈出点真东西，就得坦诚相对。

"那我爸退了，谁抬举您呢？"杜明堂单刀直入，"你不会觉得我哥上了，您还会有今天的江湖地位吧？一朝天子一朝臣啊，叔。"

秦昌盛见杜明堂初生牛犊不怕虎，啥都敢说，于是也毫不客气地弹压他道："不管未来如何，神武不能出差池，谁是董事长，我无所谓。每个人都要搞清楚自己的位置！董事长现在把精益交给你，你做出什么成绩了吗？"

杜明堂从小受的挫折多，秦昌盛的这点酸言酸语，打击不到他分毫。人暗示得没错，神武不出意外，本来就是杜明泉的。但就杜明泉那小子……杜明堂的心底和眼梢，掩盖不了地浮出丝丝不屑。

他配吗？

"如果我能在一个月之内把王强弄走……"杜明堂的语气不像是试探，仿佛是在宣布这件事情。

秦昌盛也不是傻子，他转眸一笑，对杜家的幺子："一个月？你讲笑话呢？都好几年了，你亲爹都没能把这孙子拱走。"

杜明堂接："如果我弄走，秦叔以后会站在我这边的吧？"

秦昌盛难以置信："不可能。绝对不可能。"

到了下一杆，杜明堂恭谨地将不锈钢球杆递给秦昌盛："以此为赌。我当是给秦叔的投名状。"

秦昌盛默不作声地接过球杆，低头，并足。

接着，他屏息，一杆！却毫厘之差，错过了洞口。

杜明堂笑笑，不言语。

任何时候，他那张无辜阳光的脸，都是最好的打开局面的利器。

神武的水很深，那些股东多怀鬼胎，可是谁又会注意到秦昌盛这个"大太监九千岁"呢？

杜明堂准备各个击破，先在神武内争取一切能争取的势力。

他余光狡黠，谨慎握起球杆，屏息凝神，低垂长长的睫毛和深邃的眼眸。

只一杆！

就把方才游移于轨迹之外的白色球体，果断挥进了洞里！

嘴炮王者，不及实力碾压。

秦昌盛嘴上没同意，但只要王强走了，那他就会倒戈杜明堂。

他要真是杜明泉的人，在神武的董事会喝喝茶，去子公司年会讲讲话颁颁奖不是挺悠哉，又何必来搅和精益建设这浑水？

老秦是可以争取的，未来绝对有用。杜明堂扶着老秦上电瓶车。商战、宅斗、感情，其实万变不离其宗，都像是打牌，就看谁手里的牌多，谁的优势就大。杜明堂有耐心。

……

晚上。

路佳带着路野和小鲁班出来吃饭。

她没叫陆之岸，反而很庆幸，他又去了某个美学的"雅集"，和一帮"文艺美女"焚香品茗。

天伦之乐，不需要硌硬人的陆之岸。

"姐，我来烤吧。你快吃这个牛舌，老了可就不好吃了。"

路野自然而然地接过路佳手里的不锈钢夹子，敦促她和外甥赶紧吃肉！这个弟弟总是最心疼自己的，路佳一阵感动。但她咬了一口肉，又不放心地抬起眼眸，问对面的路野："你快毕业了吧？咋没听你说过找工作的事儿？"

"嗨。姐。"烟雾氤氲中，路野将吱吱冒油的牛舌翻了个面，"找工作不急。不行，我就休息半年，明年考研。"

听了这话，路佳心急且迫切地丢下筷子，她焦躁地说道："怎么不急啊？你学的这个专业，不就是要进体制内吗？那些考试你去考了吗？人找了吗？怎么突然又提起考研这茬了？我前两天还接到你辅导员的电话，让我有空去学校一趟，为你就业的事要和我谈谈。你是不是在学校又有啥情况啊？"

说起路野的就业，路佳很没安全感，极其不放心。

"哎呀，姐！吃肉吃肉！你操心那么多干吗？"

路野明显想转移话题，夹起几块还没那么熟透的肉，就往路佳碗里装。

97

路佳也是打路野这个年纪过来的，知道毕业的时候，其实人是很焦虑的，但在关心自己的人面前，却尽量要装得若无其事。因为自己心里也没底。于是路佳也不逼问了，而是叹了口气，自己拿起夹子，换了个话题："行了，你自己的事，自己上点心。我这，自己还一脑门子官司呢。"

"姐，你又咋啦？还是跟姐夫离婚的事？"路野眨巴着一双明眸，关切地看着路佳。

路佳凝视了亲弟弟一会儿，她这弟弟，五官长得很像去世的父亲，剑眉星目的，英气非常。

"这点小事，我会放在心上？"路佳满不在乎地给肉翻面儿，"是工作的事儿。"

"工作又怎么了？你不是百万年薪拿得好好的。"路野联想到最近网上看到的新闻，"难不成你们公司也要裁员啊？"

"差不多吧。"路佳心烦意乱，"又或者，是我自己要走呢。"

路野听了，嚼了嚼眼前的牛肉，半晌扑棱着睫毛没说话。

他知道此刻自己应该说支持姐姐，无论姐姐去到哪里，只要是为了梦想，他都支持。但路野自己正遭受毕业的就业环境毒打，实在是说不出任性地支持姐姐的话。姐姐现在住的大平层，是她在供，还有车，还有自己的生活费。现在亲妈又在老家检查，说不定真是癌症，那到时候用钱，就跟流水似的稀里哗啦。路野知道这个家终究得靠他撑，但他又无奈自己暂时还没有能力，于是他就恨自己！

路野拿起桌上的剪刀，默不作声地狠狠地将烤盘上的一排横膈膜都剪了！发泄。

"舅舅！肉肉！"

小鲁班难得出来吃饭，兴奋异常，胃口比平日里在家扩大了好几倍。此刻他举着桌上的塑料小碟，正眼巴巴地问路野要肉吃。

"哦哦。来，来。"

路野回过神，直接站起来，把小鲁班从路佳身边的宝宝椅上抱起来，宠溺地抱到自己腿上，又很耐心地给他围好小围兜儿，伸出筷子，耐心地吹肉，喂肉。路佳在对面，仔仔细细地看着这一幕。突然一股异样的感觉，从她心底腾起。

她悟了！

路佳白衬衫牛仔裤，咬着鸡翅木的筷子！在闹腾的烤肉店里，悟了！

神武根本就不在乎精益！

精益太小了，对神武来说不过是一只整鸡身上的一块鸡皮而已。或者说，精益对于神武对于杜康生来说，就像是建筑师桌上的一张A4纸，就像是路佳此刻包里的一根棉签，又或是仲夏夜天空悬挂的碧绿色树叶上的一只蜘蛛。根本就是可有可无！因为路佳突然想道：小鲁班是自己的儿子，如果是需要请人来照料，她宁愿是路野这个真心疼爱他的舅舅，也不是陆之岸那个不负责任的爸爸。而，精益，杜康生派来主事的却是王强！谁会把自己看重的亲生儿子交给一个不靠谱的好色狂？王强越是像跳梁小丑一样，在精益蹦跶得欢，越说明杜明堂在神武和杜康生的心里完全不受重视。

在不受重视的人手底下做事，是拿不到核心资源的。

路佳猛醒！

"路野，我要辞职。"

她踌躇满志，恨不能此刻就手机提辞职流程。

路野却极度冷静地用力按住路佳的手，蛮力制止她："现在你不能辞职！"

第五章

追气球的女人

"怎么？你担心你那点生活费啊。"路佳笑着搁下夹子，调侃他。路野的斜刘海明显微微漾了一下，他非常不屑，却又理直气壮道："对！我就是舍不得那点生活费！你现在就不能辞职！""德行。"

路佳桌子底下踹他。

路野则继续严肃道："你现在辞职了，等于把我外甥的抚养权直接交给陆之岸那孙子了。绝对不行！"

"当着孩子面儿呢。你别老一口一个孙子的。"

虽然他的话在理，但路佳还是忍不住蹙眉埋怨道。

路野闭了嘴，继续埋头大口吃肉。

"待会儿吃完了，你带小鲁班回去。"路佳拎起筷子，给他夹了瓣蒜。

"那你呢？"

"我去江边走走。最近公司里发生太多事了。我需要一个人静一静。"

说到这儿，路佳也就不藏着掖着了，八卦给路野听："你知道杨叶吧？"

你的千年舔狗。路野差点就脱口而出。

"杨叶带走了精益一大半的团队和项目，出去自己开公司了。"

路佳逐渐平静，慢慢接受了这个事实。

"那……"路野不解地问，"姐你说要辞职，是想去杨叶那？"

路佳摇了摇头，很坚定："那肯定不会的！但是杨叶走了，精益可能也待不下去了。"

说到这里，路佳也只剩下苦笑：最稳定的三角形，撤了两个角，现在就剩下她一个。之前她信誓旦旦地要建立的新的平衡在哪里？独木不成林，孤木不成舟，谁和她平，谁又会度衡她？杨叶说得对，她真拿自己当盆菜了。职场上的被动和两难，路野虽然还没上过班，却这么多年从姐姐这耳濡目染，能感同身受。路佳说要辞职，背后是不是还有一种可能，就是她在精益也待不下去了？一朝天子一朝臣。老靳走的时候，他姐的饭碗就已经摇摇欲坠了。

路野还是鼓励她道："姐，别灰心。"

路佳笑笑，这里面何其艰难。

"你要问我的意思呢……姐，我想，不管精益现在是怎么个局面，你能不能先在里面撑到离婚。下个月就是庭外调解了，等判决书下来，你去哪儿都行！"

路野话刚说完，还是怕给他姐压力，又补充道："姐，我相信凭你的实力，新老板不会那么快赶你走的。"

"嗯。"路佳看了看吃得满嘴油光的小鲁班，抽出餐巾纸给他擦擦，"你别操心了。顾好自己的学业要紧。"

入夜。一轮孤月高悬。路佳一个人，兜里揣着那个空空的三七盒儿，孤独冷清地在西岸边走着。她环顾波光粼粼上的灯火璀璨，心里满是游移与揣测：这些华灯初上和霓虹闪烁，当初建起来的时候，是否也曾是披荆斩棘，坎坷重重。"人这一辈子是不会一帆风顺的，前面太顺了，就会有一个很大的坎儿在后面等你。"路佳想起老靳曾经无意间说起的这句话，又掏出空空的三七盒，在月色下看了看。她似乎有所顿悟，却又心凉如水。空的三七盒：

空,翻译过去就是英文"SPACE"的意思,老靳是想说SPACE?三七是活血化瘀的药,但老靳只给了她一个空壳子,是否在暗合伤痛唯有自愈?医者不自医,任何药都是缓解得了一时,根本治不了一世。路佳还是要靠她自己。路佳像中学时写作文套中心思想那样,去套老靳的意思。

似乎有所感应的,老靳居然一个语音电话从量子纠缠中,越洋而来。

"老靳。"

路佳鼻子一酸,这些日子的委屈,突然在接到老靳语音的那一瞬间破防了。

"路佳。我只问你一句,SPACE 你还要不要?"

晚风中路佳立刻抹干净眼泪,很笃定坚毅地答:"要!必须要。"

"那就不要怕。"

老靳的声音还是那么地低沉有磁性,虽然路佳不知道还能不能相信他。

"你先留在精益,无论发生什么,都不要离开精益!"

老靳给路佳支招。

路佳含泪,举着电话,瘫软着一双脚,坐在路边的水泥牙子上,拼命点了点头!

老靳的语音还是说掐就掐,路佳支撑着站起身,继续向前走。

她现在没有目的地,能往前走就行。

"给我!给我!给我!"路佳刚走出去几步,就见人群骚动中,突然跑出来一个披着栗色卷曲长发,穿着黑衣白裙的风情女人。晚风凛凛中,她一次又一次地拨开拥挤的人群,腻歪的情侣,聚集的滑板少年,就为了追一只缱绻飘散的粉红色气球。她和路佳擦肩的瞬间,路佳被她重重撞了下肩膀!

"让让!让开!"

她还未回过神,就又见一个风一样的男子,风流倜傥,却满目焦急地拨开人群也追了过来。

"神经病吧?"

人群中有人议论。

"为了追只气球至于伐?飞了就飞了呗!至于这么撞人吗?"

"脑子歪特啦?!要洗!撞得人疼伐?!"

"那个女人肯定是脑子有毛病!"

闲杂的议论声,声声传来。

路佳却在人声嘈杂中看清了,那个熟悉的高大英俊的男子,居然是杜明

101

堂！可他，怎么和平时那个温柔沉稳的样子，完全判若两人！他目光里皆是焦虑与着急！

他所有的视线编织成一张渔网，努力在人群中四顾，追寻他要找的那个人！

"给我！给我、给我！"

终于，那只粉色的气球不知不觉又飞回到路佳的脚边。

路佳无意间弯腰捡起，递给那个撞她的美丽女人，柔声安慰道："别跑了。给你。"接着闻到了对面人满身的酒气。

滨江绵延的夜景，无法吸引眼前这位美女的一丝目光，她的心里眼里，就只有这只粉色气球。

"谢谢。"

一只冰凉的手，接过气球。

杜明堂汗涔涔地追上来，刚扶住她，她便晕倒在他的怀里。

这画面，着实妥妥地把路佳给吓了一跳！

"杜明心！"

杜明堂无暇顾及周边，一个劲儿地猛烈摇晃着怀里的女子。女子洁白的长裙拖地，被围观的人踩了好几只灰脚印。

"叫救护车吧。"

路佳心惊胆战地掏出手机建议。

"是啊！好吓人！"

"打120！"

现场的好心人纷纷附和。

"不必。"后背已然湿透了的杜明堂拒绝，"她，只是醉了。"

"切！原来是老酒吃多了！"

"吃饱了撑的！喝了老酒出来追气球，掉江里去怎么办？！"

"真是的！！！"

众人散去，杜明堂仍紧紧地搂着杜明心。路佳没有走，她递过去一张纸巾，提醒杜明堂，是自己。杜明堂感激抬眸，果然认出了路佳。

他惊异地问："你怎么在这？"

"散步。"路佳实话实讲。"女朋友啊？"

说完，她又随手指了指杜明堂怀里的女人，问。

杜明堂皱着眉没说话，他用餐巾纸擦了擦杜明心额头上的汗，并没有对路佳作出任何解释。杜明堂站起身，打横将杜明心公主抱在怀里，转身就往停在路边的黑色阿尔法走。此刻，他没有应付任何人的心思，他还在后悔，后悔明知杜明心的情伤还没有好，自己却纵容她任性喝酒，还纵容她来江边买气球，哄她开心。

杜明心太任性，他就不该滋长她的任性。

"莫名其妙。"面对杜明堂连声道谢都没说，路佳心里隐隐有些不快。

这家伙在公司里对自己的尊重和溜须拍马估计都是装出来的，出了公司的门，连路人都不如，问他个问题都不答。路佳也没心情遛弯儿了，带着沮丧的心情和满腹对杜明堂怀里那个女人的疑惑，回了家。

她兜了这么大一圈回到家，陆之岸却还没回来。

路佳把离婚的传票和离婚协议书轻轻放在鞋柜上，就兀自回自己房间睡觉了。她和陆之岸分居许久了。她把这段时间，称之为离婚前的代谢时光。半夜，她隐隐约约觉得，似乎房中窸窸窣窣，有人进来。

她以为是路野，抬起身，刚问了句："谁啊？"

嘴巴就被人给捂上了！那熟悉的气息和气味是……陆之岸？

半梦半醒的路佳，一下子就精神了！

陆之岸带着一身的菜味和酒气，摸索着路佳……

路佳一把把他推开，厉声呵斥道："我俩马上就要离婚了，都在走流程了！"

不知从哪儿风流快活回来的陆之岸，根本不吃路佳烈女这一套。他一边拉扯路佳的睡裙，一边嘴里敷衍反驳道："这不还没离的吗？都那么多次了，还差这一次吗？"

路佳奋力反抗一脚把他从床上给踹下去，整个人也进入格斗模式："陆之岸，你别太不要脸了，小心我法庭上告你！"

陆之岸觍着脸，从地上爬起来，突然用力握住路佳的肩膀，把她按在床上，讪笑道："告我？告我什么？婚内强奸啊？那你倒是取证啊？要不现在我把手机摄像头打开，拍个小视频给你留作证据。路佳，你别给我假正经了！结婚这么多年，你什么样子我没看见过？"

"噗。"路佳一口痰吐在陆之岸脸上。

真是恶心他妈给恶心开门，恶心到家了！

103

陆之岸虽然做法猥琐，但他确实内心也很是不服。路佳凭什么说要离婚，就敢去法院起诉他离婚？！

陆之岸一向自视甚高，典型的NPD自恋型人格。谁离开他，就是谁不对，只有他能选择别人，别人都是他的臣子，不能有选择权。陆之岸反手不轻不重给了路佳的脸一巴掌，他想要再次侵占路佳，也想教训一下这个不知天高地厚的女人。但路佳也不是吃素的，她从打定主意不再和陆之岸过下去之后，就立刻把自己和他撇得干干净净。

他们只是同一屋檐下，暂时还没分开的室友、合租者。

"路野！路野！"

路佳冲着房门，撕破喉咙向路野求救。

她不可能委曲求全，更不可能让陆之岸再碰她一下。

"你不要喊！别喊！"

陆之岸没想到路佳居然能为床笫之事喊自己的小舅子，觉得脸上很没有面子。

他拼命去捂路佳的嘴。路佳则拼命手脚并用地反抗，慌乱中，他俩甩了对方好几个耳光！路佳甩得多，每一巴掌都清醒、清脆，且精准。她逐渐占了上风。陆之岸为了按住她，脸上被撕划出缕缕的印子，印子就是血丝。终于，路野穿着大裤衩，从小鲁班房里，闻声赶来。一脚就踹开被陆之岸反锁的房门！原木色的门板直接被他踹裂出能看见三夹板里面的纹理。

路野一把摁在路佳身上的陆之岸给掀翻，上去就是狠狠教训的一拳："去你×的。"

陆之岸喝大了，跟路佳一番体力搏斗之后，也知道捞不着啥便宜。

又被路野踹了一脚，于是索性直接躺在地板上瘫睡去。路野气没消呢，气喘吁吁地指着地上的陆之岸问路佳："这，怎么办？！"路佳翻身起来，踢了踢陆之岸，确认是真醉过去了。

"你想怎么办？"她问弟弟。

"我想把他打一顿！"路野咬牙切齿。

"我想把你打一顿。"

路佳嗔责了路野一眼，弯下腰把陆之岸给扶了起来："搭把手，先给扔书房去吧。"

把陆之岸抬进书房,路佳和路野才退了出来。

合上门的一瞬间,路野的肺管子憋不住了,质问路佳:"就这么便宜他了?"

大半夜的被人从睡梦中轰起来也就算了,还得被迫亲眼看见陆之岸那畜生欺负自己亲姐。人都是有血性的,兔子急了还咬人呢。何况路野血气方刚,是可忍孰不可忍。路佳反倒很淡定,她跑去卫生间仔仔细细洗了手,连指甲缝儿里都用肥皂给掏干净了。

"是我明天不上班儿啊,还是你明天不上学?"路佳平静地对路野说道,"现在对陆之岸来说,最不值钱的就是时间。"

"姐!你往日的威风去哪儿了?你不属虎的吗?该在这家里是个母老虎才是啊。"

路野无法理解,平时虎虎生风的路佳,怎么瞬间就成了Hello Kitty?还是无论多牛的女人一旦结了婚,面临离婚,都会变得尿包起来?路佳笑笑,拧了把热毛巾递给路野。她不气,解释:"我是中午生的老虎,那时辰,老虎正蹲树丛里睡觉呢。再说了,老虎头上也得顶个脑子吧?光张牙舞爪的,就有用了?"

"姐——!"路野直跺脚,就不相信她不生气。

路佳见路野不接自己手里的热毛巾,直接踮起脚跟,亲手给弟弟把额头上的汗给擦干净。

"路野啊,最近发生了太多事,很多事让我无能为力。但无能为力,不代表放弃。无论事情怎么难,咱们都不能忘了自己的目的。"路佳耐心劝说路野道,"无论你现在是把陆之岸打一顿,还是把他打死,你都得负刑事责任,解决不了问题。而且,说不定这事儿被他拿出来小题大做,又影响了离婚。这拖的时间越长,吃亏的不还是我们吗?人得会算账。"

就当是教弟弟了。

"那也不能就这么便宜了他。"路野到底气盛,纵然路佳把道理剖析得再清楚,他就是咽不下这口恶气。

路佳却狡黠一笑,抖了抖自己手里的毛巾,挂好。

"让一个人难受,打他骂他永远是最低级的做法。这世上有的是更多、更高明的好办法。"

说完,她勾勾手,让路野把耳朵凑过来,附耳对他说道:"你傻啊,陆之岸不是睡着了吗?你替姐姐去做件事,用指纹解锁他的iPad。"

105

路野一开始没听懂,然后立马回过味儿:"姐,你是让我查陆之岸的微信聊天记录?"

路佳听了,立马不客气地捶他:"笨!就陆之岸那样的,能让你查到他的聊天记录?你大半夜的,真做梦呢!"

"那你让我查什么?"路野不明白了。

路佳道:"其实这么些年,陆之岸最大的心病就是评不上职称,他今年四十了,怕再过几年年龄超了,连名额都没了。但是就他那个水平和耐性,确实搞不出啥有质量的论文……"

"姐,你的意思是……?"

"对!他一定会买!"路佳心里很有底地点了点头,"你就查他各大平台的交易记录,还有微信转账记录。另外,我估计,他买的论文,应该也藏在iPad里。他不敢保存在办公室电脑里。"

"姐……这能行吗?"

"你放心吧。肯定行。"路佳轻轻拍了拍路野的前肩,"我要对陆之岸这点判断没有,那这些年和他的日子不白过了嘛。"

了解自己失败婚姻的第一步,就是看清自己的枕边人。

既然要离婚,路佳就得做好万全的准备,把属于自己的一切都紧紧攥在手里。

陆之岸是小人,与恶龙缠斗许久,自己也必然成为恶龙。

准前夫一定以为路佳会在"出轨"和"精神出轨"这些事上留心眼、做文章、找证据。

但殊不知,路佳这样的大女人根本不会计较这些细枝末节。

不爱了,赶紧下一位!

管你过去、现在、未来爱的是谁,只要不是自己,那就让对方光速滚蛋了。多浪费一秒,都是对自己青春的不尊重。这些日子,路佳思前想后,蛇打七寸,离婚这事上,自己想占上风,就得拿捏住陆之岸最在意的东西。他最在意的无非就是他沾沾自喜的编制。路佳手机下单了最新款的指纹锁,便又沉沉睡去。

路野则听姐姐的话,蹑手蹑脚地拿着iPad走到即将成为前姐夫的陆之岸床边……

精益建筑。

设计部。

路佳办公室。

总裁跑路,老板和建筑师的机场"艳照",CFO拒绝交接,高管带团队跳槽,这几天精益的瓜可谓是漫天乱飞。甚至把这都玩出圈儿了,各大金融八卦号轮番在朋友圈里甩炸弹一样地甩链接。连陆之岸的爸妈都在网上八卦到了老靳和路佳的照片。陆之岸妈妈把照片发给路佳,下面还配了个一滴汗发怒的表情。路佳回也没回,直接把手机丢在一边。她现在已经没有啥经受不住的了。用脚指头想也知道,陆之岸爸妈都能看到的八卦号,对精益的绯闻能措辞得有多难听。路佳专心低头用美工刀削铅笔。懒理一切。蓝白边的木屑,一卷一卷像花一样,绽放又掉落。二十分钟,从2H到2B,她削了七八支,全搁在手边。越是纷乱嘈杂的时候,越是要冷静。这是路佳从大学开始就养成的习惯,一旦心烦意乱,一旦觉得末路穷途,她就用这种方式来转移自己的注意力,逼自己冷静下来。"虎"是做事的态度,却从来不是做人的办法。潜龙勿用,等待时机才是。

路佳悉心打磨着笔尖的石墨,石墨屑全倒进了老靳给她的空三七盒。

偶尔摆烂也是不错的选择。

老靳用自己的行动生动地给路佳上了一课。

人生过了三十五,自己能控制的事情实在是太少。石墨和钻石都是碳原子,但若不得天时与助力,石墨再努力,也变不成钻石。

"路老师好悠哉啊。"

该来的总会来,路佳的意料之中,杜明堂推门进来找路佳。

"路老师?今天的称谓又变了?"路佳很敏锐,但她头也不抬,"看来有人高升了。"

果然,杜明堂跑来告诉路佳,他顶替了杨叶的位置,成为了精益的副总,分管项目和施工的同时,也分管建筑设计部。他是副总,路佳则降为总监,顺理成章地,以后路佳都得跟眼前这个"弟弟"汇报。谁让人家投胎技术好呢。正常。路佳继续削铅笔。现在她暂时的确想不出更好的办法,所以只能听老靳和路野的建议,先留在精益。若是这点委屈都受不住,那以后的日子更不用过了。

她想得开,这才哪儿到哪儿啊。跌倒一次就爬不起来的那是弱者,跌倒了,就先躺一会儿,那才是强者。

"还有事儿么？"

半晌，路佳抬眸，见杜明堂安安静静地还坐在对面不肯走。

"铅笔削得不错。"

杜明堂一摊手，依然是微微含笑，夸奖她。

"多谢杜总。"

"SPACE重新投标，你知道了吧？关于方案……"杜明堂上任第一秒，便诚心诚意地过来跟路佳讨论方案。

谁知路佳只是表面恭谨四两拨千斤地给怼了回去："方案啊？杜总怎么说，就怎么弄呗。"杜明堂被怼得一愣，不悦地一蹙眉，但很快还是压抑住脾气，继续温润如玉地笑道："我这不是在和路总监商量嘛。我是副总，可设计方面你是专家。现在的精益不是过去的精益，没有一言堂，你上面再也没有老靳和杨叶压着，可以畅所欲言。"

"可我上面有你压着！"

路佳根本不想在这个时候给杜明堂卖命，于是她脱口而出道。但是一抬眸，她和杜明堂四目相对，望着那张帅气的脸，和深邃迷人的眼眸，路佳又瞬间红了脸！什么叫上面有……路佳也不知道自己想哪儿去了，暗地里直想抽自己耳光。成年人的想歪，常常只需要一句敏感的说辞和一个暧昧的眼神。场面一度十分尴尬。大概是杜明堂也听出了路佳这冲头冲脑的一句话奇怪的地方。

他越不知道怎么接，气氛就越是尴尬，最后他也红了脸。

但很快，杜明堂拿手指捂了捂高挺的鼻翼，干咳了两声，转而继续用沉稳的声音说道："那倒也不至于。我国外回来的，很开放的——"

杜明堂的原意，是想说他的管理方式很开放，但嘴快了，"管理方式"四个字儿给嗓子吞了。

这下好了，上下文一衔接。这段对白听着更暧昧不明了。路佳耳朵红到耳朵根，低头对着满桌的铅笔，只想杜明堂这尊不会说话的瘟神赶紧走。

"我的意思是……"杜明堂突然也成了嘴刚长出来的人，"我的意思是，不要计较什么位置的上下，关键是合作愉快！"

路佳脑海里已经有画面了。她自问自己是一身正气两袖清风，非礼勿视非礼勿言，脑子和心都非常干净的人。但中年妇女的走神与堕落，看来只需要一个比自己小五岁的帅哥。路佳赶紧拨楞拨楞自己的脑壳儿，想啥呢？！

这是在公司！正事要紧！正事要紧！她提醒自己迅速收回神思。

"你真的让我做方案？"路佳一本正经地问，"你也知道，我手底下的团队，七七八八跟杨叶走得差不多了。原来的方案流掉了。现在另起炉灶，这啥都没有的，不就是巧媳妇难为无米之炊？"

路佳确实没想好，她暂时别无他法选择留在精益，但未必有兴趣再次卷入SPACE的浑水，还要立刻、马上投入方案中。就凭杨叶现在另立山头踌躇满志，她的胜算至少就缩减了一大半。"没事，你有我！"杜明堂先给了路佳很肯定的支持。但下一句、下一秒，路佳才读懂了他前来的真正要义。

"我有个大差不差的方案，到时候你带领整个设计部协助好我就行。"协助你奶奶个腿儿！路佳眼皮立马挂了下去，装都懒得装，继续削铅笔。她路佳是那种协助别人的人吗？这合作的首要默契，杜明堂就没能和她达成。

之前SPACE项目之所以能中标，那是在杨叶和路佳各自秉着自己的方案干仗三个月后，最后老靳出面，跟法官一样，拿个小锤子，不停地敲桌子，敲出的折中主义。

路佳也不是不能和别人配合，但那已经是五年前的事了。现在她只想做项目的独立设计师。"听杜总的。"路佳继续摆烂。虎落平阳，大不了就当自己是精益的一块砖，哪里需要哪里搬。"那个……"杜明堂来之前就想好中午要邀请路佳一起午饭，一来是拉近下距离，二来聊聊工作。

但看她积极性不高，杜明堂也意识到，如果自己此时硬发出邀请，那十有八九会被拒绝。但他又不甘心。他想更深入地了解对面这个女人。

"呼！呼！——"路佳旁若无人地吹了吹桌上的铅笔屑。

这明显就是逐客令了。

杜明堂斟酌再三，最后还是决定冒着被拒绝的风险，邀请路佳。不发出邀请，成功的结果为零；厚着脸皮说出来，说不定有奇迹呢。但老天爷没有给杜明堂这个奇迹。这时，杨叶穿着一身飒气的正装，志得意满、意气风发地推门直接闯了进来！

"这密码还没换呢？"

杨叶说着话，和杜明堂撞了个满面。一丝不悦立刻浮上杨叶的眼角。杜明堂眉梢眼角很淡定，不过是桌子底下捏紧了膝盖上的拳头。路佳都蒙了，她直接跑过去，把大门紧紧合上，而后埋怨杨叶："你小点儿声！"杨叶很无所谓，不怀好意地拢了拢西装外套，径直走到杜明堂身边的椅子上坐下。

109

他在示威，冲杜明堂。

杜明堂回头瞄了眼路佳，而后旋即低头拨弄了下自己腕上的手表，冷笑道："哟，原来是阳溢建设的杨总。你这没预约，就跑上来，保安没拦你啊？"

杨叶还未回答。路佳便匆匆赶来，帮着追问道："就是啊！你这不都离职了吗？楼下的门禁还给你刷啊？！还有，你就这么大摇大摆上来的啊？以前的老同事看到了怎么办？多尴尬。"

杨叶则根本不屑一顾，对他来说，任何时候，精益建筑，他想来就来。

"有什么尴尬的？路佳，你就是想太多。"

杜明堂见杨叶无视自己，渐渐开始愤怒，他也不知道为什么，进入精益的第一天，他内心深处就隐隐不待见这位"杨总"。

没有理由。谁和路佳走得近，谁就是被他讨厌的理由。但喜怒不形于色，这是杜明堂一路在杜康生的训练下，养成的习惯。他依然是温温和和地低头说道："看来精益的行政今天要吃排头了，什么人都敢放上来。现在再不管，以后什么阿猫阿狗都能往楼上窜。"说完，他还不忘点路佳："路佳啊，这都是原来老精益留下来的痼疾。其实，一个企业管理严不严格，主要就是看细节。王总和秦总也是刚接手公司，还没管到这些细枝末节。我回头和他们说一声，行政主管可以换了，安保也要加强，不能让某些别有用心的人钻了空子。"

"你指桑骂槐以为我听不懂啊。"杨叶看见杜明堂也恼火，反正他现在也不是精益的人了，直接当着路佳的面就开怼。

"我没有。"杜明堂诚恳且淡定，"我是指桑骂桑。骂的就是你这个欧吉桑。"

"你说谁欧吉桑？"

杨叶直接一个伸手，面儿都不带转的，侧手就钩住杜明堂的衣领。

杨叶今年四十，正好开始有了年龄焦虑，杜明堂这小子简直就是在他的雷区蹦迪。

"放手，你个三姓家奴。"杜明堂也不带客气，掀开杨叶的手，整了整自己的领口，"你怎么成立的阳溢建设，你自己心里清楚！你干的那些事儿……"

"这又关你什么事儿？"杨叶不甘示弱地打断，"我杨叶混到今天，全凭自己本事！不像有些人，会投胎，啥啥都是捡现成的，还见不得别人奋斗。"

"随你怎么说,我不和小人争辩。"

杜明堂就不和杨叶对视,而是直接站起身,用身高优势碾压对手。

"不管你使了什么手段上来的,我现在给你五分钟,离开精益。超过一分钟,我就打电话叫保安把你叉出去!"

杨叶听了,也站起身,立马缩小了身高差距。杜明堂185厘米,杨叶178厘米,他还是站在了阴影里。两人对视,电光石火之间,意念中他们已经推过了无数的招式。"喊。"还是杨叶先收回目光,低头抿唇嗤笑出声。而后,他当着路佳的面,极其自信地对杜明堂昂起了头。

"叉可能是叉不出去的,毕竟是你们王总请我来的。"

"王强?!"杜明堂不信。

杨叶一只手插进裤兜,一只手鄙夷地摸了摸鼻子下端,点头:"是啊。我买了王强一吨建材,他现在把我供得跟祖宗似的。怎么了?哪条规定,神武建材不能给我阳溢建设供货?"

杜明堂听了,心一沉!

糟糕,他怎么把这茬儿给忘了!王强这孙子,真是成事不足败事有余。收拾他果然要趁早。这一回合,明显是明堂理亏了。他不喜欢缠斗。

杜明堂转换赛道,对路佳发出了邀请:"中午了,路佳,我们一起去食堂吃饭,顺便讨论一下SPACE的方案。杨总,工作餐简陋,就不邀请你了。你可以看看王总那边,有没有为你安排客饭。"

路佳就这么看着这两人当着她的面,你来我往。

这幼稚程度恰如两大名企互相跑到对方微博官方号下面评论留言,阴阳互撕。

"我来就是请路佳吃饭的!"

杨叶毫不退让,并且马上就顺着话题拎起路佳的包,拉着她就往外走。

"你喜欢吃东南亚菜对吧?隔壁太古汇,天泰餐厅,我让秘书订了位置。现在就走!"

路佳被杨叶不由分说地拉起就往外走。她有些不想去,于是回眸用乞求的眼神看了杜明堂一眼。杜明堂会意。可以英雄救美。但他不是应该也和杨叶一样伸手拉住路佳吗?谁知这小子却剑走偏锋,突然高声阻拦了一句——

"我也要去!"我——也——要——去?!

路佳捂着脸,都替杜明堂,这位神武的堂堂小少爷害臊。又不是小孩儿了,

111

哪有这样蹭饭的？杨叶也尴尬了，他也从没见过这么短而直接的路数。这杜明堂还真是能上能下，一会儿居高临下，非要扯着杨叶的面子往地板上踩。

这会子对自己更狠，脸都不要了，直接要饭！

"这……"

杨叶拉着路佳都不知道该说什么了。

杜明堂突然又变了一副可怜巴巴的眼神，和刚才的沉稳，判若两人。

柔弱中带着一丝无辜，无辜中还带着一丝撒娇。

杨叶是彻底给整不会了！

"那……那……那要不……？"

没有人能逃得过杜明堂的迷魂阵，他实在是长了一张纯良无邪的脸。

"一起走吧！"

还是路佳打破了僵持的残局，不就吃个饭吗？三个人一起吃能怎样？反正有人请客，也不用路佳出钱。现在开始摆烂的路佳，也有的是时间和闲情逸致。人多热闹，还能多点俩菜。她迅速挽起杨叶，示意杜明堂赶紧跟着，三个人就这样在精益的众目睽睽之下，走出了公司。

天泰餐厅。杨叶脱下西装，单穿里面的深蓝色衬衫，他一抬手："服务员，上菜！"杜明堂落座后，一开口便是："你都不问问路佳爱吃什么。"

杨叶则挑眉得意："我俩认识十八年了，她爱吃的菜，我背得比家谱都熟。"

杜明堂听了，醋意直升，立马就在胃里翻涌起来。路佳冲杜明堂无所谓地笑笑，可能是让他别介意，杨叶说话比较冲。但杜明堂怎么可能不介意，于是，待一盘明虾刚端上来，他就拣了最大的一只，边剥边对路佳道："来，我帮你剥。"

刚端上来的虾很烫，杜明堂忍着"燎刑"，面儿上还得继续维持他温润如玉的形象，替路佳剥虾。一只虾剥完，路佳看见他的十指指尖，都通红通红的了。杨叶也不甘示弱，直接把自己盘子里的猪颈肉夹了一块，说什么都要往路佳嘴里送。

路佳打掉他的筷子："我自己夹。"

她又将杜明堂剥的虾也给推了回去："你自己吃。"

杜明堂和杨叶纷纷愤恨起对方，但当着路佳的面，又不能明面开打，于是极其幼稚地在桌子底下玩起了"踩脚"游戏。两只名牌皮鞋，就这样在路佳看不见的地方,你踩我、我踩你。路佳则独自举着叉子,兀自细细品尝着美食,完全感知不到风吹草动。所以说,男人幼稚起来,说他们智商在幼儿园打转那都是抬举他们,最多也就胎教刚毕业。

"对了,路佳,你离婚的事怎么样了?"

踩了一会儿,杨叶也觉得没劲了,关心起路佳的要紧事。

"什么?!你要离婚?!"

显然,杜明堂第一次正式听到这个消息,自然讶异得不得了!

"你能再大点儿声吗?"

杨叶蹙眉迎着四周食客投来的八卦目光,狠狠不屑地剜了杜明堂一眼!没见过世面的小屁孩,就是喜欢大惊小怪。杜明堂吃了个瘪,也意识到自己失态了。但这个瘪他怎么就吃得那么开心呢,心里竟然在窃喜。

"路佳,你放心。钟律师那边我帮你打点好了,整个阳溢建设的法务部,都会帮你打离婚官司。你有什么需求,尽管跟钟大状提。他是区里的十佳青年,全市都排得上号儿的大律师,肯定不能让你吃陆之岸的亏。"杨叶继续道。

第六章

这话题,到此为止!

这时,杜明堂的手机不合时宜地狂振起来。他瞄了一眼屏幕,是个不得不接的电话。但起身的瞬间,他又犹豫了,紧翘的臀部就那么悬在半空中。他死盯杨叶。

杨叶更恼火:"你先走吧!我吃不了她!"

他就搞不懂了,这杜明堂是带吸盘吗?非得吸在路佳身上。路佳哪儿那么大魅力啊?但再看看自己,算了,这杜明堂眼光不错。

杜明堂走后,杨叶把单买了,邀请路佳去附近的公园里走走。路佳没有拒绝,初夏的晌午,她戴上墨镜和一顶硕大的编织帽子,就步履从容地跟着杨叶走,仿佛在度假。在公园里郁郁葱葱、翠绿清亮的树叶下,他俩看起来像是一对悠然自得的情侣。

"这两天怎么样?"杨叶把外套搭在胳膊上,笑问路佳。

路佳觉得他这是明知故问，于是也低头无所谓地浅笑道："我正在学习如何摆烂。无论是工作，还是生活。"

"摆烂？不会吧？"杨叶才不相信，"过去那个虎虎生风的路佳呢？怎么经过这么一点挫折，就一蹶不振了？"

初夏炎热，路佳舔了舔嘴唇，看到前面有一张长椅，立刻走过去坐下。杨叶会意，赶紧去旁边的小卖部买了两瓶冰矿泉水，递给她。路佳拧开喝了口，望着远处偌大的碧青绵延的草坪，淡淡地指着正顶着烈日放风筝的一家人，道："你看那个小孩儿，摔了一跤，又是哭又是闹，妈妈搂完，爸爸抱，爸爸抱完，他还要哭着找爷爷奶奶。其实，他不做这些，一样也能站起来。可惜，孩子太小没有经验。"

杨叶默默倾听着，将一只手臂轻轻放在路佳身后的椅背上。

路佳继续感慨："人在受到伤害的时候，第一反应是收紧身体，以应对冲击。但事实上，这时候能做的最安全的事，就是躺平，对突如其来的变化保持冷静，然后不丧失对未来的好奇。"

"啧，看来路大建筑师对最近的变化感慨颇深，都快成哲学家了。"杨叶打诨，士别三日当刮目相看。

路佳笑笑，把话题扯回杨叶身上："你怎么样？SPACE又要重新投标了，你还是坚持搞你的智慧建筑、人工智能？"

杨叶将身体凑近路佳，他俩此刻的距离，他甚至能闻到她领口散发出来的蓝风铃味的幽香。

她好像只喜欢和他谈论工作。

杨叶真心觉得，这路佳应该跟杜明堂好好学习学习看人的眼神儿。他这么一个清爽风流的大帅哥，此刻就从容缱绻坐在路佳身边，她居然只想和他谈工作？！

"嗯？保密啊？怎么不说话？"

路佳狐疑地看了杨叶一眼。

他立马又秒怂，乖乖跟她谈起了工作："是啊。虽然知道你不认同，但我还是坚持数字化是趋势。建筑的下游产业链建材，都已经在自动排班、自动订货了。建筑作为集大成的项目生意，自然也要跟上时代的风口。更何况标准化、预制件，本来就是现代主义设计最早提出的工业化概念。有什么问题？"

"没什么问题。"路佳言语肯定，语气却带着嘲讽，"你这是站在巨人的肩膀上，捕捉时代风口。谁有你牛？"

杨叶听出了她的不屑，但还是诚心诚意、言辞恳切、纡尊降贵地对路佳说："你要不要考虑过来帮我？你放心，待遇，我绝对只会给得比老靳好，不会比他差。"

路佳不为所动，还是隔着墨镜望着前方。她是在摆烂，但她的摆烂，是为了等一艘新船。一艘能够承载她和SPACE梦想的诺亚方舟。杨叶怕她不肯，又补了句："你要愿意，过来当老板娘也行……"

"别！别！千万别！"这回路佳有动静了，她往下扒拉了一下墨镜，从墨镜上方用一本正经的眼神，阻止杨叶道，"这个话题，咱到此为止。"

年轻时的错过，已经用经历告诉了她，在机场和火车站等一艘船，是多么地无知。她和杨叶的观念殊途，不能因为害怕和胆怯，就凭一张旧船票，再上一次贼船。

"为什么要到此为止？凭什么要到此为止？"杨叶急起来，"你这不马上就要离婚了吗？我也离了！我俩认识十几年了，在一起结婚最合适不过了！路佳，你现在放眼四周，还有比我更合适的二婚对象吗？"

谈话又进入了私事环节。路佳超级无语地表示："我这还没离婚呢。你着什么急？"她还没听说过二手货还有人哄抢的。但在杨叶眼里，不管路佳是几手货，她都是限量版、绝版，是他今生必须要拥有的孤本挚爱。年轻时，他已经错过一次了。

人到中年，他不能一错再错。

"路佳，我喜欢你。"

树荫斑驳下，杨叶平和如水地认真说出这句表白。路佳隔着漆黑的墨镜，望着远处，万里无云天很清，年少时的爱恋在中年之际，还能听到回音。她的心弦被撩动了一下。虽然这么多年，她都明白，杨叶并没有死心。但他今天如此认真地将这句表白说出来，反而让路佳尘封平静了十几年的心，微微震颤。

"走吧。要上班了。"路佳站起身，没作回应，而是说，"现在的精益可不是以前的精益了。强考勤，要打卡。"

杨叶克制着自己的冲动与表达，也站起来，配合她道："行，我先送你回公司。"

115

他俩并肩走着,阳光石板路,似乎又回到了当年的校园樱花大道。阳光很美,树叶也很美,一切尽在不言中。

……

杜明堂拿着电话冲出饭店,便忙不迭地接起来。

"怎么说?"

对面是杜明堂的小弟倪豪。

他是杜明堂被搁在农村时的同岁发小,摸鱼捉虾,招猫逗狗,什么捣蛋事儿都在一起干过。后来,杜明堂被接走,倪豪就成了村里落单的小混子,读书不灵的他,没几年就被家里人送去蓝翔学了挖掘机,现在在仲景建设工作。倪豪虽然没学历,但好在人机灵,又出道很早,所以现在在仲景建设也算是个小头目。杜明堂回国后,他俩就又重新搭上线了,儿时的发小情谊,并非其他事物可替,毕竟没有人能穿越回童年,再和记不住脸的玩伴重新抓一回萤火虫。倪豪崇拜杜明堂有学问,杜明堂更欣赏倪豪这些年混江湖积攒下来的市井学问。基于这些信任,杜明堂让倪豪去游说王强,是最合适不过的选择。

"王强那老狐狸不上道啊。"倪豪在电话那头先是说出个坏消息,但很快他又说了个好消息,"但神武建材最近供给仲景的货,我发现不是一般地次。"

"以次充好?"杜明堂不解,"王强能巴结上仲景,当供应商,应该烧高香,怎么还……"

杜明堂联想起王强最近上报给神武的微薄业绩,缓过神儿道:"估计哪块有窟窿,缺钱。拆东墙补西墙了。"

"估计是。"倪豪附和。

"我让你找的猎头,你找了吗?"杜明堂问。

"找了啊!国内最高端的。谈成一个,能提成上百万的那种猎头。"倪豪办事靠谱,却眼光有限。

杜明堂提醒他:"从香港那边找。王强这样的土包子,最吃这一套。对了,你交代下猎头,跟王强沟通都用繁体字加英文。"

"反正就是越'高大上'越好是吧?"倪豪笑着接。

"嗯。"杜明堂点头,"但是,时间节点你要把握好。越快越好,最晚不能迟于这周。"

"这么紧啊？"倪豪有些为难，但还是拍胸脯道，"行！我现在就飞趟澳门，从澳门再去香港。哥，你放心。"

听到倪豪从澳门飞香港，杜明堂十分放心地挂了电话。这时，他才想起，路佳跟着杨叶好久了。于是他赶紧迈着长腿跑回公司，气喘吁吁地推开路佳办公室的门，确认她是否回来。看到路佳还没回来，杜明堂低头一阵寥落。

他失落地合上门，一回头，却发现路佳幽灵一般地戴着大草帽站在他身后。

鬼啊！

"杨叶走了？"杜明堂平静下来，便急忙问。

路佳兀自走进自己的办公室，杜明堂也跟了进去。路佳摘下帽子墨镜，张口就对杜明堂道："刚帮你套过话了，SPACE 项目，杨叶那边还是走老方案，智慧制造、人工智能。"她在邀功。拿人人都知道的大白话，在邀功。

杜明堂听得出来。

路佳不过是假以辞色，她现在可是摆烂大师。

"那咱们这边也要抓紧啊。"杜明堂坐下，对路佳就滔滔不绝地说出了自己的方案，"我们就搞 AI。只要输入需求，然后录入全世界现代主义建筑设计大师的作品和建筑语言，图生图，又快又好又精准。如果我这个想法利用 SPACE 实现了，AI 站起来了，我觉得对于现在建筑设计行业来说，意义还是很大的。"

"图生图"三个字一出，路佳已经想打死对面的杜明堂了！

道不同不相为谋！差太远就直接掐死对方！但杜明堂还在那不识时务地继续侃侃而谈自己的方案："ChatGPT、Midjourney、AIGC 这些软件都要用起来！工作流可以是：用 ChatGPT 描述想要生成的建筑，然后将生成的文本输入到 Midjourney 中得到方案比选。ChatGPT 润色文字，Midjourney 生成。"

说到兴奋处，杜明堂甚至站起来了："这些年来，理论丧失了指导的作用，反而不断由技术来重塑理论和价值。最近十多年真正对建筑行业的设计质量和工作流产生革命性影响的，一是 SketchUp，二是 Enscape，现在的 Midjourney！"

他心潮澎湃地说完，却见路佳在对面直愣愣地眨巴着一双水汪汪的大眼睛，没有任何反应。路佳震惊于杜明堂能够如此愚蠢地坦承，他也不是路佳要找的那艘船。对于杨叶，路佳还会嘲讽他"是给建筑装火箭发射器，下一秒就要飞向外太空"；而对于杜明堂这种，直接思路就星际迷航在外太空元宇宙的，她连辩驳都懒得辩驳。她现在满脑海的就是张信哲的一句歌词：让你疯，放你去放纵……建筑是幸福生活的容器，是未来几百年的视觉邀请。就是天王老子来了，路佳的初心也不会变。路佳坚持，AI 来最多就是在设计方案中当当助手，干干苦力活。建筑不可能让 AI 来设计，AI 现在还真不行！而且建筑是人与人之间的事情，机器永远是机器。没有情感的高潮，那是生物刺激的爽感；就像没有人文关怀的建筑，那就是炫技的冰冷模型。

但她现在不会说，精益又不是她的，她没必要告诉杜明堂。他这艘宇宙飞船，路佳自诩高攀不上行了吧。

"路建筑师有何高见？愿闻其详。"

过了好一会儿，杜明堂的血似乎才凉了下来，他坐在路佳对面，把玩着一支铅笔问。

"Good——"路佳努力演好自己的人设，但杜明堂的这个扯淡方案，确实又令她难以启齿，"Idea！"

难以启齿也要硬夸，路佳："时尚炫酷，时代奇点！"

这些话比平时路佳给亲儿子小鲁班戴的高帽还要离谱。她从摆烂大师，又变身成鼓掌大师。"那，路老师要不要加入？"杜明堂目光盈盈，温和邀请。路佳就像看喜欢奥特曼的小男孩一样，无奈地望着对面的杜明堂。

"我考虑先深度学习一下，考个算法工程师证，再加入你们。"路佳可以表现得诚惶诚恐。

但在她心底，这句句都是讽刺。她不明白为什么男的都沉迷于科技的进步，马斯克、杨叶、杜明堂，一个比一个激进。跟他们比，那还是老靳好点儿。老靳就是个商人。文化层次低，有时也有文化层次低的好处。至少他不痴迷"奥特曼"。此刻，路佳无比思念老靳。

杜明堂走后，路佳松了口气。送走一个杨叶，来了个更激进的杜明堂。她落寞地重新盘起那盒空的三七，脑海里挥之不去的，还是对老靳最后想法的揣测。

空？

空城计？

三七？

活血化瘀的药品？

老靳到底是什么意思呢。路佳思前想后，突然意识到，自己靠等，是等不来答案的。同样，她要盲目地等一艘船，就等于将自己的主动权交给了风雨凄迷的大海。她随手翻了翻日历，距离老靳的离开已经两周。想了想，她拨通语音，打给了老靳。她才不管对面的时区，现在是几点钟。老靳欠她的。

"你终于想起来，打给我了？"

路佳听出，老靳接到她的语音并不觉得意外。

她开了个玩笑，缓解他俩此刻身份的尴尬："老靳，从我认识你的第一天起，我就觉得你是兼职开公司，专职算卦的！大梦谁先觉，平生我自知。所有的一切，都尽在你的掌握之中。"

"过奖。"老靳不紧不慢，泰然处之。

"老靳，我想见你。"

路佳明知不可能，还是特别诚恳地说。

"那就见呗。"

老靳永远地举重若轻。

路佳签证护照都没办，更何况飞欧洲的机票现在来回一趟多贵啊，现在的老靳又不给报销。

她叹息。

老靳听见了，在电话那头笑了："行了！别叹气了！想见就见，我发定位给你。"

说完，"嗖"的一声，一个定位传到了路佳的手机上。

"什么？裸心堡？"路佳眼珠子瞪得都快飞出眼眶了，"老靳！你不在天鹅堡嘛？！"

路佳怀疑自己眼花了，忙又迅速戳开朋友圈。

她没看错啊，昨天老靳还发了在巴登——巴登泡温泉喝啤酒的照片，定位也是罗马浴池遗迹·矿泉水大厅。

难道他会光速位移吗？

裸心堡是个什么鬼？！路佳看了看，此时从魔都开车到德清，也就3个多小时的车程，于是也不跟老靳废话了，直接说了句"一会儿见"，便跑到地下停车库发动车子！就算老靳是骗她的，也就是来回6小时的汽油费，这路佳还出得起。去莫干山的路上，路佳一边踩油门一边逼迫自己冷静。这时，

119

一个蓝牙电话进来。

"路小姐,我是憬悟建设的老孙,上次我们沟通的……?"

"不好意思,我现在在开车。现在不太方便!"

"那我们改天再聊。"

"嗯。"

路佳掐灭蓝牙,手握方向盘经过五颜六色的跨海大桥,却始终跨不出自己内心的几个疑问:老靳什么时候回来的?有多少人知道老靳现在居然在国内?老靳为什么要告诉路佳自己的位置?还有就是,自己如此冲动地去找老靳,他们俩之间能谈出什么结果?路佳听着蓝牙里的导航,路况虽复杂,目的地却十分清晰。路佳一路憋着尿,三个小时果然开到了莫干山裸心堡。山中的林间茶室。石径潮湿,水云飘袅。路佳的眼睛都起雾了。她真的看见一个熟悉的人影,白衣白裤,安然坐在茶室的木台边,泰然处之地饮茶。

真的是老靳!

路佳压着情绪,拎包走上前去,顾不得风尘仆仆,"哐当"一声,就把那个空的三七盒摔在老靳的茶台上:"这什么意思?!"老靳一惊乍,看清了是三七盒,也看清了是路佳。他笑而不语,不紧不慢地邀请路佳对面坐,慢悠悠地给她斟上一壶清透润泽的安吉白茶。路佳正好渴极了,像灌酒一样,端起小瓷杯,便仰头一饮而尽!她要老靳给个说法!

老靳搁下茶杯,郑重其事地抬起头,又不言不语地凝视了路佳许久。他方开口道:"这一路开过来,很辛苦吧。路上都想了点啥?"路佳平静了一下,突然又改变了语气。祥林嫂的怨恨不能让她的孩子回来,同样,路佳的怨气也不能让老靳重回精益。

"老靳,你回来了就好。你帮我吧。"

路佳诚心诚意地一垂眸,双手搁置在膝盖前,过去的忠心,让她可以向老靳提这个请求。

老靳果然也很上道,回以高山流水的一笑:"不然我回来干什么。"路佳绷不住,捏着餐巾纸,当即当着老靳的面号啕大哭。安静的茶室里,她的哭声越发激烈和凄惨!哭声里,她庆幸自己没有信错老靳!

"死老靳!老靳,你怎么不去死啊你!"她边擦泪边赌气狠狠地说。

老靳则像是一个长辈,轻轻拍了拍路佳的背。

"头凉了,想明白了就好。别哭了。"

"老的精益早就堵成一颗毒瘤,就算你给我一盒三七粉,也只能活血定痛,辅助治疗而已,不能疏通已经堵塞的血管。"路佳抬起头,"所以,您临走前给了我一空的三七盒。告诉我,现在的精益,是病入膏肓,无法药到病除。你要说的就是,扁鹊逃秦,桓侯遂死。"

这也是路佳在来的路上,才最终捋清楚的答案。不枉费她将那只空的三七盒盘出包浆。原来,最后能和她殊途同归的,还是当初慧眼识自己的伯乐老靳。

"想明白了,就开始干吧。"

老靳从不浪费时间,他自然而然地将手边一沓文件丢给路佳。路佳边翻看边惊诧。

"您早就准备好了?精心建筑(建材)发展有限责任公司?"她简直不敢相信自己的眼睛,"老靳,你什么时候注册的?"

"兵贵神速,风雨兼程。"老靳坦言。

"可是,老靳,我现在还不能离开精益。"路佳拿着空白的标书,对老靳直言,"一来,我最近要离婚,失业会影响我争夺儿子的抚养权。二来……"

"二来,你想用精益和杜明堂牵制杨叶,同时也想背地里杀他们个措手不及。"

知路佳者,莫过于老靳也。路佳听了,饱含热泪地点了点头。老靳伸手,替她擦了擦鬓边的热泪。两人一笑泯恩仇。一个从来不令你失望的人,就是贵人。老靳真是路佳这辈子的人生贵人。

"你不玩儿就不玩儿呗,干吗整跑国外这出?"

拨云见日的路佳,低头抿了口醇厚的茶,这才又埋怨老靳。

"有什么办法呢?"老靳展开眼角的沟壑,一摊手,"你有你的私事,要离婚,我也有我的私事要办呀。"

"你什么私事啊?"路佳取笑道,"就你这样的,还会被情人追杀,流亡海外啊?"

老靳从来不把路佳的损话听进心里,直言相告道:"科技与狠活儿。"

"整容啊?!"路佳的心终于放松了,故意跟老靳开起了玩笑,"欸,老靳,不是我说,就你这样的!这辈子想整成梁朝伟,那估计都不是一个小目标的问题,那得是10个小目标!所以吧,要不咱放弃吧,朝着黄渤那个方向整,都是影帝嘛!大差不差。"

老靳连忙按了按手，不跟路佳扯远，明确地揭晓了谜底："去国外做试管，想再要个孩子。"

　　路佳听了，嘴巴直接张成O形，半晌闭上后，才又能开口说话："老靳啊老靳，你都已经有两儿子了。真是人心不足蛇吞象！"

　　"那怎么了。如果是女儿最好，像你这样又聪明又能干的更好。"老靳饮茶。

　　路佳听了受宠若惊，内心却也五味杂陈。

　　平静了一会儿，她幽幽对老靳，这个亦师亦友的师长："我哪有那么好，都快离婚了……"

　　"那是你前夫没眼光，离了好，还是嫁给杨叶吧！"

　　"老靳！！！"

　　路佳佯装埋怨，下一秒，她以茶代酒，以琼浆敬老靳："那我就先提前祝您心想事成。"

　　老靳回敬："事业爱情双丰收，胜利永远是属于我们的。"

　　入夜。

　　老靳送路佳到停车场，路佳发动车子的时候，除了叮嘱她慢点，老靳还问了她一个问题——为什么信他，而没有投靠杨叶？

　　路佳这样回答："老靳，你是个成熟的商人。成熟的商人不仅会看利益，还会看人。"

　　老靳心领神会地笑了，而后又郑郑重重地拉开路佳副驾驶的门，放上了一整盒精包装的三七粉礼盒。

　　这盒三七粉的牌子就叫"金不换"。

　　路佳这才知道，三七，又名金不换。

　　"上次在机场，我就是让你帮我扔个垃圾。"

　　老靳揶揄路佳这些日子想太多。可路佳能不多想吗？在这个场域里摸爬滚打，谁不是八个脑子。路佳回他个白眼。

　　老靳仍拦住她，最后叮嘱："三七之所以叫三七，是为了让人记住这种药必须生长三到七年才有效。所以，路佳，不能急！"

　　路佳仰头吸气，一脚油门，拜别老靳。

　　她不急。

　　这路遥马急的人间，只要她不急于求成，想来的就都在路上。路上，路佳经过良渚文化遗址。她回想了很多,比如当年读书,他们来这里田野考察积累下来的记忆。玉琮内圆外方,蕴含着"天圆地方"原始宇宙观的筒形玉器,是良渚文化的原创器型,是对神人兽面纹所蕴含的神灵崇拜的重要载体。

　　路佳瞄了眼副驾驶位上精心建筑的空白标书。突然来了灵感,她将车靠边,从后座上摸出 SPACE 方案的草图,再次将方案调整为外方内圆。外部如玉琮突出的方块,增加了整个建筑的现代感和科技感,而内圆的设计,能让身在其中的人,感受到被空间的温柔包裹,延缓时间流淌感。这个方案必赢!不虚此行,就是五千年的中华文化给路佳的加持。

　　路佳有信心,抬头透过天窗,除了漫天的繁星,还有她踌躇万分的志向。

　　路佳驱车到家的时候,已经是半夜了。

　　下车前,她拿起手机看了看。

　　通话记录里,老孙的名字显得十分扎眼。

　　如果老靳不回来,路佳曾经动摇过,要找一家新的设计理念契合的公司合作。

　　老赵老孙老钱老李都好。

　　只要不逼着她搞 AI 和人工智能,给建筑屁股上安火箭,踏踏实实造房子的老板,都是好老板。但现在老靳回来了,载她的船就只能是老靳了。

　　"老孙,对不起了。"

　　默默对手机说了声"对不起",路佳不带一丝留恋地就把憬悟建设的人事总监老孙拉进了黑名单。江湖路远,相逢匆匆。路佳回到家,刚把车钥匙扔进鞋柜上的碗里,客厅里的灯突然就亮了!路佳还在迟疑,这么晚了,会是谁?就见自己亲妈从沙发上掀开毯子直起身:"回来啦?还没吃饭的吧?"原来是路佳妈回来了,这么晚了还在等她。亲妈就是亲妈。以前随便路佳什么时候回来,陆之岸都只有埋怨和抱怨,有时候她累得个半死,赶到家连杯温水都没有。路佳妈妈估计也是下午才风尘仆仆地坐火车赶到魔都,结果见女儿大晚上的不回来,索性就睡在沙发上等。人无论在外面吃多大的苦,最大的心安,就是在疲累的时候,蓦然回首,始终有一盏灯为你守候。

　　"我去给你下小馄饨。"

　　路佳妈麻溜起来,说着便往厨房走。

　　路佳拦住她,又感动又心疼:"妈,不用。我不饿。"

"怎么不饿？忙了一天肯定又累又饿。"

"吃夜宵容易发胖。妈，您帮我倒杯水。"

路佳把手提袋扔在沙发上，紧绷的神经一下子松弛了，整个人瘫倒在刚才路佳妈平躺的地方。

沙发上还有亲妈的体温。

温暖感人。

路佳妈给路佳倒了一杯红枣茶，里面搁了好大一把黑枸杞。

"妈，你什么时候回来的？后来指标怎么样？"路佳接过茶，抿了一口，问。

"下午到的。"路佳妈在女儿身边坐下，"指标嘛……"

她顿了顿，这个停顿，顿得路佳心头一紧。

"指标嘛，还是阳性。"路佳妈尽量说得平缓，"不过医生给开了药，说这个药只要认真吃，一般半年内都能转阴性。"

"妈！这么大的事，还是去瑞金再给您检查一下。这样，明天我请假，陪您去。"路佳搁下杯子，用不容商榷的语气说道。

"去个瑞金，还要你请假？我又不是没长腿。"路佳妈披头散发，一看就是从睡意蒙眬中被叫醒。

路佳捋了捋她额边卷曲的一缕白发，心疼极了。路佳妈知道路佳最近工作上事多，家里的事情也心烦，于是她悄咪咪地回头看了眼陆之岸睡觉的房间。见房门焊得死死的，她这才压低了声音凑在路佳耳边道："娃儿，离婚的事怎么样了？我今天回来，路野又急急忙忙巴拉巴拉跟我说了一大堆，我也没太听明白。是不是陆之岸最后还不放过你，欺负你啊？"知女莫若母。

"妈，你听他嚼舌头。"路佳重新端起杯子，"路野自己还没结婚呢，知道什么呀。"

"唉。"说到这个沉重的话题，路佳妈又自责起来，"也怪我。当年你爸躺在病床上，就不同意你和陆之岸交往。后来你爸走了，是我没坚持住，点了头，耽误了你半辈子。"

"妈，说什么呢。什么耽误不耽误的。"路佳也没困意了。

母女俩几天未见，就压了很多体己话急不可耐地要讲。路佳索性趁着夜深人静把话聊开："当初，陆之岸确实是我接触的对象里，比较适合结婚的。我当时都奔三了，陆之岸是本地人，又是大学老师，结婚是我自己权衡利弊的结果，怨不得旁人。再说，不是还生了小鲁班嘛，有了这孩子，什么都值得了！小鲁班多可爱啊。"说到这，路佳轻轻拉起亲妈的手，诚恳地继续道："我现在想和陆之岸离婚，纯粹就是下半辈子实在不想和这个人再过下去了。这人人品不行，比较卑劣。也是在这些年的相处中，我才渐渐了悟，一个人外在再光鲜亮丽，千好万好，人品不行，那都是0。"

"嗯……"路佳妈听了若有所思，但又不放心地抬头问道，"那这离婚，妥当不？我听路野说，陆之岸的胃口可大，房子车子可不愿撒手！而且，那亲家母一家……"

一丝焦虑的愁容浮上路佳妈的面庞。

"妈！走一步看一步，船到桥头自然直。"路佳竭力宽她的心，"您现在最要注意的，是您自己的身体。其他的都是身外之物。儿孙自有儿孙福，我的事，您啥都别管、别问。等我处理好一切，自然向你交代。"

"孩子！"路佳妈听了路佳这段宽慰的话，焦虑不仅没有缓解，反而立刻更加忧虑起来，"你可不能什么事儿都自己一个人死扛！什么事，都要告诉我和路野。我们就是帮不上你的忙，听你说说也好啊！可不能有事自己憋着！"

"知道了，妈。放心吧。"放心两个字，路佳都对亲妈说倦了。但是又有什么用呢，不到扯证分完家那天，这个家始终不得太平。就算她想息事宁人，安安静静地跟陆之岸把事儿办了，那陆之岸一家肯么？路佳妈的担忧是正常的，路佳的婆婆公公，还有陆之岸家的七大姑八大姨，没有一个是好缠的主儿。

"对了，佳，你和那个什么杨……杨……杨什么的嘞？"路佳妈摁着太阳穴，努力发问。

"杨叶。"

"对！杨叶！"路佳妈一拍大腿，想起来就是那个叫"杨叶"的，读书的时候总是跟前跟后地盯着路佳，两人后来还一块工作来着。

包括路佳爸爸去世，杨叶都跟到殡仪馆来以朋友的身份帮忙操办了一场。当时还守灵来着。

"我听路野说，他不在精益干了？你俩现在还来往不？"路佳妈也不知怎的，对个陌生人的事情这么关心，不睡觉也要追着问这茬。

"来往是来往的。"路佳回道，"但肯定，以后不再一起工作了，联系会减少。说不定再过几年，就是陌路人啦。"

"什么陌路人啊？当个朋友也好啊。"路佳妈赶紧让她别胡说，"我看那个小伙子好得很！他要不是结了婚啊，我真觉得他当我女婿才好嘞。你俩年轻的时候，怎么就没有轧上朋友啦？选来选去，选了……这么个玩意儿！"

路佳妈说着，便不屑地朝着陆之岸的房门一斜目，眼神愤愤。

"好了，妈，睡觉了。"

路佳催着亲妈去睡觉，又去房间看了路野和小鲁班。路野长手长脚四仰八叉地睡着，小鲁班就像他的一只挂腿器一样，抱着舅舅的腹肌，小脸肉嘟嘟，睡得香喷喷的。

第二天是周末。路佳累了一宿，睡到日上三竿才起。准确地说，她睡到日上三竿还不想起，是被一群人嘈杂的说话吵闹声给吵醒的。是谁？大周六早上的，闹腾死了！路佳穿着睡衣睡裤，趿着拖鞋，拉开房门一看，真是说什么来什么，烦什么来什么！只见公公婆婆和陆之岸的姑姑，三四个人正齐刷刷地板着面孔坐在自己家的沙发上。而路佳妈，居然在一旁端茶倒水。路佳死命揉了揉眼睛，看清了，果然是一群人来者不善。

"陆之岸，陆之岸！"

路佳呼唤始作俑者。

"你别喊了！"陆之岸亲妈极度不悦地制止她道，"我儿子去学校参加学术研讨会了，大周末的还要加班！"什么学术研讨会？路佳心里直发笑。

以她对陆之岸的了解，他是惯会玩逃避的，他和路佳的婚姻闹成这副样子，一把的烂摊子，现在却指望父母亲来给他收拾。自己王八犊子头一缩，跑到外头就好像没他事儿似的。所以说，极度自私的男人，是撑不起一段婚姻的。

"不像有些人，孩子孩子不管，家务家务不做，在家里啥事儿不做睡到中午！不要太清闲。"

陆之岸亲妈接着揶揄嘲讽，每次来，挑衅路佳这个儿媳妇是她的必修课。现在闹到要离婚了，变本加厉。在陆之岸亲妈眼里，她儿子学历那么优秀，工作那么好，路佳还要主动提离婚，她就是个不知好歹的罪人！路野本来帮着路佳妈正在给"客人"们倒水，一听陆之岸亲妈这话，水也不倒了，直接水壶"哐当"放在茶几上，替姐姐撑腰。

"哦，就你儿子加班！我姐昨天工作到半夜才回来，今天早上睡会儿懒觉，怎么了？怎——么——了？家务有我妈做着，小鲁班我这个亲舅舅带着！有你什么事儿啊？说话这难听！是没人教过你说话还是怎么着？"

"你！！"陆之岸亲妈被不知天高地厚的路野第一回合怼了个哑口无言，但她还是要摆路佳婆婆的谱儿，阴阳怪气道，"路野！我好歹是你姐的婆婆，你的长辈！你这么跟我说话，简直一点规矩都没有！"

"规矩？"路野才不管她，"谁定的规矩？我只知道，这房子是我姐买的，大周末的，她想在自己买的房子里睡会儿懒觉怎么了？哪条法律规定了，我姐必须周末一大早起来做家务带孩子？还是说这是当你们家媳妇的规矩？！您可别忘了，当初可是您三媒六聘求着我姐嫁到你们家，那漂亮话说的，什么'只要路佳肯嫁过来啊，只管生孩子就好，其他活儿我们都不让她干！'"

路野学得绘声绘色，他简直就是路佳的最佳嘴替！路佳又不是孬包软柿子，既然陆家人别有用心地来势汹汹，那在这离婚的当口，她就不能有一丝客气和软弱，给他们可乘之机。对怠慢自己的人仁慈，就是对自己残忍。路佳妈到底是老一辈的人，虽然路佳和陆之岸的婚姻已经走到了这步，她还是奢望能求个好聚好散。于是她怕场面闹得太难看，赶紧递了杯热茶给路佳公公。

"不用假客气！"谁知陆之岸的亲爹更不客气，不领会路佳妈妈的好意，直接一挥手掀翻了滚热的茶杯。

热腾腾的龙井茶叶就那么黏腻腻地洒了一地毯！敢情不用你打扫是吧？路佳不悦地蹙起了眉。这俗话说，家里的婆婆再不讲道理，但只要有个明事理的公公压着，儿媳妇的日子差不到哪里去。但要是老公公不讲道理，那这家的儿媳妇几乎就是永生永世不得翻身了。

上梁不正下梁歪。陆家就是这么个情况。这不就是妥妥的寻衅滋事吗？路佳妈还想弯腰去收拾，直接被路佳一只胳膊冷冷给拦住。

"不需要假客气是吧？"路佳目光冷冷，用杀死人的目光直视对面的公公，直到把对方看得心里发毛。

陆之岸全家都是没脑子的纸老虎。路佳平日里少和他们啰唆，那是不屑和负能量纠缠。

"那就简单了！早说啊！"路佳收回目光的瞬间，极其不屑地笑了，"路野，地毯脏了，现在就送去洗！"

路佳话说得十分平静，路野却会意。他直接撸袖子冲上去，管沙发上坐了几个人，直接囫囵把地毯掀翻起来，劈头盖脸的尘土和茶叶水，拍撒了几位"长辈"一头一脸。

"你！！！你你你！！！"

陆之岸的亲妈和陆之岸的姑姑都心疼衣服，低头看着自己胸口领口被糊的茶叶渍。

"你们家真的是没教养哦！"陆之岸亲爹的脸气成猪肝色，气恼地跳着脚指责路佳他们。

路佳轻轻走过去，整个人满满的气场。她用食指轻轻钩滑桌上热水壶的把边，朗声冷笑道："我想你们到现在可能还没搞清楚状况。我和陆之岸，是起诉离婚。我、起诉、陆之岸。所以我们俩现在是原告和被告的关系。你们这群被告家属大周末的跑到原告家来，经过法院允许了吗？"

"什么原告家？这是我儿子家！我想来就来！"陆之岸亲妈才不服！

她还幻想着自己是这家的慈禧太后。

"你儿子家吗？哦——"路佳佯作思考状，"那你儿子呢？"

"你！！"陆之岸妈磕巴了一下，接着终于吐露了这次跑过来的实话，"反正不管怎么样，那房产证上有我儿子的名儿，就是我儿子家！"

路佳都懒得解释了，购房所有的出资记录她都保留着，房子是谁的，不是靠没脸没皮的前婆婆上下嘴皮子一碰，就说了算的。

"怎么样？没话说了吧？"

陆家人还以为他们占理了。陆之岸姑姑这时候又像个跳梁小丑似的，窜出来上蹿下跳了。想当初，他这个早年离异的姑姑，就没少在陆之岸和路佳的婚姻里扮演搅屎棍子的角色。

"路佳，你不要嘴狠。你和陆之岸还有儿子呢！法院判，抚养权也不定给你吧？就算给了你，不是我说，路佳，你也三十七了，奔四十了，带着个拖油瓶，哪个男人会要你？！"陆之岸的姑姑很得意。

她明明一肚子坏水，却还苦口婆心，好像站在路佳的立场为她好的样子。路佳本来就一头的起床气。她是不屑吵，不是不会吵。陆之岸姑姑这段话实在是触痛了路佳的逆鳞，于是她立刻反唇相讥道："拖油瓶？！你说谁拖油瓶？！姑姑，你竟然当着我公婆的面，说他们的大孙子是拖油瓶？！这不大好吧？公公婆婆，你们倒是说说，我们家小鲁班是不是拖油瓶？他拖谁的油了？"陆之岸的公婆虽然是非不分，却十分溺爱小鲁班这个大孙子。听自己亲妹妹这么说自己家命根子，陆之岸爹妈瞬间也觉得心里十分硌硬。

但陆之岸的姑姑还不死心，傻傻地继续拿话挤对路佳道："这做人嘛，就得要认清现实！女人离了婚，就不值钱了！不像我们家岸岸，大学讲师！就算离了婚，也是一大堆女的排着队求着找他。我们原来那片拆迁的一户人家的姑娘，前两天还托我介绍对象，说什么要找个我侄子那样的高校老师就好了，又有文化，人面相蛮好，家里底子也好。"

陆之岸姑姑眉飞色舞，好像她说几句话吓唬吓唬就能动摇路佳似的。但她的话，路佳还似乎心底斟酌了一遍。陆之岸的姑姑无非是陆家父母的代言人，听这个意思，陆之岸父母虽然平时表现得对路佳不满意，但其实心底应该是不希望这小两口离婚的。毕竟，这路佳能挣，就是个不得不考虑的因素；其次，路佳这人厚道大方，虽然陆家父母总是鸡蛋里挑骨头，但她也很少以牙还牙、睚眦必报。为了这个家，过去很多时候，路佳都是能糊则糊，能混则混。但她现在不想混了，人就活一辈子，凭什么要浑浑噩噩地冲现实妥协，几万天，就这么不情不愿、稀里糊涂地混过去了？路佳要向前看，所以她现在一丝一毫也不想给陆家人留梯子，免得他们蹬鼻子上脸。

"姑姑您说得对！要不怎么说，不听老人言吃亏在眼前呢。您年轻的时候就离了，不值钱了半辈子了！这说出来的话，肯定是吃一堑长一智的总结。"

路佳走上去，低头轻轻掸掉陆之岸姑姑胸口的湿茶叶，表情和颜悦色极了。

"一堆人求着等着的找陆之岸对吧？他是大学讲师对吧？要马相有马相、要学问有学问、要家底有家底是吧？但那又怎么样呢？姑姑，他还不是我路佳早十年前就玩剩下的？从小我妈就教育我，这做人要节约！小朋友一定要懂得，把自己玩腻了的旧玩具，捐给比自己更需要的小朋友！是的呀，我现在长大了，陆之岸这个中看不中用的布娃娃满足不了我了，那就垃圾分类，废品回收好来，大家一起环保呀！"

"你！！！"

陆家的几位"长辈"从未见过如此伶牙俐齿的路佳，一时间被怼得反击都不知道从哪儿开始反击。但他们却是有备而来，陆之岸亲爹掏出手机，鲜格格地甩出那张路佳和老靳在机场拥抱的"老照片"。

"路佳，你不要嘴狠！我们有证据！到时候法庭上告你个婚内出轨！一告一个准！你就等着净身出户吧你。到时候房子、车子、孩子、票子，你啥也分不到！"

"嗤——"路佳都被气笑了！

要不是刚起床,她都以为自己在做梦。就凭一张模糊不清的拥抱照片,就能证明路佳出轨了?这家人是不是疯了,他们要是敢拿这张照片去法庭上说事儿,其他的,路佳不敢保证。但这事儿要是真当个证据闹起来,老靳的第三任小老婆,第一个表示不服!肯定会出来做证的。说起老靳的这第三位"90后"老婆,之前是位公众号的媒体人,一直标榜自己是独立女性。

要不是老靳实力雄厚,"凭亿近人",她也不能屈尊嫁给三婚的老靳。嫁给三婚的土豪已经够委屈的了,过去不能改变,但是未来可以把控在自己手里。

所以婚后,老靳的这个年轻老婆,对他把控得那几乎是死死的。老靳别说出轨了,就是有一丝绯闻,那都是活打了她的脸。"独立女性",能咽下这口气?更何况,老靳的老婆当天就在机场,眼睁睁地看着老靳和路佳拥抱的。她觉得那和老靳抱根电线杆子没区别。路佳心里一点都不怵。对方愚蠢的底牌已亮,她更加坦然自若了。她让路野赶紧送客,这种降智的谈话,简直就是浪费她周末宝贵的时间。

第七章

拿铁变冷萃

闹哄哄的一群人被路野轰走后,整个客厅瞬间安静下来。路佳打开窗,觉得空气和磁场都清新不少。这时,门铃又响了。路佳不厌其烦地又去开门。这群人还真是没完没了了!

"还有什么狠话没撂完?不是说了法院见了吗?!"
路佳没好气地开门。
谁知,是一个外卖骑手站在门口。
"啊,对、对不起……"路佳立马客气起来,为自己方才的恶劣语气道歉。
但又一想,她没订外卖啊,是不是骑手送错了?
"我没订外卖,是不是送错了?"
"是陆先生订的。超大杯冰椰拿铁。"
陆之岸?

路佳接过冰冰凉凉的咖啡，嘴里啧啧不断。

这个陆之岸，真是总能刷新她的三观，令她"刮目相看"。他早就和他父母通过气，算计好了他们这波过来，自己先逃出去，避免一番唇枪舌剑殃及自身。时间掐得刚刚好。但他又点了外卖咖啡，应该不久就回来了。陆之岸很会享受，每个周末，都假借要写论文做课题，给自己订一杯咖啡。路佳是从来没份儿的，纵然她也很喜欢喝咖啡。路佳提过一次："你有咖啡券买一送一的话，也帮我叫一杯呗。"陆之岸则回答："你周一到周五，公司的免费咖啡还没喝够啊？"可今天，路佳才不管那么多，刚陆家亲戚跑来大闹，她正虚火上浮。此刻正好，一杯冰咖啡降火。于是"咚！"的一声，路佳果断用吸管戳开了咖啡！正巧此时，陆之岸的一只脚跨进了门，仿佛舞台上的演员踩点一般。踩着锣点闪亮登场！

"路佳！你怎么喝我咖啡啊？！"

陆之岸满脸写着不高兴！

下一句——

"这可是我用自己工资点的。你要喝干吗不自己点？"

他还委屈上了。

路佳冷笑着喝了一大口，冰冰凉凉好爽快！

然后她才懒洋洋地回复陆之岸："谁让你人不在家还点外卖？我哪知道你什么时候回来？一会儿冰别再化了。"

"怎么可能化？我既然点，肯定就是就快回来了。哪里就差这几分钟了？"

路佳等的就是他这句话。她拿着咖啡走到陆之岸面前，然后掀开咖啡盖子，劈头盖脸一大杯冰咖啡就浇到了他脸上。

"你也知道不差这几分钟啊？你爸妈刚上门来闹，你人呢？为了杯冰咖啡，你能早回来几分钟，为了这个家就不行？还是你掐着点儿地让他们上门来欺负我？陆之岸，我告诉你！离婚的事儿少给我耍心眼。我现在时间有限！精力有限！没空和你来回拉锯掰扯。你想多分钱，那是门儿都没有的，趁早死了这条心！我的钱，只能是我的、我儿子的、我弟弟的！"

路佳的一波猛烈输出，直接把陆之岸这个欺软怕硬的软饭男给喷愣住了。他也知道路佳在家里轻易不发威，一发威那绝对不简单。此刻他头顶淋下来的咖啡，拿铁变冷萃，他连个屁都不敢放。"还有，这十多年，房子我买的，

131

车我买的,儿子我养的,你吃我的用我的,你自己那点儿破工资光顾自己吃喝玩乐点外卖了,我今天喝你一杯咖啡怎么了?你还跟头驴似的叫唤上了?这杯冰,就是给你降降温!别头脑一热,就听你一家子小市民的,整不值钱的死出,我路佳是什么人,你到今天都不明白吗?我捧你时,你是星光璀璨的钻石杯子,我放手了,你就是碎了一文不值的玻璃碴子。我给你钱用,养着你,那是我心甘情愿,但不是天经地义。现在我不想给你用了,牛不喝水强按头,就是天王老子来了也没用!"陆之岸的眉毛和睫毛上都挂着琥珀色的液体,脸颊边也滴滴答答的,脚边的冰块更是凉了一地,寒气直接从脚板底冲他心里去了。陆之岸见硬的不行,还想来软的。反正他这人只要能多分钱,是不会顾什么廉耻的。过去他曾经扬扬得意地对路佳说过:"杀人放火金腰带,修桥铺路无尸骸。"

廉耻值几个钱?

"不是,路佳,咱们夫妻一场,一日夫妻百日恩,没有必要搞成这样吧?"陆之岸掸了掸胸口的浮冰,"你干吗发那么大火啊?我爸妈和我姑姑,他们说的也是常理不是?我又没出轨,也不是过错方,凭啥让我净身出户,这于情于理于法都说不过去不是?路佳,你也不能太霸道了!只手遮天,法院也是不允许的哦。我爸妈来,也是想和你庭外和解,大家谈好条件,好好就把这个婚给离了,不好吗?长辈也是为了我们好。"

"他们是你的长辈!自己的孩子自己疼。"

路佳没好气地抱着胳膊在沙发上坐下。

陆之岸觍着脸凑过来。

路佳直接往反方向挪了挪屁股,冷冷问道:"说吧,你到底想提什么条件?"

"嘿嘿,财产平分,然后你再支付我一笔赡养费。"陆之岸脱口而出,显然是深思熟虑过的。

"赡养费?"路佳都气笑了,"陆之岸你没事儿吧?这离了婚我把小鲁班带走,你还跟我要赡养费?你脑子要是出问题了,就去宛平南路600号好好看看,那里可以刷医保。犯不上要钱看病!"

陆之岸听出了路佳的不愿意,这早在他的意料之中。于是他搬出了国外那一套,某某女明星离婚,就支付给前夫一笔天价赡养费。

他和路佳都是高级知识分子,就该按西方的那套来。

路佳听完，只是淡淡地斜视他，齿缝间冷冷迸出两字儿送他："移民。"

"不是，路佳，你看！咱俩婚后，你赚得多！但我们俩对家庭的付出是对等的。这些年，我为了这个家，也耽误了很多搞科研的时间。我们的黄金期就那么几年。你不能这么绝情和不讲道理啊！"陆之岸卖惨。

明知路佳不可能吃他这套，陆之岸也算是最后放手一搏了。

路佳拒绝了，他也没损失；但路佳万一心一软同意了，多少给点儿，对陆之岸来说就是便宜占到了。

在陆之岸这种渣男的心里，好人就活该吃亏！

路佳不可能给他开这个口子，一口回绝："我挣得多，那是我事业上付出得多，天道酬勤，付出和回报是成正比的。你不能你穷你有理！法院支持的是好人，不是支持穷人。再说你也不穷，爸妈拆迁两套房，私房钱小几十万！"

顿了顿，路佳又道："另外，陆之岸，你这些年没评上职称，能怪我们吗？小鲁班从出生到现在，你管过多少？你要这么说，我就去花花幼儿园查这两年校门口的监控，看是你接孩子接得多，还是我接得多。还有，我手机里存了好多带小鲁班游玩，上辅导班还有参加小朋友生日party的照片和视频，都是没有你的。这些都可以作为证据递交给法院！你要是还不服气，我可以找你们学校，出具一份能证明你的学术能力的证明，看看是不是我们耽误了你？！"

"路佳，不是……十年夫妻啊！你怎么能这么铁石心肠？！这要传出去，后面哪个男人敢要你？"

陆之岸见路佳不上套，于是又换了情感绑架的一套。

"我为什么要男人要？"路佳抬屁股回房，"我把钱、房子都给你了，扛个贞节牌坊走，那些男人就要我了？真好笑！"

被撂在客厅的陆之岸舔舔着嘴边的苦咖啡，一时间难知其味。

路佳回到房间之后，淡定地做了两件事。

第一件事，路佳将自己所有的首饰细软都锁进了保险箱，更改了密码。

第二件事，她把里面的两本房产证给取了出来，放进包里。

"妈，路野，我出去趟。"

路佳背着包，得意地看了沙发上的陆之岸一眼，跟自己人打完招呼就走了。陆之岸气得两只鼻孔直冒烟。路佳深知，和陆之岸这种流氓打嘴仗没有用,得整点硬活儿了!她把车开到杨叶的老房子楼下,上去就直接敲门了。

杨叶昨晚陪客户喝大了,此刻正顶着一只鸟窝般的头,迷迷瞪瞪地拉开门!

一见是路佳,杨叶吓得"砰"一声又关上门!

他关上门立刻"呸呸"两口口水,用手抹出一个四六开的发型。

当他还想再整整衣服的时候,路佳一脚直接把门踹开!"少整你那些幺蛾子,你什么样子我没见过啊!"说完,路佳便如进了自己家,长驱直入,直奔杨叶的沙发。"姑奶奶,你好歹让我刷个牙吧?别口气再熏着你。"杨叶告饶。路佳则直接掏出自己的两本红艳艳的房产证,"啪"地往杨叶家的茶几上一拍:"这俩东西,最近先放你这。"杨叶走过来弯腰,捡起来一看,立马从睡眼惺忪,转为了铜铃般的两只大眼睛!

"姑奶奶!不是,祖宗,这玩意儿?你要放我这儿啊?"

说着,杨叶撂下那两本证。

"你还不如存个原子弹在我这得了!"

"原子弹我没有,要是有,我也存你这儿!"路佳毫不犹豫地说。

"别别!"杨叶吓得赶紧伸手让她打住,而后,又不解地捡起那两本房产证郑重地问路佳,"路佳,你别告诉我,你跟着老靳混了这么多年,就这两本东西?"

路佳知道他想问什么,没有多言,只是说:"你把东西收好就行了,等我离完婚,再来跟你拿!"

杨叶还想问什么,路佳直接起身道:"我想见钟律师,你帮我约个时间吧。"

"行。今晚我就让钟律师去你家。方便吧?"

杨叶果然财大气粗,连沪上知名律师都能被他呼来喝去,指挥得滴溜转。

"好。你把定位发人家,我就在家等着了。"

说着,路佳要走。

杨叶忙忙追住她:"欸,不是,路佳,你就这么信任我啊?你就不怕我拿这两本东西去做抵押贷款啊?"

路佳回头瞄了他一眼:"你去吧。早点去。"说完,她一撩头发,头也不回地消失在杨叶家门口。借了他个熊心豹子胆了!

路佳回家以后，跟没事儿人一样，喊陆之岸一起，带小鲁班去商场游乐园玩儿。该吃饭吃饭，该娱乐娱乐。陆之岸早上吃了路佳一嘴瘪，本来心里很是愤懑，但见路佳的心情却丝毫不受影响，以为她想开了。小鲁班在商场海洋池里玩儿，路佳拿着水杯笑眯眯地在池外面看着。陆之岸几次过来游说，问路佳："这个婚是非离不可吗？又没什么原则性的问题，不替孩子考虑考虑？"路佳确实是争分夺秒地在让小鲁班最后享受原生家庭三口之家的天伦之乐，这也是她虽然硌硬陆之岸，却也愿意一起出来的原因。她得学着适应，适应以后和陆之岸不是夫妻了，怎样共同抚养他们的孩子。孩子是无辜的，孩子也是自私的，小鲁班的利益，路佳会尽最大能力保障。但这并不代表她会对自己的婚姻妥协。路佳也明确告诉陆之岸："在这个世界上，婚姻进行不下去，一般有两种情况。一种是，这两口子真过不下去了；还有一种是，这日子其中一方不想再过下去了。"

显然，路佳是第二种。

她明白，人生没有一次走对的路，但脚下的路一路走来，却似乎又都是对的路。关键是在每个岔路口不能放弃选择的权利。陆之岸不可思议地望着路佳，他怎么也想不通，自己平时那个看起来知书达理，豁达大方的老婆，为什么这次做决定会如此决绝？陆之岸以前甚至觉得路佳有点憨憨的，大大咧咧，他心猿意马的好多蛛丝马迹都发现不了。他以为路佳心里只有事业，家长里短的不计较，就是好欺负。他真的是大错特错。在路佳的心里，她给每个人都是有信任额度的。陆之岸有，杨叶有，老靳有，杜明堂也有，甚至每个她刚认识的陌生人都有。或三万，或五万，感情或三斤，或五两。一旦有人刷爆了这个额度，路佳立马让他从自己的世界里滚出来，无论在这个额度之前，她是多么地包容隐忍。沉没成本，也要及时止损。

"嗞——嗞——"

路佳的手机振动，她把水杯交给陆之岸，让他帮忙看着点，自己去接个电话。

她抬起屏幕，一看是一个陌生的座机，以为是推销，走出去几步便掐了。谁知那个号码不依不饶，路佳无奈，只好接了起来。

"哪位？"

"路佳啊，是我，憬悟建设的老孙。"

"老孙？"

路佳心"咯噔"一下,这人还没死心呢,拉黑了他电话,竟然换座机。

"是啊,路佳。之前我们沟通得都挺好,虽然不知道是什么原因,您这边突然改变主意,放弃跟我们合作。但我们老板真的是很有诚意的,所以让我再跟您沟通一下。您看,方不方便,这周我们憬悟建设的领导请您吃个饭?"

路佳在没搭上老靳之前,确实跟这家憬悟建设紧密联系过。

憬悟建设是新成立的公司,老板背景成谜,但他的设计理念和路佳不谋而合。

尤其是他们官网,是用赖特的落水山庄图片作为背景。路佳本来想再找个容器装 SPACE 项目,新瓶装旧酒。但是老靳突然回来了,那她只能从其他容器里跳出来,毅然投靠老靳了。谁让老靳在路佳这里的信用额度还没刷爆呢。

"孙经理,真的很谢谢你。但是,可能因为一些个人原因,我真的无法和贵公司合作了。谢谢你们领导的赏识,江湖路远,以后大家有缘还可以合作的。谢谢!"

说完,路佳便斩钉截铁地挂了电话。

"喂?喂?"

对面的老孙显然还想继续游说挽留,奈何路佳的态度实在强硬。老孙满头是汗地无奈转头对老板:"杜总,实在是……"杜明堂坐在办公室的沙发上,听懂了。他思忖了一会儿,半晌,他拍着扶手,干脆地站起身,放弃了拉路佳入伙这一方案。

"老孙,今年上半年的年终奖,你别要了!奖励你活儿干得好!"

"对不起,杜总,让您失望了!"老孙战战兢兢。

杜明堂的眼角流露出一丝严厉,他下楼自己摁下电梯。

老孙鞠躬送出,不敢看老板那张铁青犯紫的过期猪腰子脸。

电梯里,杜明堂对着电梯门上的镜面,心里盘算着,既然 Plan B 没了,那只能好好想想如何利用好精益这盘棋……

晚上,路佳给亲妈还有路野打包了佛跳墙和油焖大虾,心情特别好,几乎是一路哼着歌,欢声笑语地拉着小鲁班回家。

这时,陆之岸突然使了个阴招,低头也拉起小鲁班的手,趁儿子兴高采烈的时候,突然劈头盖脸地问:"小鲁班,今天这么开心,你想不想一直这么开心啊?你要想一直这么开心,就劝劝妈妈,让她不要和爸爸离婚好不好?"

一听这话,路佳的好心情瞬间戛然而止。她一脸紧张地停住脚步,低头警惕地看着儿子。陆之岸是懂道德绑架的,特别会挑时候。小孩子么,总是贪图欢乐的时光。路佳以为小鲁班会无法接受父母离婚的事实,又哭又闹地劝路佳不要让家散了。

谁知,谁带出来的儿子像谁,小鲁班通情达理得很。只见,小鲁班抬起肉肉的小脸儿,先是眨巴着长长的睫毛盯着他亲爹看了一会儿,而后,便用上课回答问题的认真腔说道:"爸爸,你弄错了。我是因为出来玩开心,不是因为你俩不离婚开心。你和妈妈离不离婚是大人的事,大人的事就该大人自己解决,不应该来找小孩。杜明堂哥哥曾经跟我说过,他爸妈也离婚了,但是不妨碍他成为优秀的建筑师,会搭很厉害的房子,每天过得开开心心的。"

杜明堂?!

路佳都听愣了!

杜明堂什么时候和小鲁班说过这个话,她怎么不知道?

杜明堂,好感+1。

"这个杜明堂是谁?"陆之岸疑惑地问。

小鲁班刚想解释,路佳赶紧掩饰过去道:"我们公司一个同事,上次帮我带了会儿孩子。"

"哦。"陆之岸听了没当回事儿。

小鲁班却不满意妈妈的这个解释,于是高声辩解道:"不对!杜明堂哥哥是我的好朋友!他说了,我们俩是好朋友,好朋友之间就是要坦诚相待。"

"好好好,你的好朋友。"路佳敷衍,赶紧把这个话题带过去。

到了家,屁股还没坐热,路家就来客人了。

"你是……?"

路佳望着门口立着的一位娉娉婷婷的长发美女,一时完全想不起来,这是谁?只见美女身穿一件品质不俗的Polo连衣裙,脚底随意踩着一双水晶跑鞋。这双跑鞋,路佳偶然间看见金银银穿过,当时她生怕路佳不知道价钱,明着跟她炫耀过:两万!陆之岸和路野都跑过来围观这个大美女,栗色的卷曲长发,一尺八弱柳扶风的腰肢,纤细白皙的小腿脚踝……果然是,女人见女人，相互打量，主要看装备；男人看女人，那是 X 光，一眼看透关键。

"路女士吗？您好！我是钟明理律师，杨叶杨总让我过来的。"美女落落大方地自我介绍。

"钟律师？！"

路佳接过她递过来的厚厚的卡纸名片，瞄了眼上面的烫金刻字，根本无法相信，沪上名状，叫着"钟明理"这个老学究名字的知名大律师，区十佳青年，竟然是个女的？！

之前从没听杨叶提起！路佳毫不掩饰自己的意外："没想到您也是女士，太令我意外了！""所以意外完了，我可以进去了么？"钟明理似乎对外界对她的这种态度习以为常。任何高难度的工作前面加个"女"，似乎就是种褒奖，比如女律师、女法医、女建筑师、女飞行员、女宇航员、女市长。

"当然当然！快请快请！"路佳热情招呼。

谁知，陆之岸更热情，甚至亲自弯腰连拖鞋都拿好了："大律师请，大律师请！"

钟明理却只淡淡低头瞟了他一眼，便不理会地自顾自从自己的 Dior 包里拿出一副红丝绒的鞋套兀自套上。

"不好意思，我不习惯穿别人家的鞋子，万一传染上脚气，那对自己多不负责任。"

说完，她又转头对路佳："路建筑师，您不会介意的吧？"

才几句话的工夫，路佳就隐隐觉得，她喜欢这个钟明理的性格，于是忙摇手笑道："不介意，不介意！里面请，我们沙发上谈。路野、路野！快泡杯茶来！"她们刚在沙发落座，就见路野捧着一壶明前龙井，屁颠颠地跑过来，蹲下亲自给钟律师倒茶。路佳瞥了眼茶叶的成色，立马明白，这浑小子竟然把老靳临走前送她的唯一一盒西湖明前给拿来了！不是自己的东西，大方起来就是不心疼啊！

路佳瞟了路野一眼，这家伙在脸红个什么啊？

"路佳，不好意思，为了沟通起来方便，我就直呼您的名字了。"钟明理拿出一沓事先准备好的材料，放在茶杯边，"杨总已经把您的基本情况和我说了，对于离婚的财产分割和孩子的抚养权问题，您还有什么要求吗？"

路佳还没来得及回答，就被一旁的陆之岸抢白道："我就说，这离婚财产不能这么分，这不符合法律！正好，今天美女律师来了，您可得好好给我老婆科普科普，我又不是过错方，离婚没有让我净身出户的道理！哪能房子车子一分钱都不给我呢？当然了，我也不是计较钱，我就是觉得这个婚没必要离！"

陆之岸急切地说完，钟明理仅仅是淡淡的红唇抿了一口青翠的香茗，而后面不改色温和地口吐余香道："不好意思，这位先生，我是路佳的辩方律师，离婚的事，我只会保护我当事人的利益。您如果有什么疑问和诉求，可以自己找律师，或者，您要向我顺便咨询的话，我的收费是1小时5000元人民币含税。"

陆之岸脸都绿了。

路佳得意扬眉，趁着钟明理的东风，顺便补了一刀："钟律师，这就是我那个不争气的前夫。对了，我们俩的谈话，他旁听不收费吧？"

"旁听不收费，但需要您这个当事人同意。"

"那……"路佳听了嘴角勾起一抹窃笑，优哉游哉地也端起面前的一杯绿茶，"我不同意！"

陆之岸是彻底被晾了。

路野赶紧拿出一个篮球，恶狠狠地催促他前姐夫道："听见没？我姐不同意！陆之岸，咱俩下去打会儿球呗。省得你在这儿碍事！"

"我不想打球！"陆之岸跺脚，狠声狠气地拒绝。

路野转头一瞪，举起那只硬邦邦暗红色的篮球，往地上重重一拍！又问了陆之岸一遍："你去不去？！"

陆之岸抬眸看路佳和钟明理，发现她俩确实没人搭理自己，自己要是再赖在这儿，就要在美女面前掉份儿了。于是，他心不甘情不愿地捡起球，灰溜溜地跟路野去了夜幕下的小区球场。

球场上，心不在焉的陆之岸被路野频频绝杀，三个球里两个球将他扣死！

路野年轻气盛火力壮，陆之岸本来平时就缺乏锻炼，迫于路野的淫威才下来的。他知道，刚才他要不下来给路佳和律师腾地儿，回头自己茶杯里再漂点福尔马林，路野这浑小子才不会承认。

识时务者为俊杰。

路野越打越来劲，干脆横冲直撞将陆之岸顶得东倒西歪！

鼻血都撞出来了。

陆之岸一点办法都没有，从来没这么憋屈过。

"真没想到，钟律师您这么年轻。有一说一，杨叶给我竭力推荐您的时候，我还以为是个四五十岁的老头子呢。"

陆之岸走后，气氛轻松了不少，路佳半开玩笑道。

钟明理亦笑笑："据我所知，今年1984年的虚岁正好40。我是1989年的，应该也快成'老太太'了。"

"老头子"对应"老太太"的自嘲，钟明理说得轻松愉悦，看不出任何的年龄焦虑。

1989年？

路佳扒着指头算了算，1989年的，今年也快35了。

"您是区十佳青年，沪上排得上号儿的律师，这些，杨叶都跟我推荐过了，我是真心佩服。"

路佳想着第一次见面寒暄几句，表示客气。

谁知，钟明理却直接揭底牌道："路建筑师，您就别客气了。我有今天的位置，都是这些年没日没夜工作换来的。不瞒您说，我至今单身未婚，除了睡觉，几乎所有的时间都扑在工作上。所以，您可以相信我的敬业程度和职业操守。"

"嗯嗯。"路佳越来越钦佩眼前这个女律师。

钟明理继续道："同样，我也很佩服路建筑师，年纪轻轻就跻身建筑行业的副总，知名项目一个又一个。您还结婚生子了，平时肯定是时间管理大师吧？"

"你可千万别佩服我。"路佳赶紧谦虚，而后目光一沉道，"我的婚姻，你也看到了，离成功简直十万八千里。"

"嗯哼？"钟明理眼神明媚，一撩头发，竟然笑了。

她看出了路佳的疑惑，于是忙解释："成功？什么叫婚姻的成功？在我看来，如果路佳你在这段婚姻中得到了你想要的，那就是成功。而现在，你觉得这段关系滋养不了你了，选择放弃，也是及时止损的明智之举。不瞒您说，我之所以不结婚，就是平时经手了太多的离婚官司，其中50%的婚最终是离不了的。那些怨偶，互相怨怼，互相折磨，互相看不顺眼，因为没有离婚的勇气，照样磕磕碰碰地过了一辈子。婚姻，不是走到死亡，才叫成功的。"

路佳听了钟明理的话良久没有吱声,她在默默体会这位高能量女性对世界的看法与解读。

良久,路佳似乎更加想通,朗朗开口道:"钟律师,您说的没错。当年我找陆之岸,一方面是刚经历了一段情伤,急需疗愈,所以在懵懂无知的青春年纪匆匆步入了下一段感情;而另一方面,我也是因为年龄到了,我一直有做母亲的渴望,陆之岸无论从身高颜值智商来说,都是一个不错的……"

路佳顿了顿,不知道怎么描述陆之岸当时的作用。

还是钟明理直接帮她阐释道:"不错的优良基因精子库。"

"也可以这么说。"路佳有些羞愧,绯红了脸,低下头。

钟明理看出她的窘迫,岔开话题道:"那你得到了你想要的么?"路佳听到这个问题,又昂起头:"得到了。我可以很肯定地告诉你,我得到了!我要的,就是一个活泼可爱聪慧的儿子,小鲁班完全符合这一点。"

"那你为什么又要离婚呢?"钟明理追问。

路佳坦然相告:"那是因为,日子越久,我就越发发现陆之岸人格上的漏洞,品格上的缺陷。成天面对着一个自私自利、人品不好的男人,我会得乳腺增生!同时,我也害怕,陆之岸后天拙劣的人品,会传染给我的儿子小鲁班。所以,我坚决要离婚,而且我的诉求是,要让陆之岸净身出户,我必须留有足够的钱和资产,让我即使一年没有工作,也可以安安心心地在家里带孩子。"

"好的,您的诉求我明白了。"钟明理戴起无框眼镜,又重新检查了一遍准备好的离婚协议,然后递给路佳。

路佳接过协议,扫了扫,却又无所谓地放在一边。

"路佳,您……好像不太重视这份协议。"钟明理看出了路佳的态度,又强调了一遍,"这份协议是非常重要的,一旦双方签字,就具有了法律效应。而我,无论是审判还是庭外和解,都会努力促使陆之岸在上面签字。"

路佳听得很明白,但她还是微微摇了摇头。钟明理有些失望,以为路佳像她过去那些女方客户一样反悔了,终究是狠不下心来离婚。

她叹了口气,端起茶杯,饮茶。

"钟律师,我能问您一个问题吗?"路佳鼓足了勇气,突然问道。

"您问。"

"就是我的律师费,杨总是怎么和您结算的?"路佳红着脸问道。

钟明理放下茶杯,明确地告诉她:"钱的问题您不用操心,虽然平时我是按小时收费。但是我和杨总的公司有法务年度框架合同,好多东西都打包在里面了。而且杨总说了,我和您的沟通,还另外按次收费,一次5000。如果离婚官司最终令您满意,我还会有另外的绩效奖励。"

"那……这个按次收费,我是什么法务问题都能咨询吗?"路佳试探性地问。

"当然。"

"不是关于离婚的问题,也可以?"路佳大着胆子又更进了一步。

"这……"钟明理愣了愣,而后打开自己的iPad,翻了翻和杨叶的合同,给了路佳一个肯定的回答,"可以。"

"那您会对我咨询的问题,向杨总保密吗?"路佳不放心地最后确认。

钟明理被路佳弄得一头雾水,旋即又仔细上下滑动手指,查看了一下合同。

"是的,我会保密。"钟明理指着合同上的某一条条款,"杨总跟我说,我的工作就是满足您在法务方面的一切需求,保证官司胜诉和您的满意。更直白地说,就是官司胜不胜诉也不重要,最重要的是,您能够对我提供的法务支持满意。"

呼——

路佳长长地呼出一口气,心满意足地闭上眼睛点了点头。

"所以,路佳,您是要问……哪方面的?"钟明理很是不解。

路佳静了静,和钟明理对视了一眼,而后她终于吐露真实的想法:"钟律师,杨总有没有和您说过,我之前和他都在精益建设工作?"

"他说了。"钟明理答。

"那您现在对我名下的资产清楚吗?"路佳又问。

钟明理想了想,说道:"清楚。您名下一台原装进口的雷克萨斯,一套全款老房子,和现在这套大平层。这套大平层,您还背着银行400万的贷款。"

"那您清楚杨总的资产吗?"路佳点了点头,然后问。

钟明理点了点头,但她拒绝回答路佳的问题:"但我不能告诉您,因为这是客户的隐私。"

路佳不介意，继续告诉她道："当年我和杨叶都是精益的副总，我们共同为精益效力了10年。杨叶的副总货真价实，他也确实付出和回报成正比。可是我……"

钟明理听出了路佳的意思，接着她的话说道："确实，您的资产和杨总比起来不算多。真要对标，您的收入大概也就和互联网大厂P7的总监差不多。"

路佳点点头，站起身，走进书房，拉开一个抽屉，又从里面抽出一个材料袋递给钟明理。

"钟律师，这里是精益建设当年IPO上市的部分材料，包括我和精益建设当时的实际控制人老靳私下签订的一些协议。"路佳娓娓道，"当年精益初创，我的工资并不高，之所以留在精益，是为了当时房地产行业的大好前景。精益是一个创业型的公司，当时因为拿下了一个我负责的重点项目，被大股东看中，希望并购。在上市之前，老靳对我说，为了让精益上市的时候股权干净，希望我作为小股东将现有的一些股份转让给他，这样公司上市的时候，股权结构看起来能够干净简单。"

"所以，您转了？"

钟明理疑虑，路佳这么大一个建筑师，高等知识分子，不至于是法盲吧？这摆明了就是老板忽悠员工的老套路了。但当时，路佳确实为了精益的前途，毫不犹豫地转了。所以导致了她的收入大幅缩水，远远被杨叶甩出去一大截，最终获得的，差不多也就是个零头。面对路佳的点头，钟明理低头蹙眉。

"路佳，你的这些材料我带回去仔细看一看。"钟明理为难地接过材料，复又抬头劝她道，"不过你也别抱太大希望。IPO上市，证监会盯得很紧，一般是做不了假的。你前老板的做法虽然无耻，但很可能是合规的，最多擦边，于无可无不可之间。"

"这我知道。"

"那您现在翻这些旧账，是想要……？"钟明理郑重询问路佳的目的。

路佳笃定地告诉她：过去的亏吃了也就吃了。如果现在这一切，就是路佳应得的，那么她认命。但是她现在又要和老靳这样的人合作了，她想从上次的教训里总结教训，规避风险。

"可以。这些交给我，我一定帮您捋明白。"钟明理打包票，而后又问，"那离婚案……"

"这点子小事，不用劳烦钟律师。你的到来，已经能镇住我那不中用的前夫了。剩下的事，我自己能摆平。如果需要法律援助，我再联系您。"路佳胸有成竹。

这些年在客户、老靳、杨叶这些人当中周旋沉浮，区区一个陆之岸，能难得住她？好钢用在刀刃上。既然杨叶出了律师费法务费，那么，路佳就别跟他虚客气了。资产重组的律师费，可比离婚官司，贵多了。

路野打球回来，擦了把臭汗，见钟明理走了，很是失望。

"刚走。一分钟。"路佳无所谓地说。

路野掉头就跑！

"你干吗啊？马上吃饭了！"

路妈叫也叫不住。

陆之岸鼻青脸肿地回来，进门还是埋怨："还请律师，你真是钱多烧的，对外面的人倒是大方，对我却一毛不拔，哪有你这么心狠的？"

"杨叶帮我请的，没花钱。"路佳如实相告。

陆之岸听了更不乐意了，阴阳："我说呢，这律师还上门服务啊？不过话说回来，天下没有免费的午餐。杨叶这么帮你，你俩就没个首尾？还是……这就是你路佳要离婚的理由？你俩早就勾搭上了？还是就没断过？"

路佳懒得理他，转了个身，轰他走："吃晚饭了。你要和我们一起吃呢，餐费50。要是不吃，就请你回避一下，免得影响我胃口。"

"就这破菜？50？"陆之岸伸头看了眼桌上的四菜一汤，"狗都不吃。我还是叫外卖吧。"

他自己说的"狗不吃"。

路佳懊恼，自己怎么跟这么个智商的猪脑子居然生活了十年。

低智商会传染吗？

她一阵恶寒。陆之岸进了自己的书房。

路妈见他走了，才把路佳悄默声地拉进厨房，压低了声音道："都快离婚了，这个陆之岸怎么还天天住在家里？他不嫌硌硬啊？"

路佳乜了外头一眼，答道："他才不硌硬呢！他就是想硌硬我们。"

路妈听了直摇头，狠狠掰着手里的菜叶子。

良久，她才又问路佳："那……你这婚能离了吗？"

路佳见路妈那忧心忡忡的样子，反倒笑了，接过她手里的活儿，跟她开起玩笑："哪有你这样的妈啊？别人妈见闺女离婚，都是恨不得八匹马往回拉。你倒好，盼着我扯证。"

　　她不想老人家跟着烦恼。路妈听了这话，却不恼，还直接往地上啐了一口："我呸！我哪是盼着自己亲闺女离婚啊？！我是盼着那姓陆的滚蛋！"

　　"陆""路"同音，路佳继续故意逗她道："哪个姓 LU 的？这一屋子，除了您，都姓 LU！"

　　路妈这会听出自己在被女儿耍了，立刻狠狠掐了路佳胳膊一下，嗔道："陆之岸！"不一会儿，路野回来了。见他那蔫头耷脑的样儿，路佳放下手里的热菜，回头问道："咋了啊？"

　　路野瘫坐在餐桌前，也不吃饭，就是长吁短叹。

　　路佳看他那个样子也明白了，先是惊奇，然后试探性地问道："你刚才，不会追钟律师去了吧？"

　　紧接着，她又瞪大了铜铃般的眼睛，开悟似的追了一句："不对！你不会是想追钟律师吧？"

　　所以说，感情和咳嗽一样，是瞒不住的。

　　只要起心动念，当事人不觉得，旁观者眼里全是蛛丝马迹。

　　路野边叹气，边盛饭："没追上。"

　　"真的啊？！"路佳这回是真不淡定了，"你是刚才没追上人，还是人没追上？"

　　"妈妈，'人没追上'和'没追上人'不是一个意思吗？"

　　宝宝椅上，小鲁班不解地眨巴着眼睛问。

　　路佳只能解释得更明白一点儿："你是没追到人，还是人没搭理你？"

　　路野垂头答："第二种。"

　　"唔，那就好！那就好！"路佳赶紧撸了撸胸口，安抚自己惊恐的内心。

　　"姐！你怎么还幸灾乐祸呢？"路野不乐意了。

　　路佳笑道："我没幸灾乐祸啊！我就是庆幸！人钟律师没搭理你，说明她是个脑子正常的人。不然我还得换律师。"

　　"姐！"路野恼羞成怒，脸涨得通红！

　　路妈心疼儿子，给路野夹菜："先吃饭吧，儿子。有什么事情，吃饱了再说。"

145

"妈,他就是吃撑了,也追不上人家钟律师啊。两人差距太大了。"

路佳对自己这个亲弟弟,从来都是血脉压制,实话毫不留情。

路野还搁那不服气:"姐!你什么意思?看不起年下恋吗?"

"我没有看不起'年下恋'啊。"路佳端着饭碗,"我就是纯粹看不起你。"

"姐!!"路野撂下筷子,气得不吃了。

见自己弟弟真急了,路佳心里疑惑,难不成这小子是动真心了?

于是,她只好又试探性地问道:"你不会真的想追人钟律师吧?她可比你大不少!你别看她长得年轻,她可是1989年的。"

顿了顿,路佳重新拿起筷子,提醒路野:"你俩都快差辈儿了。"

"姐!!!你说话……"

路野就是这样,怼陆之岸是一条好汉,一和他亲姐说话,舌头就跟被打了麻药一样,拨不动道儿。

就像此时此刻,他真不知道怎么反驳。

"刚才那个姐姐,好漂亮!"

还是小鲁班会说话,及时用嗲嗲的声音救场。

一句"姐姐",算是帮舅舅瞬间把辈分又给拉上去了,还拔了一级。

但不知怎的,路佳立刻联想到小鲁班上次也叫杜明堂"哥哥",心底居然腾起一股酸酸的不舒服。

"别乱叫哥哥姐姐的!"路佳催促小鲁班赶紧吃饭,别总听大人闲聊,"以后见到钟律师,要叫阿姨!"

小鲁班不情愿地低头拨弄着碗里的饭,嘟着一张圆脸:"姐姐就是姐姐嘛。她脸上没有像妈妈那样的皱纹,肚子上面也没有三层肉!"

"嗷呜!"路佳气得立刻化身"母老虎"!张牙舞爪对儿子。

哪个女人愿意听跟岁月和身材有关的大实话,自己亲儿子也不行!

"哈哈哈哈!肚子上面三层肉!"

路野大仇得报!

平时真没白疼这个外甥。

这时,路妈说话了:"小野啊,我看那个钟律师挺漂亮的。你要是真喜欢,就去追!妈,支持你!"

"妈!哪有你这样的?"

路佳觉得路妈最近开明得有些离谱了,不阻挡自己离婚也就算了,还鼓励路野去追一个比自己大了快十岁的女人。

"十岁怎么了？就是大二十岁！三十岁！只要你喜欢，妈都支持你！"

路妈还在那拱事儿，给路野加油打气。

"服了！"路佳白眼翻到天上，"你就惯着吧！干脆让你儿子找个开宾利的老太太好了。"

"只要他喜欢。"路妈还是那句话。路佳望着路妈的眼神，拗不过的同时，隐隐又觉得哪里不对。以前路妈虽说不怎么干涉路佳和路野的事儿吧，但她毕竟在小地方生活了一辈子，人情社会，很难完全不在乎别人的眼光。这次回来，怎么就跟完全变了个人似的？先锋前卫得不得了！正当路佳疑惑之际，路妈自己给出了答案："我这次去检查，坐在诊室门口，发现好多三四十岁的女人都得了我这个病，有的比我还严重，直接是癌了。我立刻就想通了，我都是60岁的人了，就是确诊了是癌，那也活够本了！我这辈子，虽然跟着你爸，没过上什么特别飞黄腾达的日子，一辈子就是个小老百姓。但这条路是我选的，我按自己所选择的方式，度过了自己想要的一生，挺知足了。所以，我现在看得很开，你们俩，以后随便做啥，我都支持你们！"

"妈。"

"妈。"

路佳和路野同时叫妈，一时间都不知道说什么好。

"路野，你娶谁都行。生不生孩子随你。妈都接受，都支持！"

这时，还是小鲁班出来调节气氛道："那，阿婆，我做什么，你也都会支持我吗？"

大家都笑了，路妈摸了摸小鲁班的脑袋，慈祥地笑笑："当然啦！绝对支持！"

小鲁班仰着小脑袋，认真地说："阿婆，那我喜欢我们班的曦曦。但是，她最近感冒没来，于是我又喜欢上了我们班的婷婷。今天体育课我和果果一个组跳绳，我感觉我又有点喜欢果果。阿婆，你支持我找哪一个？"

路佳、路野、路妈同时哄堂大笑。

方才还因为路妈提及病情，带来的阴霾，一扫而空。

"哎哟！你这才幼儿园，就这么花心啦？"

"你这个问题可把阿婆难到了，阿婆也不知道该选哪一个啊。"

望着灯火中其乐融融的一家人，路佳的心里，突然腾起一股异样的感觉。

她抿着筷子想：如果生活的感觉能一直停留在此刻的幸福，那么她路佳离婚后，就是一辈子都不再找男人，不再婚也没问题；她就一个人过，好好把小鲁班带大，帮路野成家，给路妈养老送终，她这辈子的人生使命也许就算是圆满完成了。

但，这会是她想要的度过一生的方式吗？

路佳不明确，也并不坚定。

"果然是外甥随舅，颇有我当年的风范！"

路野得意起来，宠溺地摸了摸小鲁班的头。

路佳赶紧抓住机会就打压亲弟弟："得了吧！你个母胎单身男。"

"谁说我母胎单身啦？"路野特别不服。

路佳毫不留情有理有据地戳穿他："是啊！高中情书被退回来1次，大学表白校花被拒3次，网恋奔现失败1次，还被骗了500块钱。路野，你还有多少惊喜，是朕不知道的？"

"姐！！！"

路野被刺激到了，于是赌气非要和路佳打赌："给我三个月，我能追到钟律师，你信不信？！"

"我信——"路佳起身收拾碗，"才怪。"

路妈也提醒路野："小野，你都不了解人家，就光看一张脸就追啊。"

"妈！我不是光看一张脸。"路野解释道，"这个钟律师刚进门的时候，我就觉得特眼熟。"

"呵呵，贾宝玉见到林妹妹也说眼熟。老哏了。"路佳打断。

路野不管她，继续说："真不骗你们。特别眼熟。后来我就仔细想仔细想，到底是在哪儿见过这个美女。后来，我想起来了！"

路野一拍大腿！

吓了路佳一跳！

这怎么还带动作的呢？

只见路野站直身，一只腿弓起踩上椅子，眼看下一秒就要智取威虎山天王盖地虎了。

路佳拿筷子敲他头："好好说话。"

"嗯。我想起来了，她是我们学校法学院的优秀校友，照片常年挂在法学院一进去的公告栏里。"路野道。

"有没有那么巧？"

路佳明显不信。

路野却很肯定："姐！我骗你干什么！"

路佳不吱声，心里还是觉得他在编故事。

"姐！你就说，钟律师那样的大美女，咱们见过几个？就这美貌，我是绝对不会忘，也不会认错的！"

路野声音大嗓子粗，一副很笃定的样子。

路佳也被他说得有点信了，于是掏出手机，查了查钟律师的百度百科。

"还真是跟你一个学校的啊？"路佳觉得不可思议。

"那是！"路野像被验明正身一样，清白了。

"你们那破学校，还能培养出钟律师？"

路佳瞟了路野一眼，姐弟间的血脉压制又开始了。

"什么破学校？！你弟'985'好不好？"

"就冲你们学校能把你招进去，就不是什么正经的'985'！"

"'985'还分什么正经不正经啊？那你上的同大，正经吗？"

路佳和路野姐弟俩，你推我搡地一起去厨房洗碗。

路妈则搂着小鲁班，轻轻拍打着他的小屁股，笑眯眯地看热闹。

直到——

书房的门被"吱呀"一声拉开，陆之岸伸出脑袋恼怒地吼了一句："声音小点儿行不行？！我这儿写论文呢！真当这是自己家了？！"

这片刻的天伦之乐，才戛然而止。不过无所谓，路佳已经不在乎了。从来，对一个人最大的轻蔑，不是仇恨，是无视。

路佳坐在办公室电脑前，一上午非常忙。忙啥呢，忙着训练建筑模型。对着电脑的好几个瞬间，路佳都在揉太阳穴。她到底是建筑师，还是算法工程师？路佳又试了一下文心一格，输入：人文主义大众公共建筑。出来的图，她直接吐了一地！大概出来的效果，就是贝聿铭的苏博几何结构外面贴哥巴特罗之家的外墙，最后头上再摁个圣家族大教堂的尖顶。渲染了几个怪物之后，路佳直接放弃了。不是不让 AI 来设计，而是建筑是人与人之间的事情，机器永远是机器。虽然建筑大师勒·柯布西耶说过：建筑是居住的机器。但那是另外的意思。路佳认为，AI 可以作为辅助。最好的行业框架是，专业公司去训练模型，设计单位买模型来用。而建筑的灵魂必须由人来决定。现在整个行业的都为了科技上头，本末倒置了。这时，杜明堂推门走了进来。路佳为了展示自己"努力工作"的成果，直接把电脑屏幕转过去展示给杜明堂看。

她的潜台词非常明显：老板，你看我多努力！上行下效，如此忠诚勤恳的员工，哪里去找？

杜明堂只瞥了液晶屏一眼，便若无其事地在路佳对面的椅子上坐了下来。

面对任何人，杜明堂始终是自信又坦然，他才刚三十冒头的年纪，这股气质属实超常发挥了。

"怎么样？新的工作还适应吗？"

杜明堂明知故问。

适应个屁。路佳面不改色心不跳，心里却一直在骂：杜明堂你瞎啊！这是一个建筑师该干的活儿吗？不过无所谓，既然杜明堂现在是精益的老板，老板要干的事，她就是敷衍，也得敷衍到极致。谁让人家发她工资呢。于是，路佳微笑着点点头："AI 挺好的，承担了很多……打杂的工作。"路佳也是有一说一，既然杜明堂非要当自己是建筑界的马斯克，那她就顺着他，挑他爱听的说。不就是训练模型嘛，等 AI 学会了，再逐步精细地去调整 AI 的逻辑，把它往死里整，最后应该就能生成一个叫做"模型"的训练文件。反正电费没几个钱。路佳也有的是时间。杜明堂听了路佳话里的弦外之音，她还是有意无意地在贬低 AI，于是立刻挑衅。

他原话是这样说的："你小看 AI 了。其实理论早就丧失了指导的作用，反而不断由技术来重塑建筑的理论和价值。无论吹多少文章，捧多少建筑明星。到头来，最近十多年真正对建筑行业的设计质量和工作流产生革命性影响的，一是 SketchUp，二是 Enscape，三是现在的 Midjourney。"

路佳听了，心里又是一顿怒喷：

就你留过洋！

就你会洋文！

你那么喜欢 AI，咋不叫 AI 给你出个故宫呢！

但面儿上，她一笑："杜总——说得对！特别——有道理！我这就赶紧学习！Stable Diffusion 和 LoRa，目前我没折腾下去了，主要是因为电脑配置不行，我训练几次都报错了。应该是显卡太拉，要不杜总，给我换台电脑？"

"立刻就换。"

杜明堂想都没想，一口答应。路佳的刁难一下子就显得疲软了。也是，人家堂堂一个神武富二代，会心疼一台电脑钱？路佳觉得自己真的就是穷人想当皇帝，幻想以后拿金锄头锄地。

"那SPACE项目，杜总还有什么高见？除了用大师手稿训练模型出图？"

路佳放低身段，刻意"谦恭"地问。

"以元宇宙为主题。你多看看扎哈的建筑。"

吩咐完这句，杜明堂笃定地站起身。

路佳胸都快憋炸了，这跟她的设计理念已经不是南辕北辙了，他们俩完全就是一个在热带雨林，一个在银河万里，八千竿子都打不到一起。

于是，她故意盈盈坠坠地一欠身，对杜明堂行了个古代女子屈膝礼："诺。"不发泄讽刺，路佳这班儿真上不下去了。

杜明堂瞟了她一眼，竟然憋住没笑，冷冷淡淡地走了。

果然是见过大世面的。

但路佳不知道，杜明堂出门后，合上门把手的那一刻，嘴里竟然小声念叨了一句：爱妃平身。

他嘴角默默勾起若有似无止不住的笑意。这一刻，杜明堂这个"纣王"才敢真正地礼崩乐坏。无法，现在在精益，他始终是副总。还有万里路要行。

杜明堂走后，路佳则赶紧偷偷从抽屉下面的一摞纸里，抽出一张铅笔手稿。她仔细凝视着那张手绘图，好好洗洗自己的眼睛。呵呵，元宇宙？杨叶是给房子安火箭，这个杜明堂，直接在外太空造房子。SPACE项目，就是个市民活动中心，绿树掩映，空间阔朗，舒缓大气的造型，明艳大方的色彩，舒适的座椅家具，合理的空调通风系统，科学的动线图，这些不才是建筑师应该考虑的吗？难道市民人人都是马斯克吗？杜明堂坐在迈巴赫的后座，低头点开iPad上的一个彩色渲染草图，和路佳偷看的那个铅笔草图结构风格差不多。

唯一的区别，杜明堂的设计更加地灵动流畅，仿佛浑然天成一般。

"杜少，是回家吗？"司机问。

回家？

杜明堂的思绪被拉了回来。他哪里有家，最多有几个住的地方。但他还是默然地点了点头:"嗯。"司机便立刻识趣地一打方向盘,把车子往江边的豪宅别墅开。杜康生要见杜明堂,他躲不掉的。应该是为了王强的事。

杜明堂手指托着腮,望着窗外思考,揣摩着老头子的心思。

"明堂来了!阿姨,快快快!倒单丛!他爱喝。"

杜明堂的一只脚刚迈进杜宅,后妈褚灵灵便穿着全套的真丝睡裙睡袍满脸堆笑地迎上来,极尽热情。但是她越热情招呼,就越显得杜明堂像是一个来做客的外人。

小时候,杜明堂还不懂什么叫做"捧杀";留学回来后,他就坚决从家里搬出去单住了。

"你来了就太好了,快上去把你哥给叫下来吧!"褚灵灵颇有心机地说道,"他一早就被你爸叫进书房里去了,都好几个小时了,也不放人进去,也不让他出来,也不知道这爷俩儿聊啥呢。"

杜明堂接过那杯烫手的单丛,并不觉得渴,抿都没抿,就顺手搁在放瓷器的大理石台面上了。他径直往二楼走去,步伐明显加快,仿佛慢一刻就多一刻的懊恼与后悔。褚灵灵回头见他那个样子,眼神一瞥,示意保姆赶紧将他没喝的那杯茶拿去倒掉!眼神里极尽嫌弃与警惕。从这个幺子的匆匆步履来看,野心还不是一般地大呢。但杜明堂,这么急,并不是要赶去三楼书房。而是,来到了二楼西阁的杜明心的房间。推开门,只见又是乌漆麻黑的一片!杜明堂往里跨了一步,黑咕隆咚,仿佛是被什么东西绊住了脚。无奈之下,他摁开灯,却发现绊倒他的是几只名牌包的背带。整个房间狼藉一片,各种名牌包名牌鞋名牌化妆品首饰撒了一地!

床上堆满了当季新品的各款连衣裙。

空气中弥漫着丝丝浓烈的酒气。

而环顾整个房间,却找不到人。最后,杜明堂还是在衣帽间的一个衣柜里,找到了蜷缩成一团,蓬头垢面,脸带泪痕,手握麦卡伦的杜明心!

唉。

杜明堂由衷地叹气,拧眉蹲了下来。

杜明心抬眸,看清了是明堂,楚楚可怜的泪眸又垂了下去,泪水却似止不住的珠子又开始往下流。

"姐啊。"杜明堂道,"咱不能再这个样子了。"

他也知道说了没用,但还是得说。他这个二姐,自从被迫和乐施集团的太子联姻之后,又被自己求而不得的青梅竹马抛弃,精神上就受到了刺激,整日浑浑噩噩,看起来还有些疯疯癫癫。只有杜明堂知道,他二姐杜明心其实是个极好的人。可往往受伤害的,也都是这种心思恪纯、心眼极好的人。虽说恶人自有恶人磨,但恶人磨起好人来,那简直就是石头磨蛋白,巨大的灾难。

"明堂……"杜明心紧紧握着酒瓶,泪眼婆娑地望着眼前同父异母的弟弟。

杜明堂二话不说,先将杜明心从衣柜里给小心拉了出来。

他握了握二姐的手,给她安慰和力量,又从她手里掰出酒瓶,将她拉回床上躺下。

"唰——"的一声,杜明堂拉开窗帘。

猛烈的日光透过落地窗,一下子刺痛了杜明心的双眼,她立刻用蚕丝被蒙住头。

接下来,杜明堂便是毫不留情地朝楼下吼去:"保姆呢?!阿姨呢?!你们都是干什么吃的?!二小姐的房间,一大早不知道打扫吗?褚妈!褚妈!家里的工人都哪儿去了?只拿工资不干活儿的吗?"

见杜明堂气势轩昂地出来替杜明心打抱不平,褚灵灵一时间情绪复杂。但对杜明心这个亲女儿,褚灵灵确实是又爱又恨的,也许是爱之深则恨之切。

杜明心就是个"恋爱脑",一段恋爱,一段婚姻,一段和初恋的婚外情,直接把她脑神经弄崩溃了,还频繁打胎伤了子宫,这辈子都要不了孩子了。

要不了孩子的"白富美"在有钱人的圈子里,再也没有了联姻的价值。只能在豪门这个圈子里,光鲜亮丽地等着老死。

加上杜明心在家里持续性地疯狂作死,渐渐地,褚灵灵的耐心也被磨平了。她都是当奶奶的人了,聪明伶俐的亲孙女疼还疼不过来呢,哪有空再去管这个不成器的疯女儿。

"明堂,你小声儿点。阿姨这就上去。你这么大嗓门,小心吵到你爸爸。"褚灵灵息事宁人道。

杜明堂才不管吵到谁,直接吼褚灵灵这个后妈出气:"下次我回来,要再看见明心这副样子。那就不是大嗓门吼的事情了……"

说着,杜明堂直接愤怒地举起客厅桌子上的一只明青花花瓶。

"你要干什么？！"

就在他即将松手的瞬间，别墅楼梯上传来一个沉郁阴鸷且冷静的声音。

所有人回头，是拄着手杖，一脸冷漠不悦的杜康生。

他的目光，如一片寒雾，从天而降，笼罩住整个杜家。

"没干什么。明青花差了点，我想着砸了，换个元青花。"

杜明堂见老爷子下来了，连忙乖巧地放下东西，赔笑道。

杜康生却并不买账，眼神清冷地盯着自己的小儿子。

半响，老头子复才开口道："每次回家都闹得不得安宁！也不知道反省自己。到书房来。"

一句"回家闹得不得安宁"，杜康生算是死死圈住了一家人。杜明堂心里很是不悦，他最反感的，无非是杜康生总提"一家人"。他和谁是一家人？！褚灵灵摆明了是抢走他妈丈夫的小三，而杜明泉和杜明心则是小三上位后，为了笼络住杜康生，所生的孩子。竞争对手而已。杜明堂只要一听杜康生提"回家"两个字，心里就疙疙瘩瘩地难受。他是个没有家的人。杜康生在杜家，他亲妈在精神病院，而杜明堂自己，闲庭信步间，却仿佛永远是飘在云端天上。

他是飞跃沧海的鸟，偏偏今生又要落脚。到底他小时候日夜奔跑的田间地头是他的根，还是如今的富贵无极前途无限才是他的魂？

"怎么你每次回来，家里都不得安生？"

一进书房的门，杜康生就埋怨起幺子。

杜明堂忍着怒火，一抿唇："这不是为了二姐吗。"

"明心一直就是这副样子。心理医生请了一拨又一拨，都毫无办法。"杜康生沮丧地说，"也不是你回来大呼小叫几句就能解决的。"

"爸，我想带二姐出去住。"杜明堂挺直了腰杆，很笃定地说。

杜康生回头看了幺儿一眼，良久地凝视，却没有吐露一言一字。

半响，他才勉强开口："明心的事，还是让她亲妈去操心吧。"

杜明堂一阵心寒，就是因为杜康生这个当爹的是这个态度，所以明心才会沦落到如今的下场。当初明心在外面受了欺负，如果杜康生不是权衡生意场上的利弊，而是雄起一回，强硬地怼了乐施集团，那杜明心也不会沦落到如今的凄惨地步。可是当初把身心受伤的明心接回来的时候，杜康生是怎么说的？杜明堂至死不忘。

他说:"女儿啊,你大了,感情上的事,爸爸确实帮不了你。无能为力。"
一句"无能为力",让杜明心彻底绝望。
也同样是这四个字,杜康生拿到了乐施集团乐施大楼的中标权。
从那一刻开始,海归的杜明堂,从小在农村长大的杜明堂,彻头彻尾地知道了,什么是真正的生意人。
女儿的一生幸福,换来几个亿,和神武集团的壮大,在杜康生的眼里,应该是极其合算的一笔买卖。
"爸,我姐她……"
杜明堂想起杜明心方才那副楚楚可怜、瑟瑟发抖的样子,还是想再争取一下。
"王强的事,怎么样?"
杜康生硬气地打断他,戴上老花眼镜,自然而然地在黄花梨的老板桌前坐下。在这个家里,他是那个真正有话语权的人。
明堂仿佛吃了黄连般地嘴苦。
其实,他在来之前,早就盘算好了,怎么拍死王强这只苍蝇的一切方案。
只是此时此刻,他再无兴趣表现自己,把方案说给杜康生听。
"爸,王强在神武建材盘踞多年,好多事没那么容易……"杜明堂开始敷衍。
他想从杜康生的书房赶紧脱身,多点时间去看望杜明心。"做生意没有容易的。"杜康生听了,显然表现出失望。一早上,长子杜明泉的忠心与野心,令他满意的同时,也让他感到危机。企业家就是这样,既欢喜儿子的长成,又忌惮儿子的长成。一旦"太子"实际控股夺权,就没有他这个"皇上"什么事了。谁有钱谁说了算。杜康生要是不再实际控股神武了,他估计杜明泉都敢拔他的管儿。所以,他需要利用杜明堂来制衡杜明泉。这颗制衡的棋子,太强不行,但是太弱……也就起不到制衡的效果了。杜康生蹙眉,有些失落。他悉心栽培这个流落在外的小儿子,就是为了有朝一日能发挥他的作用。谁知杜明堂却表现得只在乎儿女情长兄妹情谊,事业上一点都不上心。十年的栽培,和几百万的教育基金有可能就这么打了水漂。但接下来,杜明堂的一句话,又让杜康生燃起了希望:"爸,虽说射人先射马,擒贼先擒王。但要想打垮一个人,最厉害的还是从精神上杀人诛心。如果被往日悉心提拔的下属背叛……"

"既然知道了,还不赶紧去做?"

杜康生凌厉的目光,在老花眼镜的背后,闪着寒光。

"可我哥……"杜明堂临走不忘捅自己亲哥一刀,"似乎还想捧王强。"

杜康生则直接挥了挥手,他的意思再明显不过,杜明泉的意见可以不用参考,杜明堂已手握尚方宝剑。

杜明堂嘴角勾着一丝邪魅,淡定地从书房退了出来。

在一旁等候已久的杜明泉立马上来想挑衅:"神武建材,你这个肚子吃不下……"

杜明堂冷笑着反击:"我不吃垃圾食品。"

兄友弟恭间,刀光剑影,而后尘埃落定。杜明堂迈着极其自信的步伐去二楼找杜明心。傍晚夜幕间,杜明心坐在公主床上,抱着杜明堂哭得像是一个小孩。他轻拍着姐姐的背,却始终治不好她心头的伤,眼底的霜……

咖啡厅。钟明理和路佳面对面,一人手边放着一杯冒汗的冰拿铁。

"所以,你说的……都是真的?"路佳简直不敢相信自己的耳朵。

但一切却又是那么地似在意料之外,又在情理之中。钟明理很敬业,仅仅几天,就展示出了她的调查结果。"陪标在你们这个行业,应该不是稀奇事。路佳,你应该清楚。"钟明理依然衣着光鲜,撇头啜吸了一口冰咖啡,淡然地说。路佳实在不敢相信眼前的这些调查资料,她伸出枯瘦的双手托起自己那张满是憔悴的面庞,几度快要支撑不住。不可思议,亦不敢相信。良久。大概十分钟后。路佳不忍就这么晾着钟明理,才在极度痛苦中无奈地抬起头,极其疲惫地对钟明理吐槽了一句:"我就是个小学生,对不对?"因为,钟明理对精益之间 IPO 上市材料的所有调查,都直指老靳是杜康生的人。老靳这些年利用精益如此小的一个公司圈了这么多的项目,其实都是吃的杜康生面包掉下来的屑渣。他所有运筹帷幄、志得意满的项目,其实都是拿的神武流标的剩菜剩饭。知道真相的路佳,根本接受不了!老靳吃剩菜吃撑了,可她这个傻缺却还一直怀抱着极其崇高的理想,为他冲锋陷阵。视那些"好不容易"到手的项目为香饽饽。可笑!太可笑了!

路佳别过脸,看向窗外,她竭力噙住自己最后一丝体面,不让钟明理看见她的绝望与落寞。

她竭尽全力效忠的事业理想和对象老靳,不过是杜康生豢养的一条狗而已。

一条狗。

"路佳,这种成立一个孙子公司陪标的做法,在行内业内都很常见,你也别太心灰意冷了。"

钟明理看出了路佳的失落,出于好心,竭力劝慰道。可惜此刻路佳根本听不进去,虽然老靳将精益卖掉的时候,她心里对这个答案有过猜测。但血淋淋的事实就这么证据确凿地摆在她眼前,她还是一时难以接受。自己看待得极其高尚的所谓建筑理想,不过是资本的工具,换谁谁都很难接受。自视甚高,恃才傲物的下场,路佳今天算是彻底领略到了。老靳过往和路佳相处的音容笑貌,此刻真相被戳穿后,回忆里是那么地面目可憎。还是杨叶聪明。成功合理地避开了被老靳利用,他跟老靳一场,刻在脑门上的是"只为求财"。老靳画的饼,他凭本事一口都没吃。所以,现在杨叶的资产近乎路佳的十倍。这就是盲目相信别人和时刻人间清醒的区别。路佳肠子都悔绿了。

"你……还好吧,路佳?"钟明理见不得她如此可怜,再次试探性地朗声问。

"我……"

路佳噎住,面对一个生人,往事无从谈起。

"我带你去一个地方吧。"钟明理提议。

路佳心烦意乱,疑虑被确认后的巨大伤害,此刻正吞噬着她的内心。

"好。"

她如行尸走肉般,拎起包,跟着钟明理走。

边走还是边不可置信:老靳,雄韬武略的老靳,怎么能是杜康生的人呢?啊不,怎么能是杜康生的狗呢?

人生如幻境,一切都太可笑。老靳是执子的手,杜康生才是下棋的人。而路佳,不过是棋子。过往,她太拿自己当盘子菜了。钟明理竟然带路佳来到拳击馆。路佳顾不得那么多,戴上红色拳击手套,对着立式沙袋,就是一通疯狂猛烈输出!根本没心情管姿势对不对。直到把沙袋打得东倒西歪,她两掌通红,满头大汗,才舍得下来。在拳击场上的每一秒,她都幻想自己是在揍老靳。他给路佳画了那么多饼,原来全都是为了钱!路佳她根本就接受不了!什么亦师亦友,都是骗局,老靳就是利用路佳卖命,利用她赚钱。路佳很是后悔,在机场那天,应该拿施工锤狠狠敲老靳的脑袋。

但……

就算是如此，路佳的事业也完全不能改变。弄不好还会进牢里。

瘫坐在拳击场边的路佳，满满的对现实的无力感。

"喝杯水。"

钟明理倒是淡然，递过来一瓶水，劝。

"对生活心存幻想的人，无非是没被毒打透。"

"我不服打，我要和生活互殴。"路佳拿肩头的白毛巾狠狠擦了擦嘴角的汗水。

她不认命！

永远都不！

"正式认识一下，路佳。我叫钟明理，我喜欢你。"

钟明理望着满脸潮红、汗流浃背的路佳，充满欣赏地伸出友谊之手。

路佳抬手握住，和钟明理的纤纤玉手浅握了一下，便又重新抹汗站起身，走向了残酷的拳击场……

"难受的话，就说出来。"

"是朋友吧？是的话，帮我个忙。"

路佳咬牙，她发誓，自己不能输，建筑不能输，理想不能输！在她知道，老靳的发家是因为给神武陪标的那一刻，这个人就彻底死了！以后老靳这个人，不是敌人，就是工具。且这种情感永不可逆。"这次精心的项目，股权一定要清晰。另外——""防止老靳把SPACE项目再卖一次。"人间清醒的钟明理和汗流浃背的路佳，隔着拳击场的护栏，相视一笑。人从来如此，一次不可信，次次不可信，谁也别对谁心存幻想。

场边的钟明理对路佳满是欣赏，而路佳也在一次又一次地挥拳浴火重生……

现在，她谁都不信。

只信她自己。

只信自己。

第八章

像仙女一样漂亮

"让明心跟我出去住，我愿意把我手里 6% 的神武股份全部转让给你。"

杜家豪宅的顶层露台，杜明堂敞着衬衫领口，坐在一杆白伞下，坚定地和对面的褚灵灵商量道。

褚灵灵还想讨价还价，杜明堂没有给她这个机会。

"你拿了这 6%，加上大哥大嫂和你自己的股份，就已经 37% 了。而爸爸也早就说了，谁能让神武今年下半年的年报营收翻倍，他会送 10% 的股份。"杜明堂很冷静地说，"所以，这么大的诱惑，你不会拒绝的哦？"

"你这孩子，都是一家人。干吗说话这么丁是丁卯是卯的。"

褚灵灵坐在对面不尴不尬地一笑。

而后，她替杜明堂的玻璃茶杯里，添了点琥珀色的单丛。

"可是明心搬出去跟你住，名不正言不顺，你俩毕竟不是同父同母的姐弟。而且，明心这个状态，我也怕她给你添麻烦。"

褚灵灵就爱这样说话，一副为大家着想的模样，对外是温柔贤达的人设。

但下一句，立马暴露了她的野心，和实际意图。

"你刚才说，把 6% 的股份转让给我，那价格是……？"褚灵灵穷追不舍地问。

之前，她好几次试探杜明堂，开了高价，但这个跟自己隔着肚皮的"儿子"就是不肯卖。杜明堂十指交叠，鄙夷地抬目，瞟了她这个道貌岸然的后妈一眼。此刻若不是天台只有他们二人，这个心思缜密的女人，绝不会这么直接地讲话。

"一元。"

杜明堂肯定道。他没有开玩笑。但前提是，他得带走杜明心，不能再让这个二姐在杜家生活了。褚灵灵表面流露出对女儿的不舍，但眼角溢出的笑意，还是出卖了她的真心。

"行吧，那你就接明心出去散散心。虽说你不是我生的，但到底是亲姐弟，骨子里都流着杜家的血，我相信你肯定不会亏待她的。"

虎毒不食子。爱女莫若母。杜明堂瞬间明白了，明心为什么生在富贵家，

159

却会落到如此境地。这群人，是没有爱的，纵然牵扯到亲情，他们的眼里也只有利益。不过他亲妈现在还在精神病院里待着呢，杜家人做出什么事儿，都是合理的。下楼后，杜明堂便帮杜明心打包行李。

他一刻也不想让杜明心在这里待。

"你那些乱七八糟的包就不用带了！真的是。"

杜明心收拾东西，还不忘爱美，一筐一筐的化妆品和成箱成箱的衣服都要往杜明堂的车上搬。

杜明堂呵斥她："你以为我住的地方多大？这些东西都带去，我俩睡厕所吗？"

杜明心不好意思地吐了吐舌头，又悄悄地把东西放回去。

明堂见状又不忍了，走过来拍了拍明心的肩膀："就带点贴身的东西。其他的，等安顿下来，我带你去商场买，全部买新款！"

"嗯。"明心含泪狠狠点了点头。

就提了一只手提包一个旅行箱，她合上了那个乌漆麻黑房间的房门。

回去的路上，杜明堂一言不发。

他并不是舍不得那6%的股份，而是在想接下来的棋要怎么走。

杜康生摆明了要弄王强，本来杜明堂都已经布局好了，但临门一脚，他却没告诉杜康生自己的计划。

搞定王强不难，但杜明堂不能给亲爹白打工，这件事，他得拖杜明泉下水。

那6%的股权，不能白给。

"明堂，你想什么呢？"离开了杜家，杜明心的气色立马好多了，她问。

"没什么。"杜明堂收回思绪，轻轻拍了拍她的手道，"哦，对了。我想好了，给你找份工作。下周开始上班吧。"

杜明心听了，立刻反应很大："明堂！就我这样的，还能上班呢？我都跟社会脱节多少年了？"

明堂笑笑："脱节了就再接回来。找个接骨师。"

"你不会是想让我去精益吧？"杜明心担心地问。

目前只有那里是杜明堂手掌所及。

但……但明摆着，她去精益，也不是明堂一个人说了能算的，肯定还要老爷子点头。杜康生这些年视杜明心为生意上的污点，就因为这个女儿，他后来和乐施集团和普商银行都搞得很不愉快。所以老爷子极不愿意这个女儿出来抛头露面瞎晃悠。因为她只要一出现，生意场上的那些后宫团，就会不停地嚼他们杜家的舌根。杜康生宁愿各种名牌各种名酒地养着她，不让她见人。

"放心吧，我都安排好了。"

杜明堂胸有成竹地看向车窗外。他想到了一个人，这个人一定不会拒绝他……入夜，威士忌酒吧。杨叶一身黑色西装西裤，双手狠狠地拍着吧台，侧目冲身边的杜明堂压低声音闷吼道："杜明堂，你是不是有病？！是不是有病？！你凭什么觉得我会帮你？你他妈以为你是谁啊？！我现在又不在精益了，我俩就没半毛钱关系了，最多就是个竞争对手。你凭什么觉得我会答应你？？？我该你的啊！"

他本来刚在健身房脱了衣服，都准备举铁了。杜明堂一个电话轰过来，非要见他。杨叶直接就把电话挂了！谁知道杜明堂竟然威胁他，说他不来，自己就找个理由扣路佳工资。"你真是个变态！"杨叶嘴里骂了句娘，还是乖乖穿上衣服，过来了。杜明堂对杨叶提出自己的诉求，希望让杜明心去杨叶的公司上班。杨叶差点没被自己的酒给呛死！于是，就有了那段憋出内伤的闷吼！

"不是，杜明堂！你现在在精益只手遮天呼风唤雨的，怎么想起来把亲姐塞我这儿来？你们精益不是缺前台吗？让你姐去啊！"

杨叶每次见到杜明堂，都非常地莫名地暴躁！杜明堂不恼，不紧不慢地从手边的黑色背包里，掏出一沓浅浅的A4文件，从台面上推给杨叶。

"什么东西？"

杨叶并不感兴趣地拿起来一看，但很快就被材料里的内容给吸引住了。

"神武建材下个月准出事。我听说你和王强那3000万的合同还没签，所以，提醒你一下。"杜明堂道。

他卖了个天大的人情给杨叶。材料里，是神武建材税务造假的证据。杨叶看完材料，态度立马来了个180度的大转弯。

"那个……咳咳……我们公司吧，虽然庙小，但确实最近缺人。HR都在忙着招聘，HC也很足。"杨叶语气绵软下来，他一向能屈能伸，"要么，让杜明心来任个行政部副总裁？"

杨叶心里清楚，养这种闲人白富美，名头一定要给足。

关于这个杜家二小姐的风闻，杨叶其实在生意场上也多少听了一些，都说她精神不正常。

但这不重要,一年50万五险一金地供着个神经病,能换杜明堂一个3000万的情报,太值了!

"不用。"

杜明堂面不改色地拒绝了。

杨叶思忖,这小子心真黑,行政副总裁就不小了,还想让他姐当执行副总吗?

那这就不是3000万的价钱了。

"我想让我姐去你那当前台。"

噗——!

杨叶嘴里的酒直接喷了。

酒精喷雾一样,洒了杜明堂一身。

"月薪7000,五险一金。"杜明堂很中肯。

"呵呵,你对你姐还真好哈。"

杨叶心想,到底不是同父同母的姐弟。

杜明堂这小子也真下得了黑手。

但杜明堂心里却非常坦然,他告诉杨叶,这个二姐在他心里的地位很重要,他不希望明心在杨叶的公司受过多的委屈。

"又当又立。"

杨叶用杜明堂听得到的声音自言自语。

杜明堂没作过多的解释,事情谈完,收回A4纸,便抬屁股走人。

"欸欸!你倒是结账啊!不是你有事求我吗?"

杨叶冲他的背影喊道。

杜明堂头也不回地回了句:"喝的你的存酒,结个屁的账。"

回去的路上,杜明堂望着华灯初上车水马龙的窗外。那些年的往事一幕幕涌上心头。他12岁被杜康生接来杜家。褚灵灵对他当面一套背后一套,十分冷漠。杜明泉则视小明堂为竞争对手,每一眼的眼神都能喷出忌妒的火来。杜康生对杜明堂要求严格,日常交流宛如军训。整个杜家就是个冰窟。12岁的杜明堂,内心还是柔软的,没成年的他还渴望得到爱。而在这个家里,只有杜明心是真心对他这个弟弟的。她就像雾霾里射出的一缕阳光,照亮了杜明堂的整个年少时光。褚灵灵有时候很会耍心机,杜康生不在的时候,她买吃的、喝的、礼物和学习用品,就都只买两份,为的就是缺了杜明堂的那份,让他感到被区别对待。杜明心总是偷偷摸摸地分给杜明堂。

那年杜明堂上初中,老师要求开学当天统一穿白衬衫,杜明堂和褚灵灵说了,他巴巴地等了一天,却在褚灵灵和阔太们应酬完回来之后,只得到了一句"忘了,你去找你哥借"。

杜明堂无奈去找杜明泉,杜明泉却当场拿出自己的白衬衫,当着小明堂的面扔进水里,说:"哎,真不巧,衣服刚洗了。"

最后,小明堂垂头丧气地回了自己屋,等待着第一天开学就被老师和同学们视为异类。可当他推开自己的房间门,却发现二姐杜明心正戴着耳机,坐在他的小床上哼歌儿,床上则平铺着一件洁白的白衬衫。

"别嫌弃哈,女款。"

杜明心拍了拍那件衣服,明媚一笑。就是这明媚一笑,小小的明堂突然觉得自己的二姐就像仙女一样漂亮。杜明心比杜明堂大4岁,杜明堂甚至曾经幻想过,以后自己长大了,就要娶一个像明心这么漂亮善良的女孩子当老婆。但,人总是会变的。如今人生经历了这么多的风风雨雨,他只想找个能干的、坚韧的,能和他一起打拼逐梦一生的灵魂伴侣。而二姐杜明心,杜明堂希望她能像仙女一样一直漂亮下去,并能找到一个坚毅勇敢的真男人,为她遮风挡雨。

晚上,路佳坐在书房里,对着电脑里的手稿,想来想去拨通了老靳的语音。

"老靳,我想问问……咱精心建设现在的资本构成。"

"你问这个干什么?"老靳显然在那头逗弄刚生的双胞胎,"你放心吧,只要把项目做好,股份上,亏待不了你。"

"老靳,我不是那个意思。"路佳忙解释。

但显然老靳不想认真回答她这个问题,敷衍道:"路佳,我这正忙着呢。精心的资本构成和股权分配,你直接问财务老刘吧。就是咱精益原来老瞿的属下,你们是老熟人了。"路佳没想到,唯瞿冲马首是瞻的老刘,竟然是老靳的死忠。难怪后来不管瞿冲这边出什么幺蛾子,老靳一点动静都没有。瞿冲举报精益和神武,跑路的老靳却是干干净净。路佳搁下电话就问了老刘,老刘直接甩出天眼查的数据,告诉路佳,精心的资本构成很干净,老靳是大股东占股40%,二股东是一家投行机构。

"靳总给您算了技术入股,占股27%。"老刘告知。

挂了电话,路佳一番沉思后,又打电话咨询钟明理。

"出来说吧。"钟明理约路佳,"正好还有离婚的事。"

"好,我请你喝咖啡。"

两人立刻约在一家很有情调的咖啡馆。

钟明理永远衣着得体,梧桐树下,她蹙眉道:"理论上来说,公司控股67%才具有实际控制权。路佳你就算是控股10%也是有权要求查公司税务和内部财报的,何况是27%?但是……"

"但是什么?"路佳心里没底追问。

钟明理眨巴了一下纤长浓密的睫毛,脸上露出疑惑的神情:"但是67%这个点,卡得太巧了。怎么就老靳和你的股份加起来正好是这个数……"路佳没说话,低头抿了口咖啡。她想起老靳曾经很爱说的一句话"我永远站在赢者的那一边"。那什么叫赢?是中标叫赢,还是SPACE最终落地的成功叫赢?路佳食指托着下巴,望向楼下的马路,陷入沉思。

"对了,路佳。"钟明理打断了她的思绪,"我可以问你一个问题吗?这个问题纯粹是我私人想问的。"

"你问吧。"路佳重新端起咖啡杯。

"路佳你好像只对事业上心,离婚这么大的事,在你身上似乎完全不痛不痒。你这样的女性,我还真是鲜少遇到。"钟明理确实很好奇。

路佳一笑,放下杯子,想想自己平时就是个工作狂,确实没什么女性闺蜜。

钟明理这么一问,她倒是打开了话匣子。

"不是只有哇哇乱叫,才叫痛的。"路佳笑道,"以前我二舅公类风湿,长年累月的非人折磨。头两年他还躺在床上号两声,这几年,有那力气还不如忍着痛多追两集电视剧。"

钟明理听了点点头,赞同地笑而不语。

路佳叹了口气,又继续道:"钟律师,不瞒你。我和陆之岸的婚姻是极其失败的。和他结婚,不是下十八层地狱,而是他带我去到十八层地狱之后,又打开一扇门,告诉我还有十八层。"

钟明理敛起笑容,明显开始有些同情路佳。

但路佳真不需要别人的同情,这条路是她自己选的。

"每个人都要为自己的选择负责。既然我感情上选错了,深陷泥沼不能自拔；那我也就只能移情事业了，奋发图强，虽然没什么用……"路佳自嘲一笑，"这也是一种逃避吧。有时候我觉得建筑真好——一个空间可以装进吃喝拉撒、欢声笑语、人情世故，还能装进我无穷无尽的烦恼。"

钟明理微微颔首："我懂。"

路佳抿了抿唇，冲对面的钟明理安然地笑笑。

过了三十的年纪，人与人之间交朋友，已经不看言辞和外在了，凭的是气场和能量。

钟明理是高能量的，她俩是相合的。

"路佳，我能冒昧地问一下——"钟明理想问却又顿了顿，显然她是在衡量接下来的话是否越界。

挣了挣，她还是把另一个疑惑大大方方地说了出来："当初，你为什么选择陆之岸？"

"因为杨叶。"路佳如实说了出来。

"杨叶？！"钟明理的瞳孔明显震了一下。

气氛凝固了十几秒。

钟明理不解地说道："可是您对杨总，不是总是一副爱答不理的模样吗？"

路佳低眉抿了口咖啡，没说话。很多事，不能只看表面。钟明理也没有继续逼问，来日方长。

"路佳，你离婚如果有什么需要我帮忙的，随时打电话。其实你也无须太担心，从你给我的资料上看，你的财产很明晰，供房供车的钱都是从你卡里出来的。陆之岸，很难分。"

"谢谢你。明理。"

路佳拎起包结账，起身告辞。回到家，路佳立刻就钻进书房。今天和钟明理在梧桐树下喝咖啡的光影，给了她很大的启发。她继续调整自己的手稿。她手边是一本画册，画册封面是密斯·凡德罗的"范斯沃斯住宅"，建筑造型类似于一个架空的四边透明的盒子。这座建筑外观简洁明净，高雅别致，袒露于外部的钢结构均被漆成白色，与周围的树木草坪相映成趣。因为人民广场的中心也有一大片草坪，所以路佳一直想从范斯沃斯住宅中获得借鉴。但她又不想完全借用国外的实验性设计，因为肯定会水土不服。怎么利用好简洁大方的结构，又让外观本土化，是路佳最近一直在深度思考的问题。

"路佳！路佳！你给我出来！"

设计师最烦设计思路被打断。但陆之岸怒气冲冲地叫喊，又让她不得不暂时离开书桌。走进客厅，又是乌泱泱的一拨人，围坐在沙发那边。陆家的亲戚，现在拿路佳家当定点集会的场所。这回陆之岸没有逃，倒是领着亲戚，壮着士气，他理直气壮地质问路佳："路佳，你居然敢把保险箱密码改了！我要拿房产证！"

"就是啊！夫妻共同财产，你还想独吞啊！"陆母跷着腿斜眼帮腔。

"你给我打开！"陆之岸命令路佳。

路佳当是什么事呢，不就是摁个六位密码，开保险箱嘛。

"岸岸，我早就和你说了，你这个老婆不安分，让你留一手留一手！你不听，太单纯！这下好了吧，让人先下手为强。人家早就拿你当外人了，防着你呢！"陆父拱火。

话说得难听到这个份儿上，这回路母也不倒茶了。她这个人从来都是先礼后兵，讲理得很，此刻她理直气壮地挺起胸脯，替女儿打抱不平："你们话说得不要这么难听！都说了夫妻共同财产，那佳佳保管一下怎么了？就算是要离婚，大家也好聚好散吧。你们这三天两头借事头上门来闹，让人不得消停，你们就占理啦？"

"什么你家？这是我儿子家！"陆母顶顶见不得路母以主人翁的姿态说话。

路母正想回怼，路佳拦住她，自己却并不恼。

说话这回事，到底是武器还是浮云，关键得听话的人吃不吃心。你若吃心了，上下嘴皮子一碰，那就是钢刀劈利剑，刮骨锥心。但你若不吃心，云淡风轻，那两片肉一碰，不过是空气中的正常呼吸。"别别别！你们也先消消气。"路佳边拦边笑道，"多大个事啊！我还以为你们要来抢孩子抚养权呢！不就是开个保险箱吗？开！"说着，路佳便招呼大家一起往书房走，反正他们家有个保险箱，在陆家也不是什么秘密了。陆母跳广场舞经常毫不避讳地炫耀，夸大其词，说自己儿媳妇是多么多么能挣，那保险箱里的金银细软，多到"富贵迷人眼"。那些和她一样没见过世面的世俗妇女，还常常投来羡慕的眼光。这让陆母的虚荣心得到了极大满足。但其实，保险箱里有什么，陆母真没见过几次。纵然她回回来了，都要往书房里去打转。哔哔哔哔哔！哔！嘀！保险箱的门弹开了！里面确实有一小盒路佳的首饰，但陆之岸扒拉了一下，这些都是她早几年买的些不值钱的工艺品，珍珠、玛瑙、蜜蜡之类的。那些真金白银和奢侈品珠宝,一件也看不见了,全都不翼而飞!陆之岸此时恍然大悟,路佳早有准备!

但这事儿,他又是有苦说不出!

因为那些珠宝金器都是路佳自己花钱买的,他根本就没有发票或是证据,证明这些东西存在过。

第一个哑巴亏!

"房产证呢?!"

陆之岸狠狠扒拉了一下整个保险箱,回首怒号道!

"不知道啊。"

路佳无辜地摇了摇头,表现得十分淡定。

"我记得两本房产证就放在这里头的!怎么不见了?!"陆之岸的声调都变了!

他急得声带颤动!

"不知道啊。"路佳还是一副不干己事的样子,摇头,"你要不再仔细找找?"

陆之岸后背明显浃了一大块汗,他一通歇斯底里地翻找,将里面所有不值钱的首饰都扒拉到地上,对着灰黢黢的一片空荡的保险箱,还是没见到半张房产证的影子。

路佳淡然得很,扒拉开失魂落魄的陆之岸,轻轻合上保险箱的门。她嘴角勾起一抹若有似无的讪笑,纵然极力压抑,得意还是摁不牢地蔓延。押题100%押中的快感袭来。路佳说:"嗨!没准儿是搁什么地方忘了,要不再找找?不行就补办呗。带好双方身份证,30天证就又下来了。"陆家人围在书房里瞠目结舌。

几个人面面相觑,脸上尽是不甘、恼怒和担忧的神色。

"各位还有事儿么?没事儿,我就送客了。天不早了,小鲁班明儿还要上学。"路佳轻描淡写。

陆家人显然被气得不行,本来如意算盘打得噼啪响,谁知能出了这么大一只幺蛾子。但一时间,他们又不能把路佳怎么样。就算是拿十八道刑具来杀了她,只要她有意不吐口,那房产证就永远拿不到。而且,补办,需要夫妻双方拿身份证到场。这路佳要是不去,他们总不能押解人头吧?陆父气得重重地跺着脚走的。陆母不甘心地啐了路佳一口,嘴里骂骂咧咧:"一肚子坏水儿!我儿子怎么就娶了个你!"

167

陆家姑姑还想作妖,但路佳没给她这个机会,直接搡着她就送出去了!什么玩意儿!果然。陆家人刚到楼下,就懊恼地相互埋怨起来。他们早就打定了主意,从法律上,夫妻共同财产分割,陆之岸是捞不到便宜的。于是就逆向谋划了个阴招儿:没共同财产,那可以有共同债务吧?陆家人来之前商量的,就是偷偷拿走房产证,抵押贷款,让尚未离婚的陆之岸和路佳背上共同债务。到时候,她想离婚,就得好好掂量掂量了。但很可惜,路佳预判了他们的预判。

"我就说,路佳不简单!平时的乖巧,都是装的!这大是大非的问题上,她猴精着呢!你儿子还想算计她?"

"你来前可不是这么说的!你说,一个女人,哪能想那么周全,路佳平时又是大手大脚、稀里马哈的一个人。我是不是提醒过你,人堂堂一个公司的副总,多少有点脑筋的!"陆父情绪激动,边说边戳自己的太阳穴。

"轻敌!太轻敌了!"

"你们别说了!现在怎么办?"

"能怎么办?!凉拌!房产证自己又不会长翅膀飞!还分不清四六呢!"

……

陆家人的心情跌到谷底,路佳却在家里哼着歌收拾碗筷。

"你呀,真是心大!"

路佳妈见她那轻快样儿,踮脚伸手把碗收进橱里。

"都说这女人离婚褪层皮,也有说是把全身骨头打断再重新接上的。你真的……心大。"

连路妈都想不出词儿来形容自己的亲闺女,只能反复使用"心大"两个字儿。

"我心当然大。"路佳从水池边转过身,"这活人还能被事儿憋死?不是有句老话嘛,心大了,事儿就小了。我现在离婚这事儿啊,就这么眯眯小。"

路佳笑着夸张地捏了一下大拇指和食指。路佳妈先也笑,而后还是心疼,不放心地敛起神色,悄声问:"佳儿,你真就一点都不恨?不恨陆之岸?不恨自己吃了亏?"

路佳沉默了半晌,低头用抹布仔仔细细地擦干净手,而后抬起头:"妈!说句实话,以前我真的不明白,为什么那么多女人离了婚走不出来,对前夫和婆家恨得咬牙切齿的!离了婚,各走各的就好了呗。恨,浪费的都是自己的生命。现在我懂了,他们恨的不是之前的人,而是恨自己婚后的日子没有被善待。"

恨自己前半生没有被善待。路佳妈听了一惊心。

"哎……你看得真透。"路妈目光盈盈。

人不吃大苦,是不会大彻大悟的。

"离了婚,首先就得自己善待自己嘛。"路佳沉吟,"妈,您说,我再去跟陆之岸较劲,能得到什么好处?我现在啊,迫切跟他解开能量纠缠还来不及呢!再说这吃不吃亏的,咱不唱高调,说什么及时止损;这段婚姻,我就是摆明了都已经吃了亏了,还不得及时壮士断腕啊?有这空,还不如想想工作。事业、钱和努力,总不会辜负我的。"

路佳妈点了点头,同意。但作为过来人,她还是揪心,有时候夜里,心暗暗都被揪成一个团儿了。离婚的事在节骨眼儿上,路佳又是个遇强则强不服输的性子,这时候她能噙着口气,未必以后能一直想得这么通透。半年后,一年后,等她回头看看自己身后空无一人了,那时候,也保不齐她会心酸难受。

路佳妈转过去,忍住了眼角湿漉漉的眼泪儿。

"姐!我也不会辜负你!"

路野这会子不知道从哪个角落里冒出来,信誓旦旦地冲他姐直拍胸脯道。

路佳和路佳妈听了,轻轻相视一笑。

"怎么了?姐,你不信啊?"

"信信信!以后你多解剖几具尸体养我呗!"

路佳当他小孩子玩笑话,将人赶走。

路佳妈又问:"佳儿,你最近工作怎么样了?我也不懂你外头那些大事,就问问你忙不忙。"

"忙肯定是忙的。"路佳最后擦了一遍灶台,微微吁了口气,而后抬头想起道,"明早我还得去趟工地。"

"工地?!"路佳妈瞪大了眼睛,拽住她衣角,"你都副总了,咋还要去工地啊?我看那电视里的企业高管都是描眉画眼,穿着漂亮衣服,在高档写字楼里,走路呼呼的!"

"哎呀,妈。您也知道是电视剧了!"路佳知道亲妈是心疼,但她实在没法跟她解释清楚他们这个行业。而且她这个副总,此副总非彼副总。她最多就是个带薪给杜明堂打工的。"这女人能不能干,不是看她口红多红,走

169

路多摆,而是关键看能不能解决问题。"

说完这句,路佳催促亲妈回自己房间早点休息。路佳妈依依不舍,还想多和女儿聊两句。但所有的琐碎,最后在合上门的一刹那,路佳妈都只转成了一句话:"你呀,不愧是我女儿。佳儿就是佳儿,妈都信你!"有这句"妈都信你",路佳心里安逸不少。准备好第二天上工地的T恤牛仔裤,就搂着小鲁班恬恬沉沉地睡去了。第二天一早。精益工地。路佳参加了另一个项目的剪彩,望着台上三巨头杜明堂、秦昌盛、王强,三人一人一把金剪刀,对着镶金边的红带子就来了个"一剪梅"。又桃园三结义似的,烧了高香。众人热烈鼓掌,场面彩旗飘扬锣鼓喧天。

热闹中,路佳默默戴上安全帽,低调走开去验收了下奠基成果,又转而去开工的工地看细节。

她头戴安全帽,转角处正好满怀撞见一个人。

是同样头戴安全帽的杜明堂!

"哟,少东家,这时候不在前面仪式上多露露脸,喝几杯香槟,来工地干什么?"

路佳脚步不带停的。

杜明堂听了这话,略不自在:"剪彩嘛,走个形式。热闹完了,还是得看工程。"

"那行,一起吧。比对一下墙角的数据。"

说着,路佳把验收工具丢给他。让老板给她打工,路佳现在还有什么事干不出?杜明堂"哎哟"一弯腰,重重地接住工具,倒也乖觉,配合着路佳开始干活。验收了一圈儿,这王强的人做事毛手毛脚的,好几处细微数据都不对,都有偏差。气得路佳直接在工地上"虎性"又上来了,就发了飙,大骂包工头和施工队的现场监督是吃干饭的。但是这帮人都是王强的嫡系,看见路佳一点都不怵。她怎么有理有据地骂过去,那帮人就怎么无理取闹地怼回来。双方完全不在一个频道上!我跟你谈结果,你跟我谈工资,那还谈个屁。杜明堂夹在中间,作为老板,基本上都是各打五十大板!什么"工人是不容易",又或是"你们怎么和路总说话呢?标准就是标准,赶紧按标准改过来"。

但是,态度上,杜家少爷精明得很,就是不站队。

这让路佳很是失望!甚至是气愤!没想到这杜明堂也是个刀切豆腐两面

光的浑身抹油的铜人。端水大师。路佳不喜欢端水大师！尤其是小小年纪就化身端水大师的人。这种人，不利索且身上没有光。终于，忍无可忍，在杜明堂温润如玉地再一次当着路佳的面，给包工头端了水之后，她彻底发飙了！路佳扭头就大踏步地走了，道不同不相为谋，此地再也不想久留。杜明堂意识到了，小跑着追上来。路佳直接把手里的工程对照版给砸了！

"杜总，您真的是……"

路佳吐槽的话还没出口，却突然发现脚下一阵不对劲。这股奇异的不对劲，让她突然意识到，这里发生了比老板墙头草两边倒，更大的大事！路佳猛低头！整个人瞬间倒抽好几口凉气！！！她脚后跟都变得冰凉！

"出不来了吗？"

路佳立刻蹲下，冲着自己脚下钢筋下一个攀爬着的工友喊话。

"嗯。"

那人继续穿着工装，在一个钢筋架子里像一只动物一样，来回爬行。仿如蝼蚁，又宛如困兽之斗。

"你是负责扎钢筋的？为什么不在平面扎？！"路佳冲下面怒声道。

她语气焦急，表情极度气愤。

"他们告诉我要在下面扎啊！"工友是个二十冒头的青年人，急得眼泪"吧嗒吧嗒"直掉，"我大学毕业，第一天上班。"

惊惧、恐惧、无助、穷途末路！

此刻被演绎得淋漓尽致！

"这谁告诉你的？谁告诉你的？谁告诉你的？！"

路佳气愤地连声高问了三遍！谁告诉他的！

"你把这个人名字说出来！"

路佳不依不饶，气得恨不得把始作俑者立马揪出来，送进警局里去！这肯定是那些工地老混子，人心险恶，欺负人大学生第一天上工地，欺骗他要在下面扎钢筋，结果人出不来了。人心恶，也不能恶到这种良知完全泯灭的程度，要不是路佳及时发现，发现得早，万一这块地直接浇筑水泥了，那是妥妥地要活埋死人的。居心叵测！丧尽天良！这些欺负人的，简直就不是人！杜明堂轻轻拉了拉暴怒的路佳。

路佳以为他又要端水！于是怒目圆睁，激动得口水直接喷在他的脸上衣领上："你又想说什么？又想袒护谁？这事儿我跟你说，就是报警！没

171

二话的，欺负一个孩子，这帮人是良心被狗吃了吗？这些人缺了八辈子德，我叫律师把他们也送钢筋里去，全吃牢饭吧！"杜明堂刚翕动了一下嘴唇，路佳劈头盖脸又是一通："你是老板！这事儿你不管，我就举报你，举报精益！安全第一，安全生产，是口号吗？这么恶劣的事情，都能发生，以后还有什么事情，这帮人干不出来的！这王强脑子里有屎，你也助纣为虐！刚我就想骂人了，那些数据，都是失之毫厘差之千里！建筑是容器，首先装的是人命！"

杜明堂委屈巴巴，但热辣着脸，还是又轻轻拽了拽路佳的衣服，低声劝了句："还是先救人吧。"

路佳回头看到脚底下可怜巴巴的工友，这时，才想起，情绪之下，此刻更重要的事是赶紧救人！于是路佳和杜明堂携手，赶紧叫来了工人，把那位第一天上班的大学生工友给捞了上来。上来后，小工友整个人都虚脱了，彻底放声大哭、号啕大哭，哭声惊天地泣鬼神！路佳抿唇，她懂，这孩子不是怕疼，甚至都不是怕死。他哭的是邪恶，哭的是不公，哭的是自己的愚蠢和对人性的一无所知！这事儿没完，王强之流必须付出代价，路佳咬牙，捏紧拳头，发誓绝不会坐视不理。

砰！路佳兀自坐上一台迈巴赫的后座，气哼哼地合上车门！司机赶紧提醒："路总，这是王总的专车。""我坐的就是他的车！"路佳毫不胆怯，"有事和他说。"这时，王强和杜明堂从不远处一起走过来。见王强车子摇下的车窗里，路佳正铁青着一张脸坐在里面。坏了。杜明堂心一沉。他当然知道路佳坐王强的车，是为了说啥。她这个"侠女"，肯定要为刚才那位工友抱不平。杜明堂的阿尔法就停在王强的车子后面不远，他赶紧给司机使眼色，暗地里又将手掌摆得如鱼尾，让他赶紧把车子开走！

杜明堂的车走后，他便顺理成章地跟着王强走。王强一拉开车后座，见路佳坐在里面，竟然有些欣喜，笑道："哟！今儿太阳从西边出来了，路大美女赏光，肯坐我的车！"说着，他便扭动着油腻腻的大肚子，要往后排和路佳挤，还把中间的扶手给掀了上去。杜明堂赶紧一把把他拉了出来，赔笑道："王总，王总！您坐前面！我车走了，也得搭您的车。"王强不想放过这个和美女在后座相处的机会，于是极不情愿道："那你坐前面呗。"杜明堂低头拍了拍自己的大长腿，面露尴尬地冲王强笑笑："王总，您看我这腿，

172

前面……施展不开啊。"说着，他便立刻钻进后座，"砰"的一声合上车门。王强低头看了看自己的一双小短腿，脚尖几乎快被肥肚腩遮得看不见，不禁自卑地仰天望了一下，无奈地滚去了前排。杜明堂是少爷，少不得给他三分颜面。但面对路佳这块大肥肉，他还是心有不甘。

于是，一上车，他又对路佳调戏道："哎呀，这彩剪完了，也没啥事儿了，要不我请路建筑师找个地方放松放松。你是喜欢泡吧啊，还是喜欢唱歌儿？要是喜欢温泉呢，开过去也就四十分钟。"

路佳自始至终铁青着一张脸。

朱门酒肉臭，路有冻死骨，王强怎么就能对今天下午工友被困的事儿黑不提白不提呢。

路佳正组织语言，想着怎么能义正词严地将王强荡涤一番，从言语上"啪啪"给他几耳光！

他是神武建材和精益建设的双重负责人。

工地秩序一塌糊涂，刚才路佳的验收中，发现有些建材也是偷工减料，有些钢密度都不过关，更别提水泥砂石这种无法量化的产品了。但杜明堂从18岁就浸淫在这些人精中，他见路佳那个"憋架"的样子，就知道她在王强这只千年老狐狸这里是讨不到半分便宜的。污泥污水深处，生态也是平衡的，若没有工地上那些臭鱼烂虾，王强这只王八也不会养这么大。

路佳气沉丹田，翕动嘴唇，准备讨伐王强。杜明堂突然冲出来接话道："温泉？温泉好啊！我在国外，冰岛蓝湖和松乃温泉都不错。这回来之后，还真好久没泡了。王总，你推荐的是个什么地方啊，带我也去开开眼界呗。"王强当然不想带杜明堂这颗耀眼的照明灯，刚才"腿长一役"，他已经输得彻底。而且搁这么个年轻有为的青年才俊在身边，路佳更加不会看他这个土肥圆一眼。王强拿捏女人的那些猥琐能力，完全施展不开来。温泉铁定不能泡了！王强不尴不尬地改口："嗨！明堂，这国内的东西啊，就是不能和国外的比！你在国外见多识广，咱们这儿的小温泉，你去了会失望的。"无形中，杜明堂保护了路佳一把。但她还搞不清楚情况，脸跟下了霜似的，胸脯微微一起一伏。

杜明堂侧脸看她，内心已经用最大分贝在呐喊了：路佳！你清醒一点！你现在坐在人家车上！

这天色已晚，要是杜明堂不上车，王强把路佳拉到哪个小树林里毒打一

173

顿，她也只能吃个哑巴亏。

那毒打一顿都是好的，就怕有什么更恶劣的。

"王总！"

杜明堂的内心呼喊，路佳压根听不见，一句"王总"把杜明堂的心都揪起来了，眼见就要开战。

拦是拦不住了，只能让路佳先把心里话说出来。

"下午工地上的事儿您都看见了吧？这老工人罔顾人命，欺负新来的大学生，您说，该怎么处理？"

"路佳啊，公司的事情，有公司的规章制度，一切按流程。这些小事，平时是汇报不到我这里的。你难得坐我车，上来就质问我这些员工纠纷的小事儿，别拿村官不当干部啊。这件事，让他们行政和工会去处理吧。"

"小事儿？！"路佳惊呆，挺直了腰背，"这是人命关天的大事！"

"没你说的那么严重。"王强懒得理她，还低头优哉游哉地刷起短视频。

车内气氛跌到冰点。路佳憋了一肚子的连珠炮，此时被王强这个冷漠和不理睬的态度一激，倒成了哑炮。杜明堂看得明白，这就是王强这种人的策略了。你和我谈天理，我就给你摆权威。你把事情看得比天大，我就吹一吹手里的灰，四两拨千斤，让你自讨没趣。杜明堂被逼无奈，被迫继续出来端水："路佳，这事儿吧，王总已经知道了。你也别太咄咄逼人了。大老板，很多时候都是从战略的层面考虑问题的。"

"就是！"王强见杜明堂杜少都站出来撑自己，更加肆无忌惮，"别把自己弄得跟个上访户似的，成天讨要说法。讨不到说法，就把自己弄成神经病。"

"你说谁神经病呢？！"

杜明堂"啪"地用一只白皙的手掌拍住自己的脸。捂脸表情。这路佳有时候脑回路，真的跟一般人不一样。只见她小腰一挺，圆圆的小脑袋往前一伸，杏目圆睁，眼看着伸手就要去薅人王强的头发了。

"路佳，别别别。"杜明堂一把将她弱小的身板往后拉，"王总就是爱开玩笑。你这人咋这么开不起玩笑呢……"

"开你个头的玩笑！"车子还在高速上疾驰。

路佳直接不依不饶地推开杜明堂，此刻她想薅谁，谁都拦不住。"王总！"路佳伸手薅住王总的肩膀！

174

还好是肩膀,杜明堂松了口气。

跟这女人在一起,太刺激了。

"今天这事儿,我就等您一句准话,您说怎么处理?!您要不表态,我就陪那个大学生去工地拉横幅!再找几家媒体,不把事情闹大决不罢休!王总,项目工期多紧,您是知道的,对吧?"

路佳铁齿铜牙,虽气愤,但还是经过思考,有理有据地想挟制王强。临了,她还加了一句:"反正我是神经病。"

瞠目结舌。

目瞪口呆。

杜明堂望着火力全开的路佳陷入彻底的迷惘,这到底是哪路神仙?

路佳可高冷、可泼妇的样子,属实让杜明堂这个万花丛中过,见过百花盛开的富二代都开眼了。

心底又留下印象深刻的一笔。

"得得得!我怕了你。"王强不耐烦,他生平最讨厌的就是路佳这种得理不饶人,一根筋的主儿。

王强皱着眉头,捋了捋自己没几根毛的脑门,掂量了一下敷衍道:"那就……欺负人的每人罚款1000,再全工地通报批评。"

路佳立刻反喷:"王总,您护犊子能不能也有个度?要是你被焊在下面,也这么罚?"

"路佳!"王强终于被激怒了,路佳的美貌早已不足以支撑她屡屡的挑衅了。

玫瑰花带刺儿,但对于王强来说,全世界多的是其他野花野草,他干吗不找个温柔顺从的?

要在这儿受这气?

要不是在高速上,他早让司机把人给丢下去了!

"多大个事啊。"王强皮笑肉不笑地冷笑,"还罚1000块钱,就知足吧!谁叫那个大学生自己没经验,他应该感谢我们,咱们给他生动地上了社会第一课!"

"停车!停车!"

路佳气得鼻孔窜烟!肺叶颤动!以前她只是觉得王强这个人不要脸,不喜欢他这个人。今天这一场交锋,她简直就拿他当异端看了!深深结下仇了!

她也不知道自己为什么此刻要喊"停车",可能是下意识地,血气上涌,她就觉得不能再和这种人渣,在同一个空间里待了。杜明堂还想拉她:"路佳,路佳,少说两句。在高速上!"王强倒是若无其事,轻松地指了指前面几百米的收费站,吩咐司机:"前面停车,让人下来,以后记住,我的车,不是什么阿猫阿狗都能上的!别乱拉。"

嗞!——收费站,司机靠边一个急刹!满脸愤懑得通红的路佳,推开车门,一只脚踏下车的时候,她又不服气地立刻把脚收了回来!只见她直接夺过杜明堂手里的半瓶矿泉水,拧开瓶盖,照着前头王强锃亮的脑门,就一股脑地给他洗了个猝不及防的淋浴,飞流直下三千尺,哪个叫你最无耻?

"你这个疯女人!"

王强扭脸想伸手拉路佳,奈何自己被斜牵着的安全带绑住,只能被困在副驾上干跺脚!

转头,路佳推门下车,合上门的一瞬间,她又将空的矿泉水瓶狠狠砸在车后座上!

她冲杜明堂:"以后水要是端不平,就别端!"

吼完,"砰!"一声合上车门!

路佳扭脸就在夜幕中迎着一盏盏的远光灯,往前走去!

正好有辆警车停在路边监察,路佳直接上车,合上车门,不给杜明堂追上来的机会。

"警察大哥,我迷路了,请送送我。"

警察也很无语,他在这监察,又不是网约车。

但接下来一句话,吓得警察赶紧挂挡开车。

"我是神经病。"

路佳望着窗外落下的深蓝色夜幕,不紧不慢地说了这一句。她回头,后车窗里,望见杜明堂果然急切地也下车追了上来。他跑得气喘吁吁,满头满额的汗珠,他身后是无数的远光车灯。他高大的身影挺拔在万丈宏光里,惊艳万分。但路佳却收回目光,向前。杜明堂在这件事上的做法,彻底抹去了他在她心里的所有光环。他,也只是个明哲保身的,普普通通的,生意人而已。

一路上,路佳跟警察交代了事件的前因后果,又趁势直接将下午的事情报了警。

警察把她拉到交警支队,录了笔录,路佳埋头签了字,向警察鞠躬致了谢。晚风寒夜里,路佳这才拖着疲惫的身体,孤零零地打车回家。

第九章
又蠢又理直气壮

"你怎么才来?"

台球会所。

发小倪豪拉着台球杆,看向杜明堂的眼神都冒火。

"别提了。能来就不错了。"

杜明堂进门就把商务衬衫脱了,直接甩在台球桌上,只穿一件贴身白色背心,紧实的胸肌腹肌一览无遗。

他就属于那种典型的穿衣显瘦,脱衣有肌肉。

"怎么个事儿?"

倪豪看出端倪,把衣服从台球桌移到沙发上,又给杜明堂倒了杯威士忌,加了个冰球。

"再给我一个。"杜明堂勾勾手。

"啥?"

倪豪四下看看,没理解到。

"冰球。"

"哦哦。"倪豪以为杜明堂酒里要再加个冰球,忙又让酒保拿了一个。

谁知杜明堂直接一把抢过冰球,对着自己的太阳穴就敷上了!

"别别别!兄弟!怎么个事儿。"

这可把倪豪给吓坏了,什么事能让杜少这么上火?

经历了冰火两重的杜明堂,逐渐冷静下来,他把冰球拿下来,又撸了把满脸的冰水,转手接过台球杆,弓下腰转脸问倪豪:

"你说,这女人是怎么做到又蠢又理直气壮的?"

倪豪这才放下心来,哦,女人啊,他还以为有人抢鸡蛋呢!

"哥,你这是碰上谁了?"

"你别管谁,回答我的问题。"

杜明堂一杆进洞，继续屏息瞄准下一杆。

排遣焦虑每个人都有自己的方式，路佳是把刀扛在头上喊打喊杀，而杜明堂则是洞烛机微，在瞄准目标中，知己知彼地累积自信。

"哥，你要让我说实话呢。"倪豪随着杜明堂的身子转，"这女人吧，理直气壮是真的，但也不一定真蠢。"

"嗯？！"杜明堂回头警告兄弟，别挑自己不爱听的说。

但倪豪不管，他现在跟女朋友正热恋，于是继续说道："你知道有个词儿叫'中国大妈'吗？那是华尔街之狼都闻风丧胆的存在。这女人呐，她最大的逻辑，就是没有逻辑！我们总以为按逻辑来，按部就班，就一切尽在掌握。结果怎么着，逻辑永远战胜不了魔法，而女人最擅长的，就是用魔法打败魔法！"

"你别嘚啵嘚啵的。"杜明堂直起身，不高兴了，"没一句我爱听。"而后，他用蓝色的摩擦球，润滑了一下杆儿头，又重新弯腰瞄准目标："你说这个路佳。本来灭王强的事儿，我们都计划得差不多了。她倒好，工地上出了事，她就不管不顾地冲出来把桌子给掀了，今天彻底跟王强撕破脸了，我夹在中间，那叫一个难做！"打了一杆儿，杜明堂继续吐槽："关键是，人还就是占理！倒说我端水，我成了那见风使舵的小人了。"杜明堂喝了口冰水，气得又吐了出来。倪豪听懂了前因后果，低头会心一笑。说呢，老大没事儿发这么大火，原来又是为了"心上人"。杜明堂对路佳有好感这事儿，从头到尾没瞒过倪豪。倪豪还取笑他呢："从小就喜欢姐姐。过去在村上，只要看见扎双马尾的，你就上去薅人辫子！又舍不得下狠手把人薅哭，回回偷鸡不成蚀把米，被村上的野丫头们追得满田埂地跑。"这回也是。杜明堂又要追车保护路佳，又舍不得掀底牌破坏大局，这可不就被人误会了么？

"你还真是又'狗'又贱！简称勾践。"倪豪提醒杜明堂，要做勾践，必然要卧薪尝胆。

杜明堂情绪发泄完，冷静下来，相信也确实只能这样，憋屈归憋屈，但只要对大局有益，他就必须坚持！

"我让你弄的东西呢。"

平静后的杜明堂和倪豪并排坐在台球桌旁边的休息沙发上，聊天。

倪豪从怀里掏出 U 盘，顺手递给他。

"都在里面了。你要的下午工地 3:00—5:00 的监控。"

"嗯。"杜明堂将带着体温的U盘，谨慎地揣进裤兜里。

"对了，香港那边的猎头，都谈好了吧？"他又问倪豪。

倪豪一直办事很稳，极为得力。

"放心，挖人都签了保密协议。现在神武建材，一点风声都没有。"倪豪胸有成竹，"你给我交代的那个什么老赵，神武建材的总经理，王强的小舅子。我以为他们关系多铁呢，猎头就加了100万，那小子立刻答应带团队走。"

"行，你安排好就行。"

杜明堂有些累了，头后仰，望着天花板放空自己。

他运筹帷幄了这么久都没陪路佳坐了一趟车累。

关心则乱。

"哥。"半晌，倪豪还是忍不住问，"咱干吗这么卑躬屈膝地忍王强那小子。费这么大的劲儿，还不如直接跟王强开干，开除了得了。你这副吞针的样子，我都替你憋。"

"你这个想法好！"杜明堂听了，立刻来了精神，故意挑起大拇指夸倪豪道，"我大哥杜明泉也是这么想的！"

"啊这……"

倪豪一下子词穷，不知杜少的话是褒是贬。神武上下确实都知道，杜明泉一直在各种场合都剑拔弩张地和王强针尖对麦芒，显得自己气场强大刚正不阿。杜明堂说，他这么做，纯粹就是为了讨好亲爹。但连倪豪都看得出来，杜明泉这么做，丝毫便宜没讨到。王强就是条滑手的肥鱼。杜明堂对手下，还是再耐心地解释道："王强盘根错节这么多年，连根拔起也会带起泥。神武虽说家大业大，但是房地产起家，建材和建筑公司都是核心业务。这么大的动静，必伤元气。如果能硬上，以老爷子的手段，收拾了他王强还不跟拍死一只苍蝇那么简单。老爷子没这么做，就说明肯定有不这么做的理由。投鼠忌器。"

"那我们……"倪豪似懂非懂。

"捧杀。"

杜明堂转了转手指上的宝格丽戒指。

"先捧后杀。小人得志，才会膨胀。他膨胀了，就像气球一样，到时候不用连根拔起，他自己都会飘起来。"

179

"嗯，我懂了。"倪豪有些明白过来，后悔刚才的冲动。

但他仍然有些不确定地追问杜明堂计划细节："那猎头那边最后放哪些人，不放哪些人？"

杜明堂眼神意味深长地看向远方："只弄王强的小舅子，其他人，都放。"

"懂。"

"走了。"

杜明堂披上衬衫，将杯中酒一饮而尽，爽利地离开了碧绿海洋台球会所。

……

第二天。

天亮以后，路佳就来到了公司。

"不是！事实不是这样的！绝对不是！我亲眼看见的！"

精益会议室里。路佳对着一屋子的警察、证人和同事，整个人都快蒙哭了！昨天她虽然调侃自己是神经病，但那是因为她心里明确，自己神志清楚得很！她是不可能记错昨天的画面的！那个大学生工友就是在几个老工友的挖坑下，从下面去焊钢筋，把自己关在了下面。可现在……那个大学生竟然当着来取证的警察的面，一脸无辜地说：昨天什么也没发生，就是工友间开玩笑，自己躲在了一块钢板后面。是路工自己误会了，才报警说工地有霸凌。

另外几位工友，也为其做证。

任凭路佳红口白牙地一遍一遍描述昨天工地上发生的一切，但所有人，就像楚门的世界一样，众口铄金，说是路佳看错了！

"不可能！我怎么可能看错？昨天那么多人！最后是老师傅把钢筋用电锯锯开，才把人救出来的！当时我还叫在场的人，后退别溅到星子……"

"没有的事儿。"一位昨天同往的同事信誓旦旦，"路佳，你记错了！那是焊接呢！你当时是不是眩晕了？所以出现了幻觉。"

"不可能！不可能！"

路佳当着警察的面百口莫辩，又去拉搡那位大学生工友。

"你说实话。当时真的是他们骗你，才把你关在下面的！你说实话啊！把当时的情况一五一十地说出来！"

但那位大学生就是低头死死抿着唇，死活不开口。路佳环顾四周，一张张坚持又冷漠的脸，没有一个人站在她这边揭露事实。瞬间所有的无力感铺天盖地地袭来。路佳就像是当年的科学家，说地球是圆的，却被所有人当成疯子！因为昨天路佳和警察叔叔开玩笑说过"我是神经病"，现场调查的警察也不得不怀疑起路佳的精神状态，会不会是报假警。路佳狠狠掐了自己手臂好几把，直到手背都乌青一片，她越疼越清醒，昨天的一切就是她记忆里的一切。现场的所有人，肯定都是被王强那个贱人收买了！

不是人多就是真理，路佳坚定地选择相信自己。

"他们都在说谎。警察同志，我们可以调取昨天工地的监控，就一切真相大白了！"

路佳坚决要工地负责人员提供当时的监控！

但很不幸的是——

"路佳，昨天半夜工地线路被雷击坏了，监控怕是调不出来了。咱们这么多工友都做证，还不足以说明当时的情况吗？"

"就是啊。昨天咱几个就是闹着玩，下工之后躲猫猫呢。"

"路总，别没事儿找事儿了！工期可紧。"

现场所有人都在给路佳施加压力，路佳看向那位大学生工友，不可思议这又是一个农夫与蛇的故事。大学生工友也意识到路佳的目光，满脸涨得通红，头埋得低低的。身边的人还在用言语威胁："小刘啊，你是大学生。是不是昨天路工在工地跟工头吵架了，故意叫你这么说的，为的就是抹黑咱工地？可一定要坚定立场，不能说瞎话，现在找个工作多不容易啊！"

"小刘，你就说实话吧。要是耽误了项目进度，你的工作不也没了吗？可别被路工当枪使了。"

"是啊！警察同志，昨天路佳在工地和工头吵架，很多人都看见了，您要是不相信我们几个，可以去工地调研。"

路佳再也忍无可忍，她喝断了那些人的抹黑，怒吼道："你们还有完没完？！我为什么和工头吵架？你们自己心里没数吗？还不是因为你们偷工减料，渎职怠工！就你们这样的，能建好房子吗？"路佳这一吼，立马被有心人士抓住了把柄："警察同志，您看，路佳自己都承认了！昨天在工地和咱工头吵架了！她就是蓄意报复！"

"你！！！"

路佳捂着胸口，恨不能血溅当场，以证清白。

路佳无助得就像是一只蚂蚁，被众人架在热锅上灼烤。她也明白，冤枉你的人,永远比你更知道你冤枉。但问题是,如何自证清白?当事人翻供,众口一词,监控坏掉,连起来看根本不可能是巧合。路佳有数,昨天有人攒局了。既然争辩没有用,路佳便闭上嘴,一言不发。姜太公钓鱼,也钩不住闭嘴的鱼。

"你们这,公说公有理婆说婆有理,监控又坏了……我们也很难做。"警察合上笔录,"如果没有证据,或是新的举证,真的没办法立案。"

一听说没办法立案,路佳明显觉得,现场凝固的空气都松快了些。有人在暗自庆幸。按说是不告不理,既然当事人放弃了,这事儿也就算完了。路佳作为建筑师,本来卷进工地的是是非非就已经很消耗精力了,此时更加该及时抽身。

但路佳看了看那个单薄瘦弱、满脸绯红的当事人工友,此刻头都快埋进下巴里去了。路佳猜到他肯定是被人威胁了,工地上那些套路,路佳不是没听说过。有的是吃干抹净,让你浑身难受又不留痕迹的手法。最后的良知,令大学生不敢直视路佳。但他确实就是王强他们说的,社会经验不足,就算他委屈隐忍扭转事实污蔑路佳,事后王强那帮人也不会让他留在工地。小人永远欺软怕硬。所以,路佳不能也沦为软柿子,有一必有二。今天她要不能证明自己,以后在精益,所有人都会当她神经病,再无尊严和威信。

此时她不光是在帮那个大学生,更是要打赢这一仗,让坏人踢到铁板。

"有证据。"

路佳手捏下巴,思忖了一下,复又抬起头高声说道!

警察和在场的所有人都一愣,被路佳的气势镇住。她笃定地朗声道:"昨天锯开的钢筋,成了建筑垃圾。而精益工地的建筑垃圾,两天清运一次。所以只要去垃圾场里,找出昨天锯断的钢筋,就能说明他们在说谎!""这……"现场所有知情和被收买的人,心立刻一紧!完了,路佳说得没错!他们把垃圾这茬儿给忘了!光顾着对付监控了。正当警察准备驱车再去趟工地取证的时候,突然,会议室的门开了,秘书小胡手里举着一个U盘走了进来。

"不必了。这是昨天下午工地3:00—5:00的监控录像。"

警察刚接过U盘。

一个挑事儿的当场就跳起来了,监控就是他去破坏的,根本不关雷公的事儿。

这丫头片子手里怎么可能有监控录像?

别是诈和吧？！"

"不可能！"挑事儿的说，"你昨天又没去工地，哪儿来的监控录像？！"

秘书小胡不慌不忙："早上我收了个快递，信封里装着这个U盘，我就打开看了一下。"警察把U盘插进电脑，顷刻间，昨天下午工友霸凌的一幕，出现在电脑屏幕上。紧接着，就是杜明堂和路佳吵架，路佳拔刀相助的画面。这回，证据面前，所有人都可以闭嘴了。当事实站起来的时候，所有的谎言都不攻自破地倒下。这时，那个大学生工友再也绷不住了，"哇哇"大哭起来："是他们！是他们，昨天晚上在宿舍威胁我的。我说我不干，他们就……就……就垫了张湿巾，用拖鞋拍我的嘴！"路佳和警察都愤怒了！湿巾拍嘴，不光可以不留下红印，湿巾里的水呛进鼻腔，更是另一种酷刑。

路佳更是拍案而起："你们还是不是人？！他就是个大学生，你们自己就没有儿子、弟弟、侄子吗？！"

她气得颤抖，同时又感谢天降神兵，有人送来了能证明他们清白的U盘。

时间掐得刚刚好。大冤得雪。可是，这U盘是谁送来的？谁又未卜先知了今天的一切？秘书小胡说，快递没有署名。路佳以为对方也是怕被打击报复，于是就没有当众再刨根问底下去。最后，几位闹事的工友被警察带走，工地的生产安全也引起了相关部门的注意，最近会彻查！就这一档子的事儿，估计能够王强那厮好好喝一壶的了。但结果并不是这样。这事闹成这样子，王强把几个闹事工友开除，说是临时工，迅速把自己撇了个干干净净！手起刀落，主打的就是一个"快、准、狠"，毫无人性。路佳气愤又讶异。

杜明堂却将一切都看在眼里，意料之中。

这也就是为什么，他不支持路佳去和王强那种小人硬杠。小人莫得罪。路佳是正义且冲动，但对大事无益。既然杜明堂选择了先躲在幕后，也就没必要这两天在路佳面前再蹦跶，瞎戳人家眼窟窿。于是杜明堂干脆躲在自己办公室，隐身了两天。路佳越想越气。这么个折腾法子，都没能动摇到王强的根本，还把自己折腾了一肚子气。王强也不是吃素的，处处给路佳穿小鞋。

万般委屈之下，她杀到阳溢建设去找杨叶诉苦！

"我不管！你帮我，把王强拉下来。"

路佳一屁股坐在杨叶的总裁凳子上，双手把着扶手。

"为什么是我啊？"杨叶不可思议地指着自己的鼻尖，"我又不是你们精益的人，我和王强又没仇！"

"因为我信任你啊！"路佳一脸的理直气壮。

杨叶一愣，挽起袖子，无语地扶了扶额头！这上哪儿说理去。路佳她哪儿来的自信，杨叶会时时刻刻为她打工啊。就是让驴拉磨，前面鼻尖上还吊根胡萝卜呢。路佳给他吊了吗？就跑来颐指气使。但一句"我信任你"，又给杨叶的心底打了一剂甜味素。行吧行吧，她不就是要把王强拉下来嘛，又不是要去月球上逛逛。他杨叶有什么不能答应的。这些年，他就是这么被拿捏的。杨叶拉了把椅子，坐下，伸手，请他的路佳姑奶奶吐槽。

路佳"吧啦"一大通，把最近的事情交代了个底朝天。

杨叶听了，满头满脸的黑线，不解："路佳，你不做建筑？管上闲事了？下半个月 SPACE 就竞标了，你搁我这说相声呢？"

路佳当然没忘记 SPACE，但王强干的这些事儿，太可气了。

士可杀不可辱。

还有一条，路佳才无所谓精益中不中标呢，反正她背后是老靳。巴不得现在精益越乱越好。但这话不能跟杨叶说，所以她只能餐巾纸捂鼻，做小媳妇状。满脸哀怨地写着"杨总，要替奴家做主"。

"得得得。"杨叶就见不得她那个样子，就跟张飞唱昆曲儿似的别扭。

他给路佳支招："你想把王强弄走，靠你一个人的力量肯定是不行的。你好好想想，在精益，除了你，还有谁，最想王强走？"

"你是说，敌人的敌人，就是朋友？"路佳若有所悟。

但她很快又大惊小怪，拍着椅把子站起来吐槽："最有可能的人是杜明堂，正常人谁不想当老大啊？但那家伙是个端水大师！成天犹犹豫豫，有时候还对王强唯唯诺诺，看小人脸色！他不是太子爷吗？咋活得这么没脊梁骨？！"

"不要小看杜明堂。"杨叶立刻警示她。

"嗯？"路佳怔住。

"卧榻之侧，岂容他人鼾睡。"杨叶敛起神色，用略带严厉的口气提醒，"你以为那个 U 盘是天上掉下来的？"

路佳又愣了，还想支支吾吾地辩解："那不是人家怕……王强打击报复吗。"

"你能不能用用这里？"杨叶一脸黑线地指了指脑子，"你觉得工地的监控是那么好拿到的吗？"

路佳又不说话了，智商欠费。

杨叶继续道:"还有,那个U盘要真是快递寄来的。为什么早不来晚不来,正好警察在的时候有人送过来了?!一个快递而已,每个公司前台积压的快递还少吗?你现在,去我们公司前台,给我扒拉一个昨天送来的发票。我看你没个半小时的耐心,翻得出来吗?还有,你收到一个不明U盘,会立刻插进电脑查看吗?不怕毒炸电脑啊?!"

说得急了,路佳都侧面看见杨叶的唾沫星子在飞了。

他说得确实有道理。

"哪有什么天降神兵?那是别人早就布好的局!"

杨叶总结陈词。路佳恍然大悟,觉得他说的颇有道理!事实就是他说的那样!

太有道理了!

但下一秒,她还是不服气地抬起头,对杨叶发出强烈谴责:"既然你什么都知道,为什么不早点提醒我?!"

杨叶血压都骤停了!

整个人内心就是人猿泰山在拍胸:你问我了吗?

"好好好。是我错。我没早提醒你,杜明堂是什么人!"杨叶"深刻"自我反省,而后,他怒气冲冲反问路佳,"那家伙怎么看也不像是笨蛋吧?!笨蛋能上清华吗?"

说完这句,路佳和杨叶两人对视,相觑数秒。最后还是路佳松了气,瘫坐在椅子上,请教杨叶:"那接下来该怎么办?"他们俩就是这样。这么多年,路佳每次遇到问题都是气势汹汹地来,先胡搅蛮缠,最后被理性且有理有据的杨叶收拾一顿,她就舒服了。冤孽啊。杨叶叹了口气,把路佳的转椅转过来对着自己,很认真地对她说:"配合杜明堂。以静制动。还有——"他屏息,而后垂下眼睑,认真警告路佳道:"别自作聪明。"他这句话意味深长,凉气渗透进路佳的每一个毛孔,让人不寒而栗。路佳隐隐有种不祥的预感,杨叶的这句"别自作聪明",并不是单纯地在警告她目前精益的动作。她红了脸。

杨叶又仿佛什么都没发生,轻轻拍了拍她的肩膀,直起身:"行了,晚上想吃什么?我请客,日料还是火锅?"

"得回家陪孩子呢。"路佳嘟囔。

"把小鲁班一起接上不就成了。我多他一双筷子啊?"

"改天吧。我累，先走了。"

说着，路佳就拎包灰溜溜地离开了杨叶的办公室。

第二天一早。

路佳头昏脑胀，浑身酸痛。

也许是这几天闹心的事儿太多，于是就请假多睡了一会儿。

迷糊中，她还是被一通电话轰醒。

"路佳！今天是庭外和解，你没来吗？"

钟明理的声音。倒也不是十分急切，似乎就是问问。

"庭外？和解？"

路佳赶紧一骨碌坐起来，翻开手机备忘录。可不！今天是她跟陆之岸的第一次庭外和解。她居然忘得干干净净！连个影子都没想起来。

"陆之岸去了吗？"路佳下意识地问。

"那还用问吗？"钟明理似乎在用调羹搅动什么东西，"陆之岸全家出动，那气势啊……浩浩荡荡！"

路佳一拍额头，自己真是被公司的事占太多脑容量了。

这下肯定又被陆之岸抓到"小辫子"了，他们一家子肯定又要起劲了，因为得"理"不饶人。

"不过也无所谓啦，庭外和解可以不来。"钟明理安慰她。

路佳赶忙对钟律师连连道歉："实在不好意思，这几天太忙了，把这事儿给忘了！钟律师，让您白跑一趟。实在是不好意思。"

"离婚都能忘？"钟明理，"路佳，你真可以！"

路佳隔着电话都羞红了脸，她确实……没想起来。

反正和陆之岸的婚姻都已经判了死刑了，什么时候上绞首架，迟早的事。没必要慌。

"你是没来。但你弟弟，拿着传票替你来了。"钟明理在那头解释，"他还问我呢，说他来有用吗。我告诉他，得当事人亲自来，或者当事人授权的律师才行。"

"路野？"

路佳往脑后一撸头发，他小子去干什么？！但很快她就反应过来，醉翁之意不在酒，在乎山水之间也。路野堂堂一个法医学的大学生，又不是法盲，他怎么可能不知道庭外和解需要当事人去？这巴巴地凑过去，肯定是为了钟明理。

他才是真可以。

但是面上，路佳也只能化身"护弟狂魔"替他圆场："他也是关心我。"

"行吧。具体情况回头我让路野回去告诉你。他正请我吃沙县小吃呢，这一早上没吃东西，还真饿了。先挂了哈。"

说着，钟明理就匆匆收了线！路佳听到路野跑去替她"和解"没生气，猜到他暗戳戳的小心思也没生气，但是此时听到"沙县小吃"四个字，火"噌"就起来了！路佳没有任何冒犯沙县小吃的意思，只是觉得，路野如果真的想追钟明理，好歹请人家女生吃点高大上的吧？是自己每个月给他的5000零用钱不够吗？路野年年奖学金，不是八千就是一万，咋这么抠呢？！真是丢她老路家的脸！路佳挂了电话，立即就给路野微信：沙县小吃？我没给你钱吗？你就请钟律师吃这？路野秒回：姐！法院在汇南乡下，马路边上。这地儿就一家沙县小吃！路佳：你脑子是不是整的？！你就不会叫个车，带她去附近的 shopping mall 吃？！路野也不耐烦了，直接回：姐你咋事这么多呢？我看人钟律师吃得挺香的。确实，钟明理穿着一身 MaxMara，脚踩 Jimmy Choo，头顶架着 Alexander Mcqueen 墨镜，卷曲的栗色长发拨在一边，坐在对面埋头吃小馄饨，吃挺香。自然而不做作。路野看女神的眼神都直了，他现在就想自己是钟明理调羹里的下一个小馄饨该多好。

"你吃啊，怎么不吃？"

钟明理抬起头，见路野盯着自己，催促他快吃。

路野则掩饰地收回眼神，不敢和女神对视。

"学姐，你是7字班的吧？你不知道，到现在你的照片还在咱学校法学院挂着呢，咱交大神话传说般的存在。"

不对视归不对视，彩虹屁不能停。

"路野啊，从早上到现在，类似的话，你已经来来回回很多遍了。"钟明理意识到路野的心思。

毕竟身边追求她的人，已经排到了法国，每天都会遇到几个点卯的。恭维美女才女的话术都差不多，钟明理确实有些审美疲劳。"你还有别的话吗？没有的话，吃完我们就回去吧。"路野害羞地抓了抓自己的后脑勺。他明白钟明理的意思，也知道律师的日程都排得非常满，他必须要抓紧机会！路野的性格和路佳很像，就是平时再迷糊，大是大非问题上从不手软，自己看中的东西就会积极争取。"有别的话。"路野挣了挣，放下手里的筷子，鼓足勇气，直视对面的钟明理，认真说道，"姐姐，我能追你吗？"噗！钟明理嘴里的一口馄饨汤，差点没从鼻腔里喷出来。她本来是想劝退对面这个小学弟，毕竟两人年龄差距有点大。谁知人家竟然直接捅直球了！别说路野了，就是很多和钟明理同龄的男律师和男法官，想追她的时候都是磨磨叽叽的。生怕先说出自己要追钟明理，就落了下风。

毕竟，谁先爱上谁先输，被爱上的那个人就像捏住了先表白的人什么把柄似的。

现在的人，都精明得很。

"追我？"但钟明理到底是见过大世面的，她用餐巾纸捂了捂鼻子，冷静地抬头质询路野，"凭什么？"

路野当然知道自己和钟明理的差距，这两个礼拜，他翻来覆去睡不着，仔细分析了他目前的处境。他是法医学的大学生，还没毕业，没有工作，没有社会经验，没有稳定的收入来源。而钟明理早已见惯了大世面，是身价不菲的知名律师了。但是吧……路家人就是这点好，表面再谦恭，内心从来不自卑。路野也冷静摘出了自己的优势：自己年轻，身体好，同时未来有无限可能，前途无量。

于是，他不带磨叽的，在钟明理对面，自信地回道："姐姐，我身体好。"噗！——这回钟明理是真没忍住，完全破了矜持，一口馄饨汤喷了出来。她脸红得就像喝醉了酒。这"90后""00后"，不光整顿职场，还整顿情场，太直了，实在是太直了。这主打的就是一个"把自己的话说了，让别人无话可说"。一时间，见惯了风浪的钟明理都不知道接什么好了。

于是，她接了句："我可比你大9岁。"

"女大三，抱金砖。抱三块金砖的学姐，刚刚好。"路野笑着，露出一口白牙。

钟明理彻底被对面的学弟给整不会了。爱情，是冲动；所以留下深刻的第一印象很重要。其他的倒还在其次，至少这回路野的八块腹肌是深深印在钟明理的脑海里了。路佳要是知道了今天这出，估计能打死他。……陆家人从法庭出来后，又开启了相互埋怨模式。一个家庭的阴郁，往往都是从不能相互共情，只知道指责对方开始的。陆之岸和路佳的婚姻里，他也是这样。

仿佛人生所有的不如意，全是别人造成的。

"这个路佳，摆什么臭架子，庭外和解都不来？！"陆母第一个发起隔空埋怨，"真当自己是碟子菜了！这要在我们那个年代，离婚的女人是要被戳断脊梁骨的！真不知道现在社会风气怎么变成这样？！离个婚，她还傲气上了！"

"你现在说这些有什么用？！人家就是不来！压根没把我们放在眼里！"陆父赌气，甩开手想走在前面。

陆之岸的姑姑今天则带着新交的男人过来了，陆母本来是反对的，她知道自己小姑子的长性。

这些不三不四的男人，肯定没几个月又分手。

来之前，她就跟陆父抱怨过："刚认识1个月的野男人，带来掺和我们家这些事干什么？"

结果，陆父跟她说："人家是老板，见的世面比我们广。多个人出主意，也是好的。"

其实，这个陆之岸的"准姑父"就是个投机倒把的，一肚子坏水，跟陆之岸姑姑也是"白相白相"的。

但是为了显摆自己有能耐，于是他撺掇道："这事儿吧，确实难办。要不，咱们也请个律师吧？"

陆之岸的姑姑听了，立刻拍他手臂："请律师？！哪里有钱哦？我们花再多钱，能请得过路佳？刚你也看见了，路佳那个代理律师，穿的戴的，够买一辆车了，一看就不是一般人能请得起的！现在请律师？那就是白送钱给人家！"

"那怎么办啦？！"陆母又焦虑起来。

她真的很怕，离个婚，自己儿子什么都分不到。

陆之岸的"准姑父"："要我说，就把儿子的抚养权给抢过来！娃过来了，还怕钱不过来嘛？这个路什么佳的，外头再威风，儿子总是自己亲生的吧。哪个娘不疼娃？女人嘛，都一样。要不为啥那么多被拐卖的妇女，生个娃就不跑了呢？我看啊，你们就从这上头拿捏她。"

"对哦！！"陆之岸的姑姑第一个举手赞成。

陆之岸的父母也不是没在这个上头想过，可是他们总觉得自己年纪大了，不想花精力带孙子。

现在打打麻将、跳跳广场舞，日子蛮滋润的。

他们的目的是多分点钱来花花，不想给自己加重负担。

而且，陆之岸也不情愿，他有自己的打算，万一路佳是真的想离婚，那他也会立即再找。

到时候二婚带个拖油瓶，多少影响再婚质量。

此事需从长计议。

"不能从长计议！""准姑父"出馊主意道，"你们别犯傻！先把孩子的抚养权弄过来。弄过来之后，就不让孩子亲妈探视，法院也管不了，就是管得了，到时候拉扯也得拉扯个大半年。女人绷不住想看孩子的，到时候你们想要多少钱，她还不得照给？等钱到手了，你们再把孩子的抚养权还给她呗！小鲁班长大了，血缘是改不了的，照样是你们的亲孙子！"

第十章

成立技术部吧！

"对啊！这个办法好！"

"孩子就是个聚宝盆！"

陆家人被一阵鸡血，又推得七嘴八舌起来。

"路佳也快到年纪了，估计以后想生也生不出了。家产还不都是陆班的？"

"岸岸呐，这回你可一定得支棱起来！把抚养权给弄过来！"

"对对对，就听你姑父的！这个办法好！"

陆之岸被撺掇得眼也红了，攥了攥拳头。路佳刚在家里洗漱完毕，毛巾捂着脸，看了看镜子里的自己。她最近很疲惫，人又瘦了点，但是这脸一瘦吧，显得她那双乌黑深邃的大眼睛更加明亮。路佳定期会检查镜子里，自己眼睛里是否还有光。

她可以接受自己的身体老去，皮肤松弛，却不能接受心灵的窗户污浊。

"路佳！你出来！我爸妈来了！"

陆之岸又是仗着人多势众，领着亲戚回家就开始大呼小叫。

路佳原本还想下午去上班，这么看又得多耽误会儿了。

"路佳！早上庭外和解你为什么不去？知不知道大热天的，我们等得很辛苦！"

"路佳,你眼里还有没有长辈?怎么这么不懂得尊重人呢?!这就是你的家教?"

陆妈是"事儿妈",陆爸是"理儿他爸"。他俩劈头盖脸,一人一句,这算是在占领道德高地了。而陆之岸的姑姑和姘头,则在旁边看笑话,满脸幸灾乐祸。路佳蹙眉看了看陆之岸,都懒得费劲儿解释,只是说道:"律师说,可以不去的。"

"那就让我们白跑一趟啊?你就不知道打个电话啊?三十多度的天!你这人怎么这么不知道心疼人……"

陆妈一下子就激动地开始指责快不是儿媳的儿媳。

路佳"呵呵"冷笑了一声,算是好脾气地还回了她一句:"庭外和解当事人去就行了。我也不知道你们全家这么爱凑热闹。大热天的,您为您儿子的事情受累,我算老几,心疼得着您么?"

"你!!——"陆父还搁那端臭架子,不停重复他是长辈。

路佳拎起工作包,边换鞋往外走,边说道:"长辈是长辈,长一辈嘛。但这年龄和素质吧,有时候它就不是成正比。现在快离婚了,您跑来让我认您当长辈。可我嫁到你们家十年,别说逢年过节有红包了,当初连改口费都没给吧?"

路佳一番话,说得陆家人脸上都只发臊。当初她和陆之岸确实就是裸婚,而且是赤裸裸的那一种。基本上除了四块五的结婚证,啥都没有。当年杨叶离路佳而去,路佳心灰意冷,如坠冰窟,根本就没有心思去计较婚礼的筹备。但后来,婚后她才明白了,老理儿要彩礼有时候也有一定的道理。这不花钱娶来的,就是不知道珍惜。而且,婚后,见路佳收入高了,陆家二老频频伸手,就是个无底洞。路佳想,她钱都花了,亏也吃了,这临了临了的,还不让出口恶气嘛。

于是,说话也就不客气起来。

"还有啊,陆之岸。以后家里来人,你最好和我预约一下。马上就要离婚了,这房子也没你的名儿,老这么往别人家领外人不合适吧?"

路佳说着,拉上鞋跟,刻意意味深长地看了陆之岸姑姑身边的新姘头一眼。

"就说你姑姑身边的男人,你往这儿领过的,就不止一只手。过去,我俩是夫妻,应承一下是礼数。用你爸的话,谁让我们是小辈儿呢?不敢掺和大人的事儿，做好接待工作就行了。但这回回接待，也没个结果。现在快离婚了，你饶了我吧，想图个清净。"

"欸，路佳，你这叫什么话……有多少人让你接待过了。"陆家姑姑脸上挂不住，青一阵紫一阵，急于狡辩。

路佳才不理她，甩脸子就要出门。这时，陆之岸才终于在家人的白眼和挤眉弄眼里，支棱起来，提高声调唤住她道："路佳！你别走！我来就是告诉你，我要争取小鲁班的抚养权！"路佳背对着众人，听了先是身体一僵！僵，是因为，这话陆之岸从来没说过。在他的观念里，乡土社会，从来就没有儿子不认老子的。但他不知道，这乡土社会上成长起来的人，早就把世界变成了热土。爱出者爱返。没人能不付出就有回报。下一秒，路佳换了副云淡风轻的笑靥，回过头，绵绵对所有人道："行啊，争取呗。加油。"话音刚落，紧接着就是一声重重的"砰"的摔门声！路佳把所有人都晾在那里。自己一阵风似的，潇洒上班去了。

……

接着，路佳的烦恼接踵而至。她是真发愁。这几天，她一直在弄SPACE的内部空间设计表达方案。因为外观，她已经借鉴了良渚文化中的玉琮，沉郁大气。所以内部的空间设计，她希望能轻盈灵动，让人长时间待在里面都丝毫不感到压力，而是如鱼得水般地轻松自在。一个是视觉感受，一个是内在感受，缺一不可，哪个也不能拉胯。但是，内部设计，路佳想来想去，除了改变动线图和家具的颜色和软装，丝毫没能立住什么有新意的地方。智能家居的概念可以有，但是路佳都运用在能体现人文关怀的细节方面，比如感应灯带等。而不是炫技，让走进来的人，误以为自己进了太空舱，呼吸都困难。她这里烦得抓头，那个杜明堂还时不时地过来搅和。让她不停地给ChatGPT训练模型，出扎哈和包豪斯杂糅的怪物。他这人真是越来越烦了，再帅的脸都救不了。

好几次，路佳不是对进来"监工"的杜少冷嘲热讽，就是直接甩脸子，教资本家做人。

"你这个模型再深度学习一下！"

杜明堂秉着"不抛弃、不放弃"的人格，敞着衬衫领子，杵在路佳的电脑旁，继续不知死活地指手画脚。

路佳直接起身，扒拉开他，冷屁股贴他的热脸："来，让让，四点半，接孩子了。"

杜明堂被她挤到一边，还不死心："那你晚上回来训练。正好让代码跑一会儿。"

路佳撑着门，给了杜明堂最中肯的建议："杜总，成立技术部吧！"

真吃饱了撑的！

拿建筑师当算法工程师使，真是闻所未闻。

幼儿园门口。

"妈妈！"

小鲁班一看到路佳，就雀跃地冲了过来，给了她一个熊抱！

"乖乖。"路佳抱起他，举高高。

蓝天白云下，是儿子天使般的笑脸。

但放下宝贝的瞬间，路佳回忆起陆之岸的威胁，晴空万里的心情，突然就起了波澜。

牵着小鲁班走了一会儿，路佳还是忍不住问儿子道："那个……宝宝，如果——妈妈说，是如果——"

路佳吞吞吐吐，小鲁班扬起小脸儿不解地望着她。

"如果爸爸妈妈离婚了，你愿意跟着谁生活啊？"路佳小心翼翼地问。

小鲁班眨巴了两下眼睛，旋即低下头。路佳立刻感到一阵揪心，是不是自己问得太直白了，伤了孩子的心。他毕竟还小，实足年龄才五岁，就让他面对这样的问题，属实有些残忍了。路佳搜肠刮肚正想着怎么赶紧换个话题，掩饰过去。没想到，小鲁班又抬起头，坚定地回复亲妈："跟着你呗。"路佳长舒了一口气，但又有些担忧儿子只是当着她的面随便敷衍敷衍。谁知，接下来，小鲁班竟然就这个话题侃侃而谈起来："妈妈，我问过明堂哥哥，如果爸爸妈妈离婚了，我怎么办？明堂哥哥跟我说，就选爱我多的。想来想去，妈妈，从小到大，你虽然很忙，但是管我还是管得最多的。虽然你总是逼着我弹钢琴，但是给我买好吃的好玩的也是你。所以想来想去，还是你爱我比较多，所以我选你。"

"明堂哥哥？"

路佳凝思，不记得自己最近带小鲁班见过杜明堂啊？

这家伙儿怎么就见了人家一面，这股劲头就没过去，老是把那个"黑心资本家"挂在嘴上。

路佳停下脚步,蹲下,认真地问小鲁班:"你是怎么问明堂哥哥的?"小鲁班得意地从书包里翻出自己的电话手表,交到路佳手里。路佳低头一看,我的个乖乖!十几页的语音聊天记录!就离了个大谱!她真的是——感谢天,感谢地,感谢小天才电话手表!她把这茬儿给忘了,上次杜明堂给了小鲁班电话。但路佳怎么也想不通,这俩"网友"还私下交流上了?!

"这……"

路佳都不知道该怎么引导儿子了,嘴巴呛风,一句话说不出来。

小鲁班倒是很随意,歪着脑袋,继续道:"我和明堂哥哥还约好了,这周末去游乐场玩儿。他说他会跟你说的。"

"跟我说?"

路佳还真没听杜明堂说起过,不过她也没给他带嘴的机会就是了。这两天,杜明堂只要开口,那都是犯了天条。今儿是礼拜一,他俩约的是礼拜六。路佳决定再等等,看看杜明堂那边怎么说。

"那,儿子,咱们可说好了!离婚,你跟我!"

"没问题!拉钩!"

"你弄死我吧。"

杜明堂坐在自家床前凳上,先是揉脸,然后是薅头发。

对面,杜明心一件一件地对着穿衣镜换裙子。

她在挑选明天去阳溢建设上班要穿的衣服。

"你是去做行政,不是去收购人家公司。"杜明堂提醒她,"你这左一件 Dior,右一件 Fendi 的,不合适。"

"那 MiuMiu 怎么样?"

杜明心一脸真诚地问。

杜明堂彻底无语。

"我的意思是,你能不能穿点儿……接地气的。"

杜明堂尽最大努力启发她。

"那 Balenciaga。"

杜明心也显然没有理解到事情的重点。她能理解的,最接地气的穿搭,就是一件 6000 元的 Balenciaga T 恤配 Alexander Wang 的牛仔裤。

杜明堂都快把自己的腮挠破了,他咬牙切齿地最后跟他二姐解释一遍——"你是去上班！"

"上班怎么了？"杜明心对着镜子，撩着裙摆，若无其事地转圈圈，"你不就是希望我每天有个地方去吗。什么行政？说白了，你们就是想让我每天穿得美美的，别待在家里作妖。"

"你也知道你那是作妖啊？"杜明堂以为他二姐自己不知道呢。

而后，他站起身，走到杜明心身后，耳提面命地认真提醒她道："杨叶是你新老板，以我对他的了解，他不养闲人！"

"喊。"杜明心根本不信。

她以前又不是没经历过，什么市场部品牌部，只要她亲爹给点资源，那些所谓的神武合作伙伴，不都得乖乖把她这尊大佛给供起来？

不用干活儿，每天只需要美美的，去公司炫耀一下她的当季新款，就可以走了。至于刮风下雨，那更不用去了，万一金主送来的财神被雷劈了，那谁担待得起？

所以这些年，杜明心混了几家公司之后，觉得没劲，就彻底归家了。

天天看各种笑脸，很腻的。

"你这次又是什么价钱，把我卖进去的？"

杜明心整了整自己的肩领，问。

杜明堂把着亲姐的肩膀，对着镜子里的她，回答："这个杨叶，野心大着呢。自从我告诉他，王强的合同有问题以后，他自己也开始做下游，拿了批文，开山做建材。我给他承诺，掰断王强之后，喂点客户给他。"

杜明心听见王强两个字，蹙了蹙眉头，转过身："明堂，王强还没被拍死呢？！我在家的时候，没少听明泉他们在老头子面前吐槽他。"

"杜明泉，就剩了张嘴。"

杜明堂立刻不服气地嘴角勾起一丝阴鸷。他毫不掩饰地在明心面前表达对他大哥大嫂的厌恶。杜明心也非常讨厌亲哥这两口子，他们在家里对明心的冷漠，屡屡伤害了她。

精神伤害，最难愈合。

尤其是她那个大嫂，也是位家族联姻的富二代，对外是温柔可人的名媛形象，在家里对杜明心，那可是刻薄至极。因为觉得她这个小姑子毫无利用价值。毫无利用价值的人，最终还有一种价值，就是被人凌虐，发泄对生活的不满，情绪垃圾桶。

她还总喜欢拿明心立人设，当着褚灵灵这个婆婆的面，就对明心好得不得了；没人的时候，话里话外就对杜明心冷嘲热讽，什么"鸡都不会下蛋，养着干吗"这种话都说得出来。

杜明泉则像杜康生，男权，他一直觉得杜明心这个妹妹可有可无。

最好是无，完全不把她当人看。

"你明天中饭吃什么？"

杜明堂问。

只有这个小弟，才是对她真心实意、无微不至地关心。

"不知道啊。"杜明心一屁股在刚才杜明堂坐着的凳子上坐下来，"我查了，那附近好像有家意大利餐厅，估计去那解决吧。"

杜明堂立刻伸手做了个"停"的手势，堵住她的痴心妄想。

"午休就一小时。意大利餐厅要排队，你来得及吗？"他说道，"还有第一天上班，你不和同事们打好关系吗？午饭，当然是一起吃啊！"

"那就叫杨叶请我吃饭好了。"

杜明心无辜地眨了眨眼睛，接话。

鸡同鸭讲，杜明堂开始暴走！

他这个姐，就是不食人间烟火的仙女！

主打的就是一个听不懂人话！

算了，他也不管了。

反正从明天开始，杜明心就是阳溢建设的人了，让杨叶管教自己的员工去吧。

"这件还是不行！"

临走，杜明堂又用X光似的眼神，上下打量了他二姐身上的搭配装饰。

"太短。"

说完就消失了。

杜明心低头看了看，更不服气地喊："哪儿短了？裙摆都到膝盖了好吗？"

……

晚上，路佳在办公室里，跑了一堆的"怪物"。每个草图，都是不忍直视的尴尬。路佳这辈子最不能接受的国内几大建筑，就是：福禄寿酒店，大树酒店还有蜂巢。一个比一个刺眼。但是杜明堂现在让她用ChatGPT出的草图，那简直就是直接把眼珠子给抠出来了。精益真的会拿这种东西去竞标SPACE吗？路佳觉得不可思议。

但杜明堂就是一副信心满满的模样，对着那些草图，居然还夸呢！

"你看这个顶，这个流线型！空气动力原理。圆角的光影就是比直角好看。"

"还有这个，你看这个设计，完全符合人体工程学！是那种包裹的感觉。"

"密斯的玻璃幕墙就是经典！跟高迪一结合，就是古典中带点现代的感觉。"

他跟只苍蝇似的，在路佳耳边不停地"嗡嗡嗡"。

路佳内心不停地骂。

一个傻子是怎么能利用自己的专业知识把自己诠释成一个大傻子的？！

人才。

"那什么……"

路佳不知道杜明堂是在故意逗她，实在听不下去了，主动转移了话题。

"小鲁班和我说，这周末的事……"

路佳试探性地和杜明堂聊起了私事。

"周末什么事？"

明堂抖动着浓密的睫毛，明知故问。

他就喜欢看路佳亦怒亦嗔亦娇憨的表情。

"没事了。"

毫无悬念，他又吃到了路佳的白眼。

"哦、哦哦哦！"

赶紧装想起来，不然话题聊不下去了！

杜明堂恍然大悟道："对对对！我答应了小鲁班，和他一起去游乐场！你看我这记性……"

路佳还不高兴呢，本来工作一周就挺辛苦的了，怎么杜明堂不经过她同意，就擅自答应了小鲁班这种"日行两万步"的大项目呢！

"欸，我说你没病吧？交网友交上我儿子啦！他才五岁，你俩平时都聊什么呀？"

路佳昂起头，把碎发撩到耳后，特别好奇地望着杜明堂。

"啥都聊啊。主要就是深度交流一下彼此的思想。"

"小鲁班,他五岁!他现在最喜欢的动画片是《时空龙骑士》……"

路佳不解,就那个五颜六色的动画片,她儿子每天看得津津有味,每天还得学里面的子贡来几个惊艳亮相。

"我也看啊!"杜明堂还上头了,特别诚恳地说,"我喜欢里面的大卫。"

天!

杜三岁。

破了案了!

就杜明堂现在这个心智和智商,前面让她用ChatGPT出怪物,立即变得合理了!

路佳想逃!

和这种人呼吸同一片空气,都会降智吧!

"不要小看杜明堂。"

但顷刻间,杨叶的警告又立刻盘旋在她的耳边。

路佳严重怀疑他是装的,于是故意挪动屁股下面的沙发椅,靠近他。

她仰起脸,凑近他的鼻尖,死死地盯住他的两只眼睛。

一对一的眼神,不会说谎。路佳也不说话,就那么死死地盯着杜明堂,如果他在说谎或是装,肯定会有刹那心虚。心虚就是破绽。

"真的?"她屏住幽微的鼻息,幽幽地问。

"真的。"明堂俊朗的脸,深邃的眸,诚恳地点头。

"那我问你,善意的谎言往往都带着悲悯……"

"但最后总会释然着快乐!"杜明堂也夸张地做了一个动画片里的动作。

时空龙骑士,变身!

"一个高贵灵魂的死亡……?"路佳一只脚踩上椅子,问。

"是一场从黑暗走向光明的旅程!"杜明堂双手开弓射日,字正腔圆地答!

"星星总要归还宇宙才能发光!"路佳站起身,也高声在办公室里张开双手,气氛已经烘托到这儿了,那杜明堂只能展现真正的实力了!

"月亮离开了星星也会暗淡!"

又对上了!

"没有永远的敌人……?!"路佳八字手放在下巴下面,眉飞色舞换了个姿势。

"却有永远的正义!"杜明堂挑了下眉峰,对答如流!

他俩此刻一问一答,一人一句的,正是动画片《时空龙骑士》里的经典台词!

好吧,毋庸置疑——杜明堂是真的爱看幼儿动画!不然不可能连这些台词都记得住,路佳也是陪小鲁班看了好几遍,还得时不时应对儿子的考题,才能倒背如流的。但此刻……他俩在干吗?!出戏后,路佳赶紧敛起神色,低头,放下手!

这可是在办公室里!

怪物图还没出完呢。

他俩居然一个大黄蜂,一个奥特曼似的玩上了,还是自然而然的默契。

"咳咳。"

杜明堂也绯红了脸,收回动作,不好意思地清了清嗓子。

"那个……周六,欢乐谷,不见不散哈。"

"嗯嗯。行。不见不散。"

路佳想起自己刚才那副傻样,捂脸恨不能赶紧找个地缝钻进去!

我是谁?我在哪?我在干什么?